로크미디어가
유혹하는
재미있는 세상

ROK
MEDIA
로크미디어

싱크

싱크 13

2016년 7월 28일 초판 1쇄 인쇄
2016년 8월 2일 초판 1쇄 발행

지은이 현민
발행인 이종주

기획 팀 이기헌 송윤성
책임 편집 이세종

발행처 (주)로크미디어
출판등록 2003년 3월 24일
주소 서울시 마포구 성암로 330 DMC첨단산업센터 3층 314호
Tel (02)3273-5135 Fax (02)3273-5134
홈페이지 rokmedia.com E-mail rokmedia@empas.com

ⓒ 현민, 2015

값 8,000원

ISBN 979-11-5999-807-2 (13권)
ISBN 979-11-255-8684-5 04810 (세트)

싱크

13

† 현민 게임 판타지 장편소설 †

ROK
MEDIA
로크미디어

CONTENTS

산맥 부수기   7

차원의 문   37

드래곤의 비밀   69

창업   125

형제   157

이름   193

아래쪽에서   241

넌 이미 알아   281

산맥 부수기

　김현은 소스라치게 놀라며 눈을 떴다.

　타고 남은 숯불에서 흘러나오는 미미한 빛에 동굴 천장의 굴곡이 드러나 있었다.

　'꿈이었어. 그래, 꿈이야.'

　요즘 비슷한 내용의 악몽에 시달리고 있다. 하루라도 빨리 집으로 돌아가고 싶은 마음이 꿈에 반영된 것일까.

　아들을 알아보지 못하는 엄마.

　아예 아들이 없었던 것처럼 어리둥절해하는 엄마.

　자신이 아들이라고, 김현이라고 소리치자 오히려 겁을 먹고 뒷걸음질 치는 엄마.

　그 어떤 꿈보다 무섭고 몸서리쳐지는 꿈이었다.

몸을 일으킨 김현은 동굴 입구에 웅크린 채 잠이 든 베헤모스와 안쪽 구석에서 칼잠을 자는 천야장 퍼브를 발견했다.

아무리 말해도 천야장은 그 자세가 편하다며 습관을 고수했다.

분신들도 지금은 자고 있었다.

김현은 베헤모스 옆으로 가서 앉았다. 녀석의 따뜻한 등에 기대니, 악몽의 충격이 조금은 가시는 느낌이다.

"휴우."

한숨이 터져 나왔다.

의외로 소리가 커서, 김현은 고개를 돌려 천야장을 살폈다. 다행히 천야장은 꼼짝도 하지 않았다.

그때, 소리가 들렸다.

"또 악몽인가?"

"……네."

"슬슬 만계를 벗어날 때야."

"글쎄요."

김현은 가슴에 손을 올렸다. 뜨거운 열기가 느껴졌다.

운명의 구슬이 뿜어내는 열기와 그 폭발을 막을 방법을 찾아내기 전까지는 이곳을 떠날 수 없다.

집으로 돌아가 엄마와 밥을 먹을 때 터지기라도 한다면……도저히 자신을 용서할 수 없을 것이다.

김현은 동굴 밖으로 나가 언덕으로 올랐다.

언덕에서 볼 수 있는 산맥은 달빛 덕에 묘하게 반짝거렸다. 달빛이 산맥의 윤곽과 골짜기로 흘러내리는 듯했다.

비디타스를 품은 거대한 산맥.

"어?"

김현의 눈이 커졌다.

산맥의 오른쪽 부분에서 언뜻 엄마 얼굴을 본 것 같았다.

다시 살펴보니, 은색과 흑색이 얽혀 있어 무엇이든 원하는 대로 보일 것 같은 곳이었다.

언덕에 앉은 김현은 산맥을 바라보았다.

갑자기 '짜장면' 생각이 났다. 잘 비벼서 노란 단무지와 함께 입에 넣고 먹으면…… 얼마나 맛있을까. 이어서 '짬뽕'을 먹어 치울 때 이마에 맺히던 땀도 떠올랐다. 달짝지근한 소스에 찍어서 먹는 탕수육도.

침 삼키는 소리가 꽤 컸다.

'조심해야 돼. 음식 생각을 시작하면…… 다른 것도 떠오를 거야.'

하지만 한번 시작된 생각의 꼬리는 멈출 수 없었다.

아삭아삭한 김치, 보글보글 된장찌개, 가끔 밤에 시켜 먹는 보쌈과 족발 그리고 무엇보다 간절한 치킨까지.

음식 생각은 곧 사람들로 이어졌다.

엄마!

진후와 태희 누나.

노관장님과 철호 사형.

젤란드와 콜마. 체리와 아로간타르 그리고 스노빈. 대현자 파르소겐까지, 그 얼굴이 하나씩 생생하게 떠올랐다. 그들과의 대화, 함께했던 일 모두도 자세히 기억났다.

그동안 내린 결정이 일목요연하게 생각났다.

엄마가 마련해 준 페플 커넥터 덕에 좁은 방에서 탈출하여 페플이라는 가상현실로 들어갈 수 있었다. 초보자의 도시 라마간에서 젤란드를 만났으며, 원정을 떠나게 되었고, 하이엘프 셀레스카르를 만나 제자가 되었다.

거기서부터 모든 일이 시작되었다.

그 결과, 뎁스 파이브라는…… 끔찍할 만큼 시간이 느리게 흐르는 세계에 떨어졌다.

조그만 방을 벗어나 광활한 방에 갇힌 셈이었다.

고함을 지르고 싶었다. 자유로워졌다고 확신했는데, 그건 착각에 불과했던 것이다. 아무리 애를 써도 결국엔 갇힌다는 사실이 진실처럼 느껴졌다.

눈물이 차올랐다.

가슴이 답답해졌다.

갑자기 호흡이 가빠 왔고, 누군가 바늘로 머리 안쪽을 찔러 대는 것처럼 아팠다.

'안 돼! 여기서 멈춰야 돼!'

몸을 일으킨 김현은 주위를 둘러봤다.

싱크

온갖 생각이 쏟아지는 이 혼돈을 어떻게 잠재워야 하는지 그는 잘 알았다. 이미 4년 가까이 방에 갇혔을 때 해 본 일이었다.

동굴 뒤쪽에 자리 잡은 숲으로 이동했다. 현섬을 사용하니 1초도 걸리지 않았다.

김현은 단단해 보이는 나뭇가지를 꺾었다. 잔가지를 쳐 낸 그 나무를 목검 삼아 미친 듯이 휘두르기 시작했다. 광현칠검보였다.

날이 밝았다.

목검은 압력을 이기지 못하고 부러져 나갔다. 여전히 머릿속은 복잡했다.

김현은 천부선공으로 빠져들었다. 타각과 좌각으로 숲의 3분의 1이 파괴되었다. 그래도 혼란은 가라앉지 않았다.

오후 내내 결각보로 동굴 주변을 질주했다.

그런 김현을 말없이 쳐다보는 천야장의 눈빛은 무겁게 가라앉아 있었다.

날이 저물자 김현은 수라부월공에 매진했다.

목적은 단 하나, 머릿속에서 소용돌이치는 온갖 종류의 생각을 없애는 것이었다.

다음은 타케노프였다. 은와로 절벽을 두드리자 곳곳에 소용돌이 흔적이 화석처럼 남았다.

그 발광은 사흘이나 이어졌다.

나흘째 되어서야 김현은 숨을 헐떡이며 언덕으로 올라가 털썩 주저앉았다.

천야장이 다가와 고기를 내밀었다. 김현은 말없이 받아서 먹어 치웠다.

"이제 속이 풀렸나?"

"……조금요."

"자넨 너무 억누르고 살아. 10년 넘도록 혼자 이 세계에서 지낼 수 있었던 것도 그런 성격 때문이겠지만, 그러다가 한 번 터지면 위험한 지경에 이르지. 그렇지 않나?"

"그럴지도 모르죠."

"당장 이곳을 벗어나지 못한다면 집중할 거리를 찾아보게. 그 부분에서 내가 자넬 도와줄 수도 있을 것 같은데."

천야장의 눈이 반짝거리는 순간, 김현은 이 노인의 속내를 알아차렸다.

"또 후계자가 되라구요?"

"하하하, 맞아. 야공술을 제대로 익히려면 수많은 시간과 노력이 필요하지. 그러면 복잡한 생각 따윈 떠오르지도 않을 거야."

후계자가 될 생각은 없다. 하지만 천야장이 한 말에는 일리가 있었다.

깊이 몰입하여 집중하지 않으면 생각의 파도는 언제든 다시 몰아칠 것이다.

김현은 동굴 앞에서 수련하는 분신들을 내려다봤다. 그 순간, 좋은 생각이 번쩍 떠올랐다.

"감사합니다, 어르신."

"드디어 마음을 굳혔는가?"

"그냥 후계자가 되면 재미없죠. 내기, 하시죠?"

"무슨 내기?"

김현은 빙긋 웃었다.

언덕 아래 웅크린 동굴과 도도하게 흐르는 강 사이의 공터.

그 넓은 공간 중앙에 선 김현은 주위를 둘러보았다.

김현과 닮아서 구분하기 힘든 네 명의 분신이 그를 에워싸고 있었다.

정면에는 목검을 든 분신이 자신을 응시하고 있고, 왼쪽 측면에 선 분신 녀석은 잘 갈아서 날이 예리한 돌도끼를 빙글빙글 돌리고 있었다.

오른쪽 분신은 맨발이었다. 권투 선수처럼 스텝을 밟는데, 꽤나 경쾌했다.

김현은 살짝 고개를 돌려 뒤를 확인했다.

소매를 팔뚝까지 걷어 올린 분신은 주먹을 꽉 움켜쥔 채 대련이 시작되기를 기다리고 있었다.

왠지 평소보다 더 강해 보이는 녀석들.

한 달에 한 번 열기로 결정한 대련은 항상 부담스럽다.

일단 4 대 1이라는 대련 방식 자체가 불합리하다. 분신이라고 해도 내공이 엇비슷하니, 본체와 싸워서 밀릴 이유는 없다. 게다가 네 명이 힘을 합쳐 한꺼번에 덤빈다면 오히려 본체가 패할 가능성이 높아진다.

거기에 분신은 지난 한 달 동안 제각기 다른 무공을 부지런히 수련해 왔다. 본체는 수련으로 더 강해진 분신 넷을 한꺼번에 상대해야 하는 셈이었다.

'오늘이 마지막이야. 두 번 다시 이런 짓은 안 해.'

마음으로 다짐한 김현은 한 달 전에도 이런 식으로 결심했음을 떠올리고 쓴웃음을 지었다.

지든 이기든 오늘 이 대련이 끝나면 분신술을 해제할 것이다. 분신의 경험과 성장, 고통까지 모두 받아들이면 사나흘…… 어쩌면 일주일 이상 앓아눕겠지만 몸이 회복되어 일어나면 다시 분신을 만들 테고, 한 달 뒤에 또 이런 대련을 가지겠다고 말해 버릴 것이다.

'고질병이야, 고질병.'

그때, 동굴에서 천야장이 걸어 나왔다.

훈제 고기를 들고 온 퍼브가 구경하기 좋은 바위에 앉자, 베헤모스가 골든 레트리버처럼 순하게 쫓아와 옆에 앉았다.

천야장이 준 갈색 고깃덩이를 입에 문 베헤모스는 천천히 빨기 시작했다.

"시작하게!"

퍼브가 외쳤다. 빚 갚으라는 소리처럼 당당했다.

"누가 이길까요?"

김현이 물었다.

"지금까지는 줄곧 자네가 이겼지만, 최근 세 번의 시합에서 패배 직전까지 몰렸으니 오늘은 질 가능성이 높지 않겠나?"

패한다는 뜻이다.

"그건 어르신의 바람이겠지요."

"패하면 약속대로 자넨 야공술을 배워야 해. 그 끈질긴 성격은 대장장이에 딱 어울려."

또 저 얘기다.

"제가 이기면 김치를 먹고 싶어요."

"김치?"

"만드는 방법은 대충 알려 드릴 테니까, 꼭 만들어 주셔야 해요."

김현은 분신들을 훑어본 다음, 천천히 고개를 끄덕였다. 그게 신호였다.

목검이 공간을 뚫고 돌진해 왔다.

펑! 뒤늦게 들린 파공음. 광현칠검보의 제4초 증익형둔이었다.

김현은 두 다리에 힘을 주고 상체를 뒤로 젖혔다. 얼굴 위로 지나가는 목검 주위로 공기가 소용돌이쳤다.

일순간 하늘 높이 흐르는 구름이 일그러졌다. 목검 때문에 응축된 공기가 볼록렌즈처럼 시야를 왜곡한 것이다.

김현이 뻗은 오른손이 땅바닥에 닿았다.

손바닥으로 기를 사선으로 뿜어내자, 김현은 마치 누군가 측면에서 당긴 것처럼 뒤로 누운 자세 그대로 회전했다.

목검을 정면으로 찌른 분신의 배후로 돌아간 김현은 절호의 반격 기회를 놓쳤다. 돌도끼가 등을 노리고 날아들었던 것이다.

'이 녀석들, 연합 공격이 더 정교해졌어. 이러다가 진짜 질 수도 있겠는데.'

돌도끼의 자루를 발로 차서 그 반동으로 몸을 날린 김현은 뒤로 접근하는 인기척을 느꼈다.

쾅!

익숙한 진동을 감지하자마자 김현은 땅을 박차고 공중으로 뛰어올랐다.

타격에 휘말렸다가는 다리가 마비될 테고, 그 순간 대련은 패배로 끝날 것이다.

허공에 뜬 무방비 상태의 김현을 향해 목검과 돌도끼가 날아왔다.

'쉴 틈을 안 주는구나.'

김현은 공간 이동술을 펼쳤다. 현섬이 발동되자, 김현이 사라진 곳에 목검과 돌도끼가 지나갔다.

펑!

김현이 강가 풀밭에 나타나는 순간 분신이 근처에 설치해 놓은 공뢰가 터졌다. 현섬에 반응한 것이다.

김현은 그 충격에 뒤로 날아가 강에 빠졌다.

물살에 휘말려 10미터가량 떠내려가다 수면 위로 겨우 올라왔다. 물 밖으로 나온 김현은 숨을 헐떡거렸다.

'이거 장난이 아닌데.'

이마에 머리카락이 찰싹 붙었다.

그걸 본 천야장은 배꼽을 잡고 웃어 댔다. 옆에 늘어진 베헤모스도 혀를 쑥 내민 채 그르렁거렸다.

네 명의 분신들은 서로 눈빛을 교환할 뿐 가만히 있었다.

김현은 놈들을 보면서 천천히 소매를 짰다. 물이 아래로 후두둑 떨어졌다.

저 분신들은 한 달 전의 김현이었다. 분신 넷의 연합 공격을 이기는 건, 바로 한 달 전 김현의 연합 공격을 이기는 것이었다.

'한 달 전에는 생각도 못 한 방식으로만 이길 수 있어.'

김현의 눈이 예리하게 빛났다.

"다시 시작해 볼까."

김현의 말에 분신들이 고개를 끄덕였다.

그때, 김현이 발로 땅바닥을 차올렸다. 흙과 함께 돌멩이

들이 위로 솟구쳤다. 김현은 손바닥으로 돌멩이를 때렸다.

내공이 주입된 돌멩이는 네 명의 분신을 향해 날아갔다.

저마다의 방식으로 돌멩이를 쳐 내는 분신들.

돌멩이는 목검에 잘려 반으로 나뉘었고, 돌도끼에 맞아 가루가 되었으며, 각법에 튕겨 오히려 김현에게로 되돌아왔다.

그사이, 김현은 결각보로 분신들 사이로 파고들었다. 현섬을 사용했다가는 공뢰가 폭발해 또다시 꼴사나운 모습을 보이고 말 것이다.

분신들은 재빨리 흩어져 김현을 에워쌌는데, 정확히 김현의 예상대로였다. 김현은 그림자처럼 목검을 든 분신에게로 달라붙었다.

김현의 쇄골을 노리고 파고드는 목검.

김현은 맹렬하게 회전하는 목검의 끝을 손가락으로 짚었다. 손가락에서 뻗어 나간 내공은 회전하지 않는 목검의 중심부를 통해 내부로 파고들었고, 곧 목검은 뒤틀리며 박살이 났다.

손바닥의 혈도로 내공을 단번에 쏟아 내자, 목검의 파편들이 일제히 당황한 분신을 향해 날아갔다.

피할 여유는 없었다. 수십 개의 파편 중 몇 개가 급소 깊이 박혔다. 휘청거린 분신은 주저앉았다.

'하나 해치웠다.'

기뻐할 틈은 없다. 이미 돌도끼가 뒤통수를 노리고 있었다.

김현에게도 유리한 점이 있었다.

바로 상상력이었다.

분신은 곧 그 자신이지만, 분신에겐 응용력이 부족했다. 누구보다 자기 자신을 잘 알기에 어떤 방식으로 공격할지도 예측할 수 있었다.

'수라부월공의 동령고송이야. 위력은 강하지만 자세를 바꾸기 힘들다는 단점이 있지.'

허리를 굽히며 손을 아래로 뻗어 땅바닥을 짚은 김현은 물구나무 자세를 취했다.

두 팔 사이로 보이는 하늘과 땅은 뒤집혀 있었다.

무릎을 굽혔다가 단번에 펴자, 탄력받은 발끝이 돌도끼를 휘두른 분신의 겨드랑이로 파고들었다.

돌도끼를 놓친 분신은 꽤 멀리까지 날아가 풍덩 강에 빠졌다.

'이제 둘! 어? 하나는 어디 있지?'

똑바로 선 김현은 주위를 살폈지만 소매를 걷어 올린, 주로 천부선공과 천무삼권으로 공격하는 분신만 보일 뿐이었다. 맨발의 분신이 사라진 것이다.

땅에 없다면 있을 곳은 하늘뿐.

고개를 든 김현은 공중에서 달려드는 분신을 발견했다.

퍽.

그 분신의 발길질에 어깨를 내주고 말았다. 마지막 순간 몸을 비틀어 충격을 흘리지 않았다면 대련은 끝났을 것이다.

타케노프의 암류혼이었다.

'저 녀석, 지난 한 달 동안 암류혼을 실전에 사용할 만큼 수준을 끌어올렸구나.'

어깨가 마비된 탓인지 오른팔이 축 늘어졌다.

김현의 얼굴에 당혹감이 어렸다. 인상을 써도 오른팔은 굽혀지지 않았다.

분신은 둘이나 남아 있었다.

요란하게 웃는 소리에 김현의 시선이 잠시 구경꾼에게 머물렀다. 천야장은 껄껄 웃으며 김현의 패배를 노골적으로 기대하고 있었다.

"쾌현, 아주 잘했다! 끝은 천현 네가 내라!"

응원까지 하는 천야장.

천야장은 김현과 똑같이 생긴 분신을 마음대로 구분하여 불렀는데, 광현칠검보를 주로 수련하며 목검을 들고 다니는 녀석은 '검현', 돌도끼로 수라부월공을 익히는 녀석은 '부현'이었다.

결각보와 타케노프를 맡은 분신은 '쾌현', 천부선공을 기초로 천무관의 무공을 펼치는 분신은 '천현'이라 불렸다.

앞뒤로 좁혀 오는 분신들의 공격에 김현은 숨이 찼다.

분위기 반전을 위해 공격을 시도해도 아주 쉽게 간파당했다. 자세만 취해도 피해 버리거나 날카롭게 반격을 가해 오는 것이다.

'오늘이 마지막이야. 두 번 다시 이런 짓, 안 해!'

거칠게 숨을 마시던 김현이 그 자리에서 사라졌다. 현섭이었다.

쾌현과 천현은 거리를 벌리며 주위를 살폈다. 쾌현이 곳곳에 설치한 공뢰가 터지면 즉시 공격하기 위해서였다.

그때, 원래 자리에 다시 나타난 김현은 천현의 배후로 돌진했다.

천현이 그 사실을 깨닫고 몸을 돌린 순간, 김현은 발로 땅을 굴렀다.

쾅! 타각의 기운은 달아나는 천현의 하반신을 타고 올라가 옆구리까지 마비시켰다.

김현에게 걷어차인 천현은 통나무처럼 뻣뻣한 자세로 천야장을 향해 날아갔다.

천야장은 두꺼운 팔로 천현을 잡았지만, 그 힘에 밀려 뒤로 발랑 넘어지고 말았다.

이제 분신은 하나뿐이었다.

쾌현은 결각보를 펼쳐 김현 주위를 맴돌며 쉬지 않고 공격을 퍼부었다. 주로 팔을 다쳐서 약해진 오른쪽을 노렸다.

분신 넷을 상대했던 김현은 체력도 내공도 바닥이 났다. 반면에 쾌현은 아직 여유가 있었다.

김현이 비틀거리며 균형을 잃는 순간, 쾌현이 오른쪽으로 파고들었다.

"드디어 끝났군."

몸을 일으킨 천야장.

쾌현의 주먹이 오른쪽 옆구리를 직격하려는 순간, 늘어져 있던 김현의 오른팔이 고개를 들더니 쾌현의 턱을 후려쳤다.

균형 감각을 상실한 쾌현은 김현의 주먹에 맞고 뒤로 쓰러졌다.

"후우후우."

무릎을 꿇는 김현.

겨우 이겼다. 운이 좋았다. 마지막 순간 오른팔이 움직여 주지 않았다면 이번엔 꼼짝없이 지고 말았을 것이다.

문제는 다음이었다.

한 번 속인 방법은 두 번 통하지 않는다. 게다가 지난 한 달 동안 궁리해 찾아낸 공격 패턴도 무용지물이 될 것이다.

'내가 왜 이런 걱정을 하는 거지? 다신 안 할 건데.'

짝짝, 박수를 치며 다가오는 천야장의 얼굴에는 즐거움과 짜증이 섞여 있었다. 짜증 쪽 비율이 훨씬 높았다.

"역시 자네야."

"김치 만드는 방법은…… 곧 알려 드리죠."

"뭐, 내기니까 그래야겠지."

김현은 분신들을 불러 모았다. 한 달 남짓 수련을 거듭한 분신들은 본체를 물끄러미 쳐다보고 있었다.

싱크

한때는 열 명 넘는 분신을 만들었다. 하지만 무공 수련에는 소수의 분신이 더 낫다는 점이 금세 드러났다. 분신이 많아진다고 해서 장점만 있는 건 아니었다.

분신이 늘어나면 각 분신이 사용할 수 있는 내공의 양은 자연스럽게 줄어든다. 그뿐 아니라, 분신이 많아질수록 각 분신은 기계처럼 지시한 내용만 충실히 따랐다. 스스로 사고하여 문제를 해결하는 능력이 현저히 떨어졌다.

고민 끝에 김현은 분신을 넷으로 고정시켰다. 여러 번 시도 끝에 찾아낸 최적의 분신 수였다.

김현이 손을 내밀었다.

분신들이 그 손 위에 차곡차곡 자신의 손을 쌓았다.

분신들을 쳐다보는 김현.

"그동안 수고했다."

분신술을 풀자, 네 명의 분신은 그 자리에서 사라졌다.

그들의 고통과 경험이 몰려들었다. 김현은 그 자리에서 쓰러지며 경련을 일으켰다.

옆에서 지켜보던 천야장은 신음을 흘리는 김현을 두 팔로 들어 올려 동굴로 향했다.

이곳 만계의 자연은 룬트란 왕국과 거의 비슷했다. 산책하듯 돌아다니기만 해도 익숙한 식물이 눈에 띄었다.

퍼브는 파릇파릇 잘 자란 약초를 발견했다.

"여기 있군."

이름은 데헤브. 속 쓰림에 좋으나 그냥 먹어도 되는 풀이다.

직접 대나무로 엮어서 만든 바구니에 데헤브를 담던 천야장은 잠시 작업을 멈추고 하늘을 올려다봤다.

'이런 일, 생전에도 한 적이 없건만.'

열 살이 될 무렵 시작한 대장장이로서의 삶.

오로지 벌겋게 달아오른 쇳물과 싸우며 젊은 시절을 보냈고, 언제부터인가 사람들은 그를 '야공의 전설', '하늘이 내린 대장장이'라고 칭송했다.

살림살이는 당연히 아내의 몫이었다. 천야장 자신은 밥 한번 해 본 적 없고, 옷 한번 직접 만든 적 없었다.

김치는 룬트란의 전통 음식 바라돈과 유사했다. 식사 때마다 거의 빠지지 않는다는 점, 갖가지 양념이 들어간다는 점, 발효 과정을 거친다는 점이 같았다.

천야장은 김현에게 빌린 단검으로 싹둑 자른 데헤브를 바구니로 던졌다. 반은 튕겨 나갈 만큼 신경질적이었다.

"이건 배추와 닮았는데, 사이즈가 좀 작네요."

김현이었다.

천야장은 김현을 물끄러미 쳐다봤다.

"여긴 왜 왔나?"

"언제쯤 김치 맛을 볼 수 있을까 궁금해서요."

"이것저것 준비할 게 많더군."

"도와 드려요?"

'그러면 나야 좋지.'

천야장은 속으로만 말했다. 자존심 때문에 속내를 드러낼 수 없었다.

"그래도 그러면 안 되겠죠? 내기였으니까요. 그럼, 수고하세요."

손을 흔들며 멀어지는 김현.

데헤브를 움켜쥔 채 몸을 부르르 떠는 천야장. 손아귀에서 녹색의 즙이 흘러내렸다.

'내 반드시 저 새끼를 후계자로 삼고 말겠어!'

천야장은 김치 재료를 구하러 자리를 옮겼다.

입안에서 아삭아삭 씹히는 풀, 그 사이로 촉촉하게 배어 나오는 알싸한 양념의 맛은 기가 막혔다. 비록 빨간색 고춧가루가 없어서 아쉽지만 눈을 감으면 약간 싱거운 김치를 먹는 느낌이었다.

"어떠냐?"

조심스럽게 묻는 천야장.

김현은 천천히 고개를 돌렸지만 말이 없었다.

"그렇게 엉망이야?"

"솔직히 이런 맛은 기대하지 않았어요. 최고예요!"

김현은 엄지를 세웠다. 마음으로는 푹 익힌 다음에 두툼한 살코기를 넣고 끓인 찌개를 상상하고 있었다.

천야장의 얼굴에도 미소가 피어났다.

"암, 그래야지. 내가 얼마나 노력을 했는데."

"기대 이상이에요."

"앞으로 뭐든 먹고 싶은 게 있으면 다 말해라. 다 해 줄 테니까."

김현은 기다렸다는 듯이 김치찌개에 대해 설명했다.

이야기를 끈기 있게 다 들은 천야장의 눈이 빛났다.

"준비할 게 많겠어. 거들어 줄 손이 있으면 빨리 만들 수도 있겠지만."

그 은근한 부탁에 김현은 고민했지만 그리 길지는 않았다.

"분신을 하나 붙여 드릴게요."

"허허, 좋아."

김현은 그 자리에서 분신을 만들었고, 명령까지 내렸다. 천야장 퍼브의 지시를 무조건 따르라는 명령이었다.

이제 분신은 흩어져서 무공을 수련 중인 네 명의 분신까지 합치면 모두 다섯 명이었다.

김현이 평소처럼 언덕 위로 올라가자, 천야장은 빙긋 웃었다.

'분신을 얻어 내는 데 성공했군. 후후, 고향 음식을 먹기 위해서는 뭐든 다 할 테니, 이럴 수밖에 없지. 난 음식을 준비하면서 이 녀석에게 차근차근 야공술을 전수하면 돼. 분신의 경험이 본체에 흡수될 테니, 결국 김현 저 녀석이 내 야공술을 배우게 되는 셈이니까.'

껄껄 웃음을 터트린 천야장은 분신을 데리고 동굴 뒤쪽 숲으로 향했다.

다섯 개의 달과 무수한 별들이 까만 하늘을 수놓은 이른 새벽, 김현은 혼자 언덕으로 올라갔다.

산맥은 보이지 않았다. 동이 틀 무렵에야 새파란 하늘과 맞닿은 날카로운 윤곽선이 드러날 터였다.

몸도, 마음도 편안했다.

어제저녁에 먹은 찌개는…… 예술이었다. 천야장의 음식 솜씨는 일취월장이었다. 원래 직업이 요리사가 아닐까 싶을 정도였다.

유성 하나가 하늘을 가로지르다가 사라졌다.

드디어 때가 왔다. 몸이 회복되기를 기다리며 오랫동안 미루고 미룬 일이었다. 어쩌면 두려워서 차일피일 연기하며 시간을 보낸 건지도 모른다.

김현은 분신 둘을 만들었다.

본체를 바라보는 분신의 시선은 차분했다. 마치 김현이 하려는 일이 무엇인지 아는 눈빛이었다.

김현은 두 팔을 뻗어 어깨동무를 했다.

서로의 어깨에 팔을 올리고 살짝 상체를 숙인 세 사람.

눈을 감은 김현은 존재의 중심으로, 바닥으로 내려가기 시작했다.

그 과정은 현미경을 통해 미시 세계를 들여다보는 것과 유사했다. 다만, 광학현미경은 물론 전자현미경으로도 관찰이 불가능한 곳…… 어쩌면 실존하는지 의심이 들 만큼 깊은 곳까지 내려간다는 점이 달랐다.

거기 김현이 찾는 것이 있었다.

굳이 힘들게 찾아볼 필요조차 없었다.

타오르는 불덩이 같은 거대한 구체!

드래곤 헤라가 억지로 흡수시킨 운명의 구슬이었다.

가까운 곳에 왜소하고 조악하며 칙칙하기까지 한 진동이 자신만의 리듬을 겨우 유지하고 있었다. 김현은 춤이라고 하기조차 민망한 그 흔들림이 바로 자신임을 깨달았다.

운명의 구슬이 이글거리는 태양이라면 자신은 달빛 하나 없는 밤에만 겨우 눈에 띌 것 같은 희미한 반딧불 같았다.

싱크

보잘것없는 춤은 거대한 춤 근처를 돌고 있었다. 그건 마치 태양 주위를 공전하는 소행성 같았다.

'아슬아슬해. 조금만 다가가도…… 타 버릴 거야. 아, 거리가 줄어들면 몸 내부의 열기가 폭발하는구나. 폭발로 압력이 줄어들면 간격이 늘어나지만 시간이 흐르면 다시 좁혀지는 거고. 그러면 또 폭발하겠지.'

김현은 왜 몸에 열기가 쌓이는지, 감정을 억눌러도 시간이 지나면 결국 폭발하고 마는 이유를 깨달았다. 주위를 날려 버릴 만큼 지독한 열기의 발산 덕에 아직까지 살아 있는 것이었다.

어쩌면 지금의 절묘한 균형이야말로 기적인지도 모른다.

슬슬 화가 치밀어 올랐다.

드래곤 헤라가 손에 그 구슬을 쥐게 하지 않았다면 이 고생은 할 필요도 없다. 진작 집으로 돌아가 엄마가 해 주는 얼큰한 김치찌개를 배불리 먹었을 것이다.

'내가 저 거대한 불덩이를 소멸시킬 수 있을까?'

그 질문이 얼마나 어이없는지 김현은 잘 알았다.

사마귀 한 마리가 하늘에 뜬 태양을 향해 앞발을 휘두르며 그 불덩이가 사라지기를 바라는 것만큼이나 황당하고 어리석은 일일 것이다.

수십 년 동안 분신까지 동원해서 강해졌건만.

앞으로 수백 년, 어쩌면 수천 년 여기서 죽을힘을 다해 수련해도 소용이 없을 것만 같았다.

그 깨달음이 격분으로 터져 나왔다.

분노를 억누르며 트랜스에서 벗어난 김현은 파랗게 변하는 하늘 끝자락을 바라보았다. 그 어스름이 산맥의 윤곽을 드러나게 했다.

어딘지 모르게 비디타스를 닮은 산맥.

'내 저걸 무너뜨리고 말겠어.'

김현은 이를 악물었다.

이른 아침, 동굴 뒤쪽의 숲으로 가서 휘두를 만큼 단단한 막대기를 찾아낸 김현은 현섬을 펼쳤다.

그 자리에서 사라진 김현이 나타난 곳은 산맥 쪽 방향의 초원 지대였다. 이동술을 연거푸 펼친 그는 산맥이 하늘의 절반을 차지한 기슭 언저리에 도착했다.

멀리서 볼 때는 대자연 특유의 장엄함이 드러나 드래곤 헤라를 떠올리게 만드는 산맥을 눈앞에서 보니…… 상상을 초월할 만큼 압도적이었다. 잠시 이곳에 온 이유를 잊고 멍한 눈으로 올려다보기만 했다.

'젠장, 엄청나게 크잖아.'

입술을 거칠게 물어뜯은 김현은 결각보를 펼쳐 산을 오르기 시작했다.

가까운 봉우리까지 올라가는 데 두어 시간이 걸렸다. 내공을 아끼려고 현섬을 자제한 까닭이다.

그 산 정상은 암갈색 바위와 관목이 교대로 덮고 있었다. 눈이 녹아 버릴 만큼 고도가 낮았던 것이다.

김현은 거기 서서 더 높은 봉우리와 예리한 능선을 바라보았다. 그 너머엔 짙은 구름과 안개로 덮여 흐릿한 윤곽이 수묵으로 그린 풍경화처럼 웅크리고 서 있었다.

"일단, 여기부터."

김현은 내공을 발로 끌어모아 타각을 펼쳤다.

타각 특유의 묵직한 진동이 바위를 통해 아래로 전해지자 뒤이어 쩍쩍 갈라지는 소리가 들렸다.

바위 하나가 경사진 곳으로 미끄러지더니 본격적으로 데굴데굴 구르기 시작했다. 오랫동안 서 있던 바위와 돌멩이 같은 것들이 충돌로 합류하자 그 규모가 커지며 산사태로 발전했다.

김현은 흙먼지를 피워 올리며 모든 것을 휩쓸고 내려가는 산사태를 바라보며 활짝 웃었다.

굵은 나무들도 산사태에 맥을 추지 못하고 부러지거나 뿌리까지 뽑혀 함께 굴러서 내려가고 있었다.

그때, 그가 서 있던 땅이 무너지며 아래로 움직였다.

"야호!"

김현은 탄성을 터트렸다.

거대한 파도를 타고 내려가는 서퍼처럼 그는 산사태의 일부가 되어 떠내려가는 바위에 서서 자세를 낮추며 아래를 쳐다봤다.

바위와 바위가 부딪치기 직전, 김현은 공간 이동술로 다른 바위로 이동했다. 그 바위가 충돌하면 또 다른 바위로 옮겼다.

그런 식으로 바위 사이를 돌아다니며 산사태의 일부가 되었다.

흙먼지를 뒤집어쓴 그는 산사태가 잠잠해지면 다시 봉우리로 올라가 천부선공, 수라부월공, 광현칠검보, 천무삼권 등 자신이 익힌 스킬을 모조리 동원하여 산사태를 일으켰다.

미친 사람처럼 산사태를 타고 내려오기를 몇 번 반복하자, 봉우리의 형태가 달라져 있었다.

김현은 바위와 흙이 쌓인 곳 꼭대기에 서서 산을 올려다보며 웃음을 터트렸다.

"하하하하하."

마치 비디타스의 얼굴에 주먹을 한 방 날린 기분이었다.

날이 저물자 실실 웃으며 동굴로 돌아온 김현은 언덕에 서서 산맥을 쳐다봤다.

웃음은 사라지고 말았다. 온종일 산사태를 일으켜 엉망으로 만든 봉우리의 변화…… 여기서는 보이지도 않았다.

그만큼 산맥은 웅장했다.

천야장 퍼브가 다가왔다.

"자네, 미쳤나?"

"아무래도 그런 것 같네요."

김현은 부루퉁한 얼굴로 퍼브를 쳐다봤다.

"쯧쯧, 티메후르를 빨리 찾는 게 좋겠군."

퍼브는 언덕을 내려갔다.

혼자 남은 김현은 이를 악물었다.

하루 만에 비디타스를 닮은 저 산맥을 무너뜨리려 했다는 게 어리석은 일이었다.

김현은 매일 새벽 동굴을 나와 초원 지대를 가로질러 설산 앞에 이르렀다.

그가 하는 일은 순수한 파괴였다. 비디타스를 떠올리게 만든다는 이유로 저 어마어마한 산맥을 부수는 게 그의 목적이었다.

부지런히 산사태를 일으켰다.

어떻게 해야 좀 더 산사태의 규모를 키울 수 있을지 알기 위해 산의 지질학적 구조를 살폈다. 꽤 큰 단층을 발견하자 환호를 지르기도 했다.

타각과 현섬을 결합해 새로운 방식으로 산사태를 일으켰고, 평소보다 다섯 배나 많은 바위와 흙더미가 얼마 남지 않은 숲마저 휩쓸고 내려가는 모습을 본 그는 아이처럼 박수 치고 기뻐했다.

필요할 경우에는 체내에 쌓이는 열기를 폭발시켜 대규모 산사태를 만들어 냈다. 자신의 몸을 다이너마이트처럼 사용한 것이다. 압력도 줄이고 맘에 안 드는 산맥에 흠집도 내고, 일석이조였다.

조그만 산 하나를 망가뜨리는 데 한 달 남짓 걸렸다.

김현은 좀 더 높은 산으로 올라가 열심히 공부하면서 무너뜨리기 시작했다.

몇 달 후, 드디어 김현은 눈 덮인 산꼭대기에 오를 수 있었다.

그날 처음으로 눈사태를 일으켰다. 어마어마한 속도로 몰려가는 눈사태는 산사태와는 또 다른 즐거움이었다.

하지만 곁에서 지켜보는 사람에겐 답답함과 괴로움을 불러일으키는 행동이었다.

한 번은 하도 이상해서 천야장 퍼브가 베헤모스의 등에 올라타고 김현을 쫓아갔다. 직접 두 눈으로 그 미친 행동을 본 그는 할 말을 잃었다.

이곳 만계가 얼마나 무서운 곳인지 그는 실감했다.

시간이 느리게 흐르는 만계는 마법사와 무사에겐 금지였

다. 남보다 몇 배나 많은 시간을 확보할 수 있기에 용감한 사람들이 찾아 헤매는 곳 만계는, 도전자의 정신을 파괴하는 곳으로 유명했던 것이다.

'드래곤에게 복수를 하겠다는 둥…… 허튼소리를 할 때부터 미쳤던 게야. 이를 어쩌지? 내가 나서서 티메후르를 찾아야 하나?'

고민 끝에 천야장은 김현을 속여서 얻어 낸 분신을 데리고 동굴에서 가까운 숲을 뒤지기 시작했다. 티메후르를 찾아내어 김현을 만계에서 빼내기 위해서였다.

김현은 산을 부수는 데 분신까지 동원했다.

무공 수련에 열심이던 분신까지 모두 눈사태, 산사태를 일으키는 데 투입되었다. 천야장 퍼브의 부탁으로 빼놓은 한 명의 분신만 제외되었을 뿐이다.

그저 우뚝 서 있는 산을 무너뜨리고 싶다는 마음으로 최선을 다해 파괴 행동을 해 왔을 뿐인데 각종 스킬은 이전보다 훨씬 빠르게 발전했다.

내공은 어느새 5갑자를 돌파했다.

분신 수십 명을 만들어 한꺼번에 타각을 펼쳐 대형 산사태를 일으키려는 순간, 김현은 천부선공 제3문 파위의 극의를 깨달았다.

파위의 의미는 바로 현재의 위치를 파괴하여 일정한 공간을 완전히 장악하는 것이었다.

어떻게 해야 절벽을 효과적으로 붕괴시킬지 고민하다 보니 부지불식간에 바위에 구멍을 뚫는 데 적합한 광현칠검보의 여러 초식에 익숙해졌고, 몇 개의 초식은 자유롭게 펼칠 수 있을 만큼 경지에 올랐다.

자주 사용하니 각 초식의 스킬 레벨도 어마어마하게 올랐지만, 김현은 아예 관심조차 가지지 않았다. 어떻게 해야 더 효과적으로 부술 수 있을지 고민할 뿐이었다.

수십 명의 분신들이 거대한 파도 같은 산사태를 타고 내려갈 때 펼쳐지는 공간 이동술 현섬, 자유로운 보법 결각보 등의 스킬 레벨도 놀랄 만큼 높아졌다.

김현은 그저 비디타스를 닮은 산맥을 부수는 데 집중했지만, 그 과정에서 예기치 못한 이득이 생긴 셈이었다.

차원의 문

고형덕은 베란다에 서서 아래를 내려다보았다.

'내가 침대에 누워 있어도 세상은 이렇게나 잘도 돌아가는 구나.'

마지막 기억은 교통사고였다. 감찰관 주용석이 반파된 스포츠카 '적토마'를 향해 다가오던 모습이 어렴풋이 떠올랐다.

그 후에 무슨 일이 벌어졌는지 생각하려 애를 쓰면 무시무시한 두통이 관자놀이, 정수리, 뒤통수를 제각기 다른 방식으로 두드렸다.

"약 먹을 시간이네."

아무리 들어도 익숙해지지 않는 금속성 목소리.

돌아선 고형덕은 둥실 떠다니는 로봇을 쳐다봤다.

지금 이 커다란 집에는 그와 이 로봇 둘뿐이었다. 고형덕은 몸을 잃고 저 기계 안에 갇힌 닥터 프로메테우스 같은 신세가 된 기분이었다.

"……네."

고형덕은 주방으로 가서 약을 먹었다. 한시라도 빨리 낫기 위해서였다.

"궁금하지 않나?"

프로메테우스가 물었다.

"궁금합니다."

"왜 묻지 않는 건가? 자네가 거기 없었기 때문에 알 자격도 없다고 생각하는 건가?"

고형덕은 허를 찔린 기분이었다. 어떻게 사람 마음을 이렇게나 잘 알까?

그 순간, 고형덕은 닥터 프로메테우스에 비한다면 자신의 답답함은 아무것도 아님을 깨달았다.

몸을 빼앗기고 정신만 고스트 커넥터에 심겨 있던 프로메테우스에게 저 깡통 같은 기계는 얼마나 지옥 같을까.

"죄송합니다."

닥터 프로메테우스는 고형덕이 정신을 잃고 치료를 받는 동안 유니온에서 어떤 일이 벌어졌는지…… 김현에게 무슨 일이 벌어졌는지 자세히 설명했다.

눈이 점점 커지는 고형덕.

"그, 그러니까 김현에 대한 기억이 사라지고 있다는 말씀입니까?"

"어머니도 아들을 기억하지 못한다네."

"어, 어떻게 그런 일이 가능한 겁니까?"

"진후가 그 부분을 알아보는 중이라네."

"그렇군요."

고형덕은 그토록 중요한 일이 벌어지는 동안 자신은 바보처럼 침대에 누워 있었다는 사실 때문에 마음이 무거웠다.

각성으로 변신 능력을 얻게 됐지만, 노관장이나 황철호 같은 사람에 비하면 자신은…… 아무것도 아닐 것이다.

"자넨 아주 중요한 사람이야."

"……제가요?"

고형덕은 혹시 저 로봇 속 정신이 자신을 놀리는 게 아닌가 생각했다.

"섬바디 길드에 소속된 사람들 중 가장 현실적인 사람이 바로 자네니까."

"무슨 뜻입니까?"

"다른 사람들은 비현실적이라는 뜻이지. 길드 마스터 안진후, 자네가 부러워하는 노관장이나 황철호, 라이언 그리고 이번에 길드에 가입한 CRS 관계자는 평범한 삶과는 거리가 멀어. 어떻게 보면, 자네야말로 보통 사람을 대변할 수 있는 유일한 사람인 거지."

"……왠지 돌려서 까는 느낌인데요."

"섬바디 길드는 유니온의 쿠데타를 막아 냈네. 그 때문에 무사히 유니온의 일원이 되겠지. 문제는 그다음이야. 섬바디가 기존의 길드처럼 각성자만의 이익을 추구하는 조직이 될까, 아니면 이 세계 전체를 위하는 길드가 될까?"

"……."

고형덕은 아무 말도 못 했다. 닥터 프로메테우스의 뜻을 이해했던 것이다.

"자넨 섬바디 길드가 너무나 특별해서 보통 사람에겐 관심조차 주지 않는 조직이 되지 않도록 막아야 할 의무가 있네. 무슨 말인지 알겠나?"

"네, 박사님."

"그럼, 준비하게. 곧 도착할 테니까."

"도착이라니요?"

"라이언과 용준이 녀석이 오고 있네."

"아!"

그때, 초인종이 울렸다.

고형덕은 천천히 현관으로 가서 문을 열었다.

"어, 일어났네? 잠자는 숲속의 공주가 드디어 깨어나셨군."

트렁크 하나를 끌고 들어온 라이언이었다.

그 농담을 받아치려던 고형덕은 라이언의 팔을 보고 입을 다물었다.

"이거? 거추장스러워서 잘라 버렸어."

껄껄 웃는 라이언.

뒤이어 박용준이 양손에 하나씩 커다란 트렁크를 쥐고 안으로 들어섰다.

"어떻게 된 거야?"

속삭이는 고형덕.

박용준은 라이언의 눈치를 보며 망설였다.

"이거 쪽팔려서 말 안 하려 했는데. 당신 구하려고 지하로 내려갔다가 잃은 거야. 하지만 부담 가질 필요는 없어. 전적으로 내가 약했기 때문이니까."

고형덕의 얼굴이 귀신처럼 일그러졌다.

멍청이처럼 누워 있었던 것도 안타까워서 미치겠는데, 자신 때문에 저런 사람이 팔을 잃다니.

게다가 오른팔이었다!

"미안하면 트렁크나 좀 옮겨."

라이언의 말에 고형덕은 고개를 숙인 채 트렁크를 '쥐구멍'으로 가져갔다.

"그렇게 안타깝고 분하면 나중에 갚아. 날 위해서 팔 하나를 희생하면 되잖아."

"널 위해서 내 목숨도 아끼지 않겠다."

고형덕은 진심이었다.

"아니, 팔 하나면 돼. 당신 목숨은 섬바디 길드를 위해서,

어디에선가 헤매고 있을 김현을 위해서 남겨 둬."

"……알았다."

"이제 그 문제는 해결됐으니, 이 트렁크에 집중해 볼까."

라이언은 한 손으로 트렁크를 열어젖혔다.

그 내용물에 고형덕은 또다시 놀랐다.

'오늘은 완전히 놀라는 날이로군.'

멜론처럼 커다란 구슬, 낯선 언어로 기록된 고서적, 차곡 차곡 쌓아 놓은 갑옷, 화려한 문양의 검, 다양한 보석이 박힌 반지, 팔찌, 목걸이 등이 트렁크 가득 채워져 있었다.

박용준이 가져온 트렁크도 온갖 종류의 보물로 가득 차 있 었다.

"이게 다 뭐지?"

"후후, 유니온의 비고에서 가져온 거야. 블랙 놈들이 털었 더라고."

"……그냥 가져와도 돼?"

"마스터 지시야. 나 마스터 완전 맘에 들어. 고리타분하게 유니온 물건이니 그냥 두고 와야 한다고 말했다면 좀 많이 실망했을 텐데."

라이언의 대답에 고형덕은 어이가 없어 웃기 시작했다.

'이 녀석들, 빈집 털이 한 거잖아. 이건 장물이고. 감히 현 직 경찰관 앞에서 이런 걸 자랑스럽게 꺼내?'

웃음의 이유를 묻는 눈빛에 고형덕이 설명하자, 라이언도

싱크

박용준도 함께 웃었다.

"뭐가 그렇게 웃겨요? 같이 웃어요."

안진후였다.

"나, 경찰이다."

고형덕이었다.

"아, 그러네요."

안진후도 웃음을 터트렸다.

잠시 후, 안진후가 입을 열었다.

"여러분은 장물을 분류해 주세요. A, B, C, D 네 등급으로요. 정확할 필요는 없어요. 특히 박사님이 수고 좀 해 주셔야겠어요."

안진후는 뒤쪽에 둥실 떠 있는 프로메테우스를 보며 말했다.

"그러죠, 마스터."

"이걸 다 어떻게 할 거냐?"

라이언이 물었다.

"일부는 섬바디의 금고에 넣어 둘 거고, 일부는 사기 진작을 위해 길드원에게 지급할 계획이에요."

그 말에 라이언은 물론 고형덕, 박용준의 눈빛이 달라졌다.

사람들에게 분류 작업을 맡긴 안진후는 수정 구슬과 낡은 책을 챙겨서 서재로 들어갔다. 집중을 위해 혼자만의 공간이 필요했던 것이다.

책상 앞에 앉은 안진후는 수정구를 바라보았다.

이 구슬이 무엇인지는 이미 알고 있었다.

책상에 놓인 노트북으로 검색을 했다. 곧 그 결과가 나왔다.

렉투의 수정구

빛의 마탑 투스텔라의 대마법사 렉투는 죽음의 마탑 칼리고크가 자랑하는 '다크 아이'에 대항하기 위해 독특한 마법이 걸린 수정구를 제작했습니다. 렉투의 수정구는 구슬 표면에 손을 올린 채 마력을 주입하며 원하는 사람을 떠올리면, 현재 그 사람이 있는 곳을 보여 줍니다. 다만, 죽은 사람의 경우는 아무것도 나오지 않습니다.

생생하게 떠올릴수록 더 생생한 모습을 볼 수 있습니다.

경고 : 멀리 떨어져 있을수록 필요한 마력이 증가한다. 마력이 부족하면 죽음에 이를 수도 있다.

페플 속에 있어야 할 그 수정구가 눈앞 책상에 놓여 있었다.

안진후는 가상현실 게임 페플이 차원 인터페이스라는 사실을 알면서도, 초소형 목성처럼 생긴 수정구가 신기하고 기적처럼 느껴졌다.

"……죽을 수도 있다? 그럴 수는 없지."

안진후는 벽에 달린 콘센트를 향해 왼손을 뻗었다.

이그드라실의 뿌리가 손바닥을 뚫고 나올 때 따끔했지만 참을 만했다. 덩굴 같은 뿌리가 콘센트 안쪽으로 파고들자,

안진후는 감전이라도 된 것처럼 전신이 짜릿했다.

한숨을 내쉰 안진후는 오른손을 수정구 위에 올려놓았다. 그리고 김현을 떠올렸다.

손을 통해 어마어마한 힘이 수정구로 빠져나갔다.

그 순간, 서재의 형광등이 깜빡거리다가 꺼졌다. 천장에 설치된 에어컨도 작동을 멈췄다.

이그드라실의 뿌리는 필요한 마력을 얻기 위해 전력을 사방에서 끌어모았고, 그 때문에 대규모 정전 사태가 벌어졌다. 페플파크는 물론 인근의 빌딩에 전기가 끊겼다. 심지어 신호등까지 꺼져 버렸다.

수정구에 흐릿한 영상이 떠올랐다.

자세히 보기 위해 고개를 숙인 안진후.

'김현이야! 김현이야! 입고 있는 옷이 괴상하지만, 김현이 분명해. 대체 저기가 어디지? 등산이라도 하고 있는 건가? 어? 산이 무너지잖아. 산사태가 일어난 거야.'

잠시 후, 안진후는 김현이 산사태를 일으켰다는 사실을 깨닫고 할 말을 잃었다. 김현이 화가 나서 산맥을 무너뜨리고 있을 줄은 상상도 못 했다.

'그래도 살아 있어. 살아 있으면 됐어.'

수정구에서 손을 떼는 순간, 프로메테우스가 서재로 들어왔다.

그때, 전기가 돌아와 전등이 켜졌다.

"정전의 원인이 이 방 같은데."

"살아 있어요."

"살아 있어?"

"김현은 무사해요. 비록 먼 곳에 있지만, 무사해요."

프로메테우스는 렉투의 수정구를 알아봤고, 정전이 생긴 이유도 알아차렸다.

"다행이군."

"……네, 다행이에요."

안진후는 울음을 터트릴 뻔했다.

친구를 잃어버렸을지도 모른다는 의심이 그를 괴롭혔던 것이다.

무엇보다 세계의 의지가 김현의 흔적을 지우고 있다는 사실이 그를 고통스럽게 했다.

"김현은 반드시 돌아올 거야. 나와 약속을 했거든."

"무슨 약속요?"

"음, 그건 비밀일세."

프로메테우스는 서재 밖으로 나갔다.

왠지 그 비밀이라는 약속이 위로가 되었다. 안진후 자신이 알기로 김현은 약속을 지키는 사람이었다.

렉투의 수정구를 옆으로 치운 안진후는 낡은 책을 살폈다.

표면에는 한 번도 보지 못한 문자가 기록되어 있었다. 룬트란의 고대어 같은데, 해석은 불가능했다.

싱크

이 책을 서재로 가져온 이유는 표지에 그려진 세계수 때문이었다. 북유럽신화에 나오는 세계수 이그드라실은 여러 세계를 잇는 일종의 통로였다.

손을 뻗어 표지를 어루만지는데, 렉투의 수정구처럼 힘이 빠져나갔다.

그때, 안진후는 자신의 눈을 의심했다.

그 기괴한 문자가 이리저리 움직이고 뒤틀리더니 모조리 한글로 바뀌었다!

만약 그 변화를 목격하지 않았다면 원래부터 한글로 만들어진 책이라고 생각할 정도로 만듦새가 완벽했다.

안진후는 책장을 넘겼다.

책 안쪽도 마찬가지였다. 지도 아래 조그만 설명도 한글이었다.

'맞아. 페플 속에서 언어는…… 아주 놀라운 방식으로 서로 통해. 현실에서는 한국어와 중국어, 일본어, 영어 그리고 독일어 같은 언어들이 통역 없이는 의사소통이 불가능하지만, 페플은 아니야. 중국어로 말해도 듣는 사람에겐 모국어로 자연스럽게 들리니까. 어쩌면 현실에서도 그와 비슷한 기능이 마법으로 작동하는 건지도 모르겠다.'

책 제목은 《레마톤》이었다.

기본적으로 세계수에 관한 이야기인데, 거기 놀라운 내용이 기록되어 있었다. 이그드라실을 통하면 지구, 페플, 중간

계, 만계 등 다양한 세계로 자유롭게 오갈 수 있다는 이야기
였다.

렉투의 수정구와 《레마톤》을 가방에 넣은 안진후는 서재
를 나섰다.

공지우는 지하 주차장에서 발을 동동 구르며 엘리베이터
를 힐끔 살폈다.

'너무 많은 일이 벌어졌어. 내가 이런 기회를 놓치다니. 유
니온의 판도가 완전히 달라지고 말았어.'

블랙 길드는 완전히 기울어 침몰하는 배였다. 모네타는 현
상 유지는 가능하나 발전 가능성에는 물음표를 던지는 조직
이었다. 지식을 중시하는 길드 로고스는 폐쇄적이고, 현문은
공지우가 갈 만한 곳이 아니었다.

위로 올라가려면 섬바디 길드로 들어가야 했다.

공지우는 핸드폰을 만지작거렸다.

'태희에게 전화를 걸어 볼까? 대학 동기라는 걸로 비벼 볼
수도 있을 텐데. 아니야, 결정권은 안진후에게 있어. 안진후
가 반대하면 누구도 날 지지하지 않을 거야.'

그때, 엘리베이터 문이 열리며 안진후가 걸어 나왔다. 이
미 자동차가 대기하고 있었다.

공지우는 빠르게 걸어갔다.

"마스터!"

안진후가 공지우를 쳐다봤다.

"저, 아시죠?"

"모네타 길드의 공지우 씨, 아닌가요?"

"하하, 맞아요."

"무슨 일이죠?"

"단도직입적으로 말씀드리죠. 섬바디 길드에 가입하고 싶습니다."

"모네타는요?"

"이직한다고 생각해 주세요."

"섬바디에서 공지우 씨가 무슨 일을 할 수 있을까요?"

안진후의 입가에 미소가 떠올랐다.

'이건 완전히 면접 분위기잖아. 그래도 어쩔 수 없어. 난 섬바디 길드에 들어가야 하니까. 그게 내가 살 길이니까.'

"뭐든 할 수 있습니다. 맡겨만 주신다면요."

"알겠습니다. 곧 연락드리죠."

안진후는 차에 올라탔고, 몇 초 못 되어 그 차는 주차장을 빠져나갔다.

공지우는 기분이 묘했다.

제대로 면접을 본 것인지 헷갈렸다. 합격인지 불합격인지, 가늠할 수가 없었다.

그때, 문자가 왔다.

- 윤태희 씨를 찾아가세요. 그리고, 환영합니다. - 마스터 안진후

공지우는 환호했다.

안진후는 비어 있는 회장실의 벽을 통해 페플 코어로 내려 갔다.

바삐 오가며 연구하는 사람들이 눈에 들어왔다.

그들 뒤로 걸어간 안진후는 깜짝 놀랐다. 더없이 진지한 표정으로 키보드를 치며 일을 하고 있지만, 그들 앞에 놓인 모니터는 아예 꺼져 있었다.

거기 있는 수십 명의 핵심 연구원들 모두 꿈을 꾸는 몽롱한 얼굴로 무언가에 몰두하고 있었는데, 실제로 일을 하는 사람은 한 명도 없었다.

'세계의 의지 때문이야. 저 사람들은 나름대로 열심히 일을 했다고 생각할 거야.'

안진후는 자신 역시 제대로 각성하지 않고 이곳에 들어왔다면 저런 모습이었을 거라고 생각했다.

한숨을 내쉰 후, 페플 코어로 다가갔다.

거대한 나무와 컴퓨터 시스템이 기묘한 방식으로 융합된 살아 있는 시스템 앞에 선 안진후는 손을 뻗었다.

손바닥에서 이그드라실의 뿌리가 나와 코어와 합쳐지자, 문이 생겨났다. 수백 개의 덩굴이 좌우로 벌어지며 만들어진 아치 형태의 문이었다.

안진후는 조심스럽게 문 안으로 들어갔다.

갑자기 펼쳐진 넓은 들판.

그 들판 곳곳에 문이 서 있었다. 투명한 벽에 문틀과 문짝만 설치한 것 같았다.

문은…… 줄잡아 수백 개나 되었다.

안진후는 가져온 《레마톤》을 펼쳤다. 거기에 바로 이그드라실의 지도가 그려져 있었던 것이다.

지도는 낡았고, 일부는 생략되어 있었다. 그 때문에 원하는 문을 찾는 일은 쉽지 않았다.

'내가 나온 문을 잊어선 안 돼. 영영 돌아가지 못할 테니까.'

지도가 없다면 원하는 세계로 들어갈 방법은 없어 보였다. 그만큼 문은 제멋대로 세워진 것 같았다.

안진후의 눈이 빛났다.

바로 '페플' 문이었다.

안진후는 조심스럽게 문을 열었다.

문 너머는 시끌벅적한 시장이었다. 놀랍게도 오가는 이들 모두가 드워프였다.

밖으로 나온 안진후는 뒤를 돌아봤다. 간판에 술통이 그려져 있는…… 펍이었다.

드워프가 문을 열고 들어서자, 술집 내부가 보였다. 간간이 인간이 섞여 있지만 다수는 드워프 손님이었다. 모두가 독한 술을 맥주처럼 퍼마시고 있었다.

안진후는 지나가는 드워프를 붙잡고 물었다.

"여기는 어디죠?"

미친 사람 보는 듯 안진후를 훑던 드워프가 귀찮다는 듯 대답했다.

"람코."

이곳은 드워프가 운영하는 바위의 도시 람코였다!

안진후는 히죽히죽 웃었다. 머리로는 이해해도 가슴은 여전히 이 상황을 받아들이기 힘들었던 것이다.

주위를 한 바퀴 돌았다. NPC와 유저는 바로 표가 났다.

'NPC는 아니야. 이들 모두 진짜니까. 그렇다면 뭐라고 불러야 할까? 토착민? 원주민?'

안진후는 술집으로 돌아왔다.

손잡이를 움켜쥔 순간, 만약 문을 열었는데…… 그냥 술집이라면…… 그래서 여기 갇혀 버린다면 어떻게 될까 상상해 봤다. 가슴이 철렁 내려앉았다.

다행히 문 너머는…… 기괴한 들판이었다.

안진후는 들판으로 나오며 문을 닫았다.

람코는 뒤에서 사라졌다.

웃음이 터져 나왔다.

안진후는 만계로 이어지는 문을 찾기 시작했다.

"여기다!"

이번에도 가슴이 두근거렸다.

문을 연 안진후는 텅 빈 거리를 볼 수 있었다.

문밖으로 나와 돌아서자, 손님은 물론 약사조차 없는 약국이 눈에 들어왔다. 사거리에 면한 약국이었는데, 주변 도로에는 자동차 한 대도 없었다.

'뎁스 파이브의 세계야. 예전에 왔던 곳과 비슷해. 그때 우리는 호텔에 묵었었어.'

그때, 짙은 그림자가 안진후를 덮었다.

천천히 돌아선 안진후의 눈이 커졌다.

키가 10미터나 되는 거인이 안진후를 내려다보고 있었다. 거인은 손을 들어 올렸다가 마치 파리를 잡듯 안진후를 향해 내려쳤다.

안진후는 불의 정령을 소환할 틈도 없었다. 반사적으로 손을 뻗었고, 손바닥에서 뿜어져 나간 덩굴 같은 뿌리가 전봇대를 휘감으며 안진후를 끌어당겼다.

퍽!

거인의 손바닥에 인도의 블록이 박살 났고, 땅이 흔들렸다.

거인은 살아 있는 안진후를 보고 발길질을 했다.

안진후는 도로 맞은편 신호등을 향해 덩굴을 날렸고, 그 덕분에 거대한 발을 피할 수 있었다.

'이건…… 스파이더맨 같잖아.'

조그만 실수에도 죽을 수 있지만, 그럼에도 불구하고 안진후는 신이 났다.

영웅이 된 기분이랄까.

"슈뢰딩거."

안진후의 부름에 불의 정령이 나타났다.

"저 녀석을 괴롭혀."

―네, 오라버니.

슈뢰딩거는 거인을 향해 다가가 화염을 뿜었다. 무심코 손바닥으로 불꽃을 막은 거인은, 뜨거운지 뒤로 물러섰다.

그사이 안진후는 덩굴을 이용해 건물 위로 올라갔다. 5층 건물 옥상 끝에 이른 그는 영화에서 본 스파이더맨을 떠올리며 덩굴을 발사했다.

'저 녀석을 꽁꽁 묶는 거야.'

안진후는 타잔처럼 날아다니며 덩굴을 만들어 냈고, 곧 거인의 손과 발을 묶을 수 있었다.

슈뢰딩거의 공격에 뒷걸음치던 거인은 통나무처럼 쓰러졌다.

쾅!

뒤통수에 부딪친 아스팔트에 사방으로 금이 갔다.

슈뢰딩거는 꼼짝도 못 하는 거인을 향해 신나게 화염을 쏟아부었고, 거인은 불길 속에서 버둥거리며 죽어 갔다.

안진후는 헐떡거렸다. 슈뢰딩거를 소환한 상태에서 이그드라실의 뿌리를 한계 이상으로 뽑아냈던 것이다.

"넌 돌아가."

—좀 더 있고 싶어요.

"지금은 안 돼."

—……알았어요.

슈뢰딩거가 사라지자 안진후는 가방에서 렉투의 수정구를 꺼냈다.

"휴우."

만약 이곳이 뎁스 파이브의 세계, 즉 만계가 아니라면 렉투의 수정구로 김현을 보는 데 어마어마한 마력이 필요할 것이다.

여기는 전기가 없다. 따라서 이그드라실의 뿌리로도 그 마력을 공급하지 못할 것이다.

'그래도 해 보는 수밖에.'

안진후는 렉투의 수정구에 손을 놓고 김현을 떠올렸다.

마력이 빠져나갔다.

다행히 목숨이 위험할 정도는 아니었다. 이곳은 《레마톤》에 기록된 만계가 분명했다.

수정구 표면으로 김현이 떠올랐다. 서재에서 봤을 때보다 훨씬 선명했다.

"……아직도?"

현실과 뎁스 파이브 세계의 시간 흐름을 고려하면, 적어도 2년…… 어쩌면 3년 이상이 지났을 텐데도 김현은 여전히 첩첩산중에서 산사태를 일으키고 있었다.

안진후는 잠자코 청각에 집중했다.

대규모 산사태라면 소리도 어마어마하게 클 것이다. 하지만 어디에서도 그런 소리는 들리지 않았다.

'여기서 아주 먼 곳이야.'

안진후는 고민에 빠졌다.

김현을 찾을 수만 있다면 이그드라실의 문을 통해 현실로 데려갈 수 있을 것이다. 문제는 김현이 있는 정확한 위치였다.

'현섬 같은 공간 이동술을 펼칠 수 있다면 쉽게 찾을 수 있을 텐데. 아쉬워. 일단은 돌아가자.'

그 약국의 문을 연 안진후는 들판을 통해 현실로, 페플 코어로 나갔다.

텅 빈 관장실에 들어선 황철호는 자신도 모르게 한숨을 내쉬었다.

이 방의 주인은…… 달아났다. 두 번 다시 천무관에 돌아오지 못할 것이다.

"휴우."

책상으로 걸어가 명패를 집어 들었다.

천무관 관장 강영준.

아주 오랫동안 대사형이 각성자라는 사실을 모르고 지내 왔다. 게다가 여러 길드 중에서도 가장 폐쇄적인 프리벨리지 소속이었다니.

마법진으로 그 많은 사람들을 조종하던 대사형 강영준의 모습이 떠올랐다.

그때, 핸드폰 벨이 울렸다.

핸드폰을 꺼낸 황철호의 입가에 미소가 걸렸다.

"나다."

– 사부님, 저 퇴원했어요.

오정목의 목소리는 아주 밝았다.

"잘됐구나."

– 잘된 건 사부님이시죠. 드디어 관장님이 되셨다면서요? 축하 드립니다.

"축하는 무슨. 그보다, 근상이와 유정이도 같이 퇴원한 거 냐?"

– 그럼요. 수속 밟고 병원을 나서는 중이에요.

"혹시 너 아는 사람 중에 김현이라는 녀석이 있냐?"

– 김현요? 없는데요.

"알았다."

전화를 끊은 황철호는 소파에 털썩 앉았다.

천무관에서 그 누구보다 김현을 아끼고 좋아했던 오정목인데.

안진후의 말은 옳았다. 김현에 대한 기억이나 흔적이 모조리 사라졌다. 김현은 이 세상에 태어난 적이 없는 사람이 되고 말았다.

마음이 무거웠다.

그래도 관장 자리에 앉았으니 지위에 걸맞게 행동해야 할 것이다.

그때, 관장실 문을 노크하는 소리가 들렸다.

"들어와."

문을 열고 들어온 사람들은 열 명 정도였는데, 모두 사범이었다.

단연 눈에 띄는 사람은 천무관 본관 수석 사범 박정호였다.

강영준 라인의 실세인 박정호는 겉으로 보면 사내답고 묵직하나, 실제로는 교활한 놈이었다. 더러운 일은 꼭 다른 사람의 손으로 처리하는 녀석이었다.

"무슨 일이지?"

"관장님이 어디 계신지 알려 주십시오."

박정호가 나섰다.

"관장님?"

"강영준 관장님 말입니다."

힘주어 말하는 박정호.

그 의미는 분명했다. 우리에게 관장은 강영준뿐이라는 말이었다.

"글쎄, 어디 있는지 모르겠는데."

"우리는 사숙을 관장으로 인정할 수 없습니다."

박정호의 말에 다른 사범들이 가세했다.

"맞습니다."

"노관장님의 뜻에 의해 내가 이 방에 들어왔다는 건, 다들 알고 있겠지?"

"압니다만, 나이 들어 정상적인 판단이 어려운 노관장님의 결정을 신뢰하기는 어렵다고 봐야…….."

노관장을 모욕하는 말에 황철호의 눈에 힘이 들어갔다.

그가 손을 들어 올리자, 손가락 끝에서 다섯 줄기 바람이 뿜어져 나갔다.

청지풍이었다.

흐릿한 화살 같은 바람이 박정호의 눈앞을, 귀 근처를, 목 둘레를 맴돌았다.

박정호는 입을 다물었다.

"안 그래도 너희를 부를 생각이었는데 아주 잘됐다. 너희는 날 관장으로 인정할 수 없겠지. 나 또한 마찬가지로 너희를 천무관의 사범으로 인정하지 않겠다. 오늘 안으로 짐을 싸서 천무관을 나가도록."

"……."

사범들의 얼굴이 일그러졌다.

그중 몇 명은 박정호의 뒤통수를 노려봤다. 마치 이런 일에 대해서는 알려 주지 않았다고 탓하는 듯했다.

"……실수하시는 겁니다, 사숙."

"너 많이 컸다. 협박도 할 줄 알고."

황철호의 손가락이 살짝 꺾이자, 예리한 바람이 박정호의 입술을 살짝 스치며 지나갔다. 그 풍압에 입술이 터지자 피가 흘러내렸다.

박정호는 놀라서 뒤로 물러섰다. 하지만 곧 이성을 되찾았다.

"당장 우리가 천무관을 나가면 곤란해질 텐데요."

"염려 마라. 지나치게 비대해진 천무관을 줄일 생각이니까. 너희, 썩 꺼져라."

황철호가 살기를 드러낸 순간, 사범들은 앞다투어 관장실 밖으로 도망쳤다. 박정호도 예외는 아니었다.

"건방진 놈들."

황철호는 책상에 놓인 명패를 반으로 쪼개어 쓰레기통에 던져 넣었다.

천무관의 현재 상황을 파악하기 위해 보고서와 각종 장부에 파묻혀 있던 황철호는 노크 소리에 고개를 들었다.

"들어와."

오정목이 망설이는 얼굴로 들어섰다.

"무슨 일이야?"

"그게……."

"나 뜸 들이는 거 싫어한다."

"압니다."

오정목은 리모컨으로 관장실 벽에 붙어 있는 대형 텔레비전을 켰다.

뉴스가 흘러나오는데, 그 내용을 들은 황철호는 자리에서 일어나 텔레비전 앞으로 다가갔다. 뉴스를 전하는 앵커의 목소리보다 그 아래의 자막이 인상적이었다.

참혹한 왕자의 난 – 사형을 끌어내린 둘째의 반란

뉴스는 황철호가 노관장을 감언이설로 속여서 관장 자리를 빼앗았다는 내용이었다.

자료 화면으로 인터뷰가 나왔는데, 모자이크로 얼굴을 가렸고 음성도 변조했지만 황철호는 누구인지 바로 알 수 있었다.

'박정호야. 미리 인터뷰까지 다 해 놓고 날 찾아왔다는 뜻이군.'

황철호는 이를 갈았다.

다른 뉴스 채널도, 신문도, 인터넷도 같은 이야기로 떠들썩했다. 심지어 황철호는 난생처음으로 인터넷 실시간 검색 1위를 차지했다.

1위가 황철호, 2위가 왕자의 난, 3위는…… 치매였다. 바로 노관장의 판단력에 이상이 있음을 암시하는 뉴스 내용 때문이었다.

'날 뭐라고 씹든 상관없어. 하지만 사부님에게 감히!'

황철호가 분노한 들소처럼 씩씩거리며 관장실 밖으로 나가는데, 노관장이 앞에 서 있었다.

"어딜 가려는 거냐?"

"……도저히 참을 수 없습니다."

"저 피라냐들은 그걸 원한다. 들어가서 앉아라."

"사부님!"

"너도 날 치매 걸린 늙은이로 여기는 거냐?"

"아닙니다!"

"그럼, 앉아."

그 말에 황철호는 분을 삭이며 관장실로 돌아갔다.

노관장 현기명은 소파에 앉았고, 블랙 길드 소속으로 쿠데타에 참가했다가 노관장에게 붙잡혀 졸지에 김현의 제자가 되고 만 구선희는 비서처럼 조용히 현기명 뒤에 섰다. 그녀는 어디든 그림자처럼 현기명을 따라다녔다.

"사부님, 그냥 잠자코 있을 수는 없습니다."

"문제는 뒤에 숨어서 떡밥을 뿌리는 놈이야."

"설마? 대사형일까요?"

"그렇다고 봐야 하지 않겠느냐? 믿는 구석이 없다면 사범들이 저토록 대담하게 나오겠느냐?"

"그도 그렇군요. 전 어떻게 해야 할까요?"

"넌 가만히 있으면 된다. 천무관이나 제대로 파악해 둬라. 칼춤을 춰야 할 테니까."

"……알겠습니다."

제자의 어깨를 가볍게 두드린 노관장은 복도로 나왔다.

뒷짐을 지고 걷던 그가 구선희를 쳐다봤다.

"백선철을 만나야겠다. 전화 걸어라."

"네, 사조님."

핸드폰을 꺼낸 구선희는 번호를 찾아 전화를 걸었다.

상대가 전화를 받자 구선희는 노관장에게 핸드폰을 두 손으로 건넸다.

"나, 현기명이오. 만납시다. 그래, 거기서."

간단히 통화를 끝낸 현기명의 얼굴에서 인자하게 웃는 할아버지의 표정은 사라지고, 피비린내 나는 전투를 앞둔 전사의 살기가 솟아났다.

잠시 후, 현기명은 약속 장소로 출발했다.

백선철은 15분이나 일찍 한정식집에 도착했다.

'이 늙은이가 갑자기 왜 보자는 거지? 그 기사 때문에? 자기가 아직도 천무관의 주인이라고 생각하는 건가? 날 오라 가라 하다니 말이야. 뒷방으로 밀려났으면 거기에 만족할 줄 알아야지.'

그는 머리가 몽롱해지자 양복 주머니에서 알약이 든 유리병을 꺼냈다. 붉은 알약 하나를 입에 넣고 물을 마셔 삼키자 조급한 마음이 가라앉았다.

백선철은 유리병을 들어 올려 자세히 살폈다.

"이젠 이거 없인 못 살아."

적두에 대해 처음 들은 건 4년 전 여름이었고, 진실을 알려 주고 적두까지 구해 준 사람은 바로 강영준이었다. 강영준 덕에 각성자의 존재, 유니온에 대해 알 수 있게 되었다.

노관장에게 어떤 식으로 핑계를 댈지 속으로 고민하던 백선철은 벽을 통과해 다가오는 현기명을 보고 할 말을 잃었다.

그 순간 그는 또 다른 진실을 깨달았다.

'노관장도 각성자야! 강영준 관장은 이런 이야기, 한 적

없어.'

"오랜만이군."

현기명이 손을 내밀었다.

백선철은 잠시 후 그 손을 맞잡았다.

악수를 나누는 짧은 순간, 현기명은 대외적으로 당당한 언론인이라고 칭송받는 백선철이 얼마나 뒤가 구린 놈인지 알아차리고 할 말을 잃었다.

접촉으로 상대의 죄악을 알아내는 건 각성을 통해 현기명이 얻은 능력이었다.

"기사, 재밌더군."

"그, 그건……."

"다음 달부터 자네가 소유한 신문사의 광고가 절반으로 줄어들 거야. 그리고 순차적으로 나머지 광고도 끊길 거야. 광고 없이 살아남으려면 아주 양질의 기사를 써서 사람들의 마음을 사로잡아야 하는데, 자네라면 아주 잘할 거라고 생각하네."

그때, 전화가 왔다.

"받게나."

현기명이었다.

백선철은 중요한 약속 시간에 전화를 건 비서에게 호통을 치려다가 말문이 막혔다. 바로 광고주로부터 연락이 와서 광고에 문제가 생겼다는 내용 때문이었다.

백선철은 멍한 눈으로 노관장을 쳐다봤다.

'엄포가 아니야. 진짜로 광고가 다 떨어져 나갈지도 몰라. 이런!'

"난 철호를 후계자로 삼았네."

"……네?"

"천부선공의 후계자 말이야."

"그, 그게 정말입니까?"

백선철은 강영준이 천무관의 관장 자리에 있으면서도 불안해했던 이유를 잘 알았다. 바로 천부선공의 후계자가 되지 못했다는 사실 때문이었다.

어쩌면 강영준이 정계, 재계, 언론계 등 다양한 인맥을 만들려 애를 쓴 이유가 바로 그 때문인지도 모른다.

"자넨 지금 누구와 함께 있나?"

"죄송합니다. 예상 못 한 말씀이라서요."

"천무관에 대해 악담을 쏟아 낸 기사를 허락한 데스크를 모조리 잘라 내. 기사를 작성한 기자도 함께. 그리고 자네의 찌라시가 낸 흠집을 원래대로 복구하는 게 좋을 거야. 아, 언론의자유는 아주 중요하겠지. 자유를 그렇게 원한다면, 맘대로 해 보게. 나 역시 자유롭게 할 테니까. 음, 여기 좀 답답하지 않나? 갑자기 하늘이 보고 싶군."

현기명이 손을 위로 들자, 천장이 들썩거렸다. 이어서 거미줄처럼 금이 가더니 조각조각 나뉘며 천장과 지붕이 뜯겨 나갔다.

　잠시 후, 천장은 온데간데없고 새파란 하늘이 보였다.

　백선철은 아무 말도 할 수 없었다.

드래곤의 비밀

4년 가까이 기행이 이어졌다.

전례가 없는 파괴 작업 때문에 산맥은 그 형태가 달라졌다. 뾰족했던 봉우리는 둥그스름해졌고, 곳곳에 자리 잡은 녹색의 숲은 흙더미에 묻혔으며, 깎아지른 듯 날카롭던 절벽은 비스듬한 경사로 변해 버렸다.

파괴는 창조의 어머니였다.

김현은 산맥을 부수기만 한 게 아니었다. 산맥에 자신의 흔적을 '거창하게' 남겼다. 바로 자신의 얼굴을 산맥이라는 초대형 종이에 그린 것이다.

크고 작은 산사태는 그림을 완성하는 붓질이었다.

비디타스의 얼굴을 떠올리게 만드는 산맥에 자신의 얼굴

을 새긴 셈이었다.

물론 멀리서 보면 사람 얼굴이라고 느껴질 뿐, 김현과 그리 닮지는 않았다.

"우공이산이 아니라, 김현이산이야."

그렇게 말한 후 웃음을 터트린 김현.

동굴 위쪽 언덕에서 봐도 산맥은 과거와는 딴판이었다. 하늘을 찌르는 톱니 같은 윤곽은 이제 찾아보기 힘들었다.

언덕에 앉은 김현은 휴식이라도 취하는 것처럼 부드러운 눈빛으로 산맥을 쳐다보기 시작했다.

잠시 후, 김현은 천야장 퍼브를 영혼의 목걸이에서 불러냈다.

"흥, 무슨 일이냐?"

단단히 화가 난 퍼브.

"다 끝났어요."

"……뭐?"

눈썹 끝이 살짝 올라간 천야장.

"어르신이 걱정했던 미친 짓은 끝났다구요."

"너, 미친 게 아니었냐?"

천야장은 아무리 말해도 묵묵히 산맥을 부수기만 하는 김현을 옆에서 지켜보는 게 힘들어 영혼의 목걸이에 머물렀던 것이다.

게다가 티메후르를 찾기 위해 애를 썼지만 소용이 없었다.

"그냥 답답했어요."

"답답해서 산맥을 부숴? 그게 미친 거다."

"그럼 뭐, 미친 걸로 하죠, 헤헤."

실실 웃는 김현의 모습에 퍼브는 기가 막혔다.

"지금 웃음이 나와?"

"사라겐의 비월을 고치는 데 성질석이 필요하다고 하셨죠? 어떤 게 필요해요?"

그 질문에 천야장의 눈빛이 달라졌다. 천야장은 즉시 필요한 성질석을 읊었다.

"뇌석 한 주먹, 재생석 한 주먹, 토규석 반 주먹, 명광석 두 주먹, 금맹석 열 주먹, 진요석 한 주먹, 혼마석 두 주먹, 목근석이 열다섯 주먹."

"그렇게나 많이요?"

"평소에 관리를 잘했으면 이런 일은 없었을 게다."

"알았어요."

"알았다니?"

"그 성질석, 구해 드릴게요. 그러니까 여기서 도끼를 수리해 주세요."

"너, 돌아왔구나."

"처음부터 제정신이었지만 그렇게 믿고 싶으시면 그렇게 하세요."

김현은 천천히 일어섰다.

원없이 산맥을 두들겼더니 울분은 어느 정도 가셨고, 오랜만에 손끝이 간질간질했다. 본격적으로 던전을 찾고, 그 안을 돌아다니며 몬스터를 없애고 아이템을 찾을 생각만으로도 흥분이 몸을 달구었다.

"난 화로火爐부터 만들어야겠군. 분신을 내게 좀 붙여 줬으면 좋겠는데."

"알았어요."

김현은 빙긋 웃었다.

천야장 퍼브는 차곡차곡 쌓아 올린 벽돌 더미 위로 올라가 미리 남겨 놓은 구덩이를 내려다보았다.

"이 정도면 적당하겠어."

고개를 든 그는 김현을 향해, 아니 김현이 남겨 놓은 분신을 향해 손짓을 했다. 성질석을 찾으러 떠난 김현은 분신을 다섯이나 두고 갔다.

김현을 닮아서 때로는 누가 본체인지 구별하기 힘든 분신 중 하나가 덩굴을 얽어매어 만든 바구니를 아래로 내렸다.

넓적한 잎사귀를 깐 바구니 안에는 진흙이 가득 채워져 있었다.

퍼브는 두 발을 양쪽 벽에 디딘 자세로 그 진흙을 구덩이

바닥에 바르기 시작했다.

대부분의 사람들은 밟으면 푹 들어가는 이 부드러운 흙을 무시하겠지만 대장장이로서의 그에게 입자가 고운 이 진흙은 금속의 어머니라고 해도 과언이 아닐 만큼 중요한 재료였다.

'바로 여기서 모든 금속이 태어나니까. 여긴…… 그놈들의 자궁이니까.'

일정한 두께는 필수적이었다. 한쪽이 필요 이상으로 두꺼워지거나 지나치게 얇으면, 철광석을 녹이기도 전에 화로 자체가 깨질 수도 있다.

몸에서 땀이 났다.

천야장 퍼브는 껄껄 웃었다. 망량이 된 이후 처음으로 땀이 흐른 것이다.

"파디안."

"네, 어르신."

화로 가장자리에 서 있던 분신이 천야장을 내려다봤다. 파디안은 천야장이 붙인 이름이었다.

"네가 해 봐라."

천야장은 진흙 바르는 요령을 자세히 가르쳤다.

두 번의 설명으로 충분했다. 화로 안으로 들어간 분신 파디안은 능숙하게 진흙을 벽과 바닥에 바르기 시작했다.

팔짱을 낀 채 가끔 조언을 던지며 지켜보던 천야장의 입가에 미소가 피었다.

'이 녀석은 확실히 재능이 있어. 대장장이에겐 끈기가 무엇보다 중요한데, 그건 넘칠 만큼 충분해. 손재주도 좋고.'

파디안은 조금도 쉬지 않고 작업을 마쳤다. 천야장이 확인할 필요도 없을 만큼 꼼꼼한 작업이었다.

"수고했다."

천야장은 물주머니를 건넸다.

"아닙니다, 어르신."

물을 한 모금 마시면서도 힘든 티를 내지 않는 파디안.

천야장이 슬쩍 들어 올린 손이 파디안의 얼굴을 덮었다. 손에 묻은 진흙에 얼굴이 엉망이 되고 말았다.

껄껄 웃는 천야장.

곧 웃음은 끊겼고, 눈물이 주르르 흘러내렸다.

"어르신?"

"난 괜찮아. 옛날 생각이 잠시 났을 뿐이야."

파디안은 어릴 때 죽은 아들의 이름이었다.

워낙 대장장이로서 바빠서 아들과 같이 놀아 준 기억은 거의 없었다. 바지를 잡는 아들을 엄하게 혼낸 기억만 아직까지 남아 있을 뿐이다.

그토록 귀중한 시간일 줄은 몰랐다. 그때로 돌아갈 수만 있다면 뭐든 다 할 텐데.

파디안은 물끄러미 바라볼 뿐이었다.

"좀 씻어야겠군."

며칠 전에 만들어 놓은 목탄을 몇 개의 성질석과 함께 화로에 던져 넣은 퍼브는 강으로 향했다.

얼굴을 물에 담그고 흔들었다. 안타까운 과거의 기억도 물과 함께 잠시나마 씻겨 사라지는 느낌이었다.

'괜히 그 이름을 붙였나? 아니야, 내 후계자에게 그보다 어울리는 이름은 없어.'

고개를 들어 머리를 터는 천야장의 눈에 물레방아가 들어왔다.

강에는 큼지막한 물레방아가 힘차게 돌고 있었다. 저 물레방아의 힘은 화로에 충분한 바람을 집어넣을 터였다.

그때, 강 위쪽에서 통나무들이 뭉친 채 떠내려오는 게 보였다.

분신 세 명이 강으로 뛰어들더니 효율적인 동작으로 통나무를 강 밖으로 끌어냈다.

놀라운 힘을 발휘하여 통나무를 밀고, 수라부월공이나 광현칠검보 같은 스킬로 통나무를 부수어 목탄 제작용 땔나무로 만들기도 했다.

강으로 들어가 진흙 묻은 몸을 씻던 퍼브는 일사불란하게 움직이는 분신들을 바라보았다.

'저걸 보면 나도 분신술을 익히고 싶어지는군. 분신술 자체엔 치명적인 결함이 있을지 몰라도, 그 녀석에겐 문제가 되지 않을 수도 있겠어.'

분신 하나가 옆으로 다가왔다. 아래로 떠내려간 통나무를 건지기 위해서였다.

기지개를 켠 천야장은 수차와 화로의 연결 작업을 위해 강을 빠져나와 진흙이 구워지고 있을 화로로 향했다.

새하얀 파이프 같은 뿌리가 그물처럼 얽히고설키며 오래된 계단을 덮고 있었다.

김현은 단검을 꺼내며 계단에 쪼그리고 앉았다.

손을 뻗어 뿌리 하나를 어루만지자 오돌토돌 돌기 같은 게 느껴졌고, 곧 손이 닿은 분위 근처가 뱀처럼 꿈틀거렸다. 뿌리가 온기에 반응한 것이다.

"대령목인가?"

고개를 든 김현은 계단과 그 너머 유적을 바라보았다.

흙먼지를 뒤집어쓴 구조물은 유적의 입구로 보였다. 그 위로 하얀 껍질이 눈에 띄는 나무 두 그루가 하늘을 찌르며 서 있었다.

나무의 뿌리는 담이나 벽을 덮는 덩굴처럼 유적 일부와 아래로 연결된 계단을 점령하고 있었다.

어디에선가 까마귀 울음소리가 들렸다. 안 그래도 조용한 숲속 유적인데 까마귀 때문에 공포 영화 같은…… 분위기가 느껴졌다.

김현은 단검으로 잔뿌리 하나를 잘랐다. 조그만 뿌리인데도 철목처럼 단단해서 내공을 주입해도 꽤 시간이 걸렸다.

단면에서 피처럼 붉은 액체가 흘러나와 계단을 타고 흘렀다.

'이 피 같은 액체, 대령목이 분명해. 확인해 볼까.'

단검을 허리띠에 찔러 넣은 김현은 인벤토리에서 두툼한 책을 꺼냈다.

책은 손때가 짙게 묻어 있었다. 심심할 때면 꺼내 봤던 것이다. 그 책 뒤쪽에서 찾아낸 삽화는 유적을 화분 삼아 자라난 나무와 매우 비슷했다.

"역시."

모두 스물두 권에 달하는 《룬트란 왕국의 역사》는 단순히 역사적 사실만 담은 책이 아니었다. 신화, 정치, 철학, 종교를 비롯해 과학과 기술, 문화까지 섭렵하는데, 그중 19권은 룬트란 왕국에서 자라는 각종 초목에 대한 설명으로 가득했다.

바로 거기에 대령목이 나와 있었다.

대령목 뿌리에는 빙한석과 명광석이 감자나 고구마처럼 열리는데, 나무가 클수록 성질석도 커진다. 명광석은 사라겐의 비월 수리에 꼭 필요한 성질석 중 하나였다.

"음, 저 큰 대령목을 뽑는 건 나중에 해야겠다."

책을 인벤토리에 집어넣은 김현은 하얀 뿌리를 밟고 유적으로 올라갔다.

낡은 석문을 힘주어 밀자 돌과 돌이 마찰하며 긁히는 소리가 꽤 크게 들렸다. 다행히 문은 열렸고, 어둠에 삼켜진 통로의 일부가 눈에 들어왔다.

가슴이 뛰기 시작했다. 저 안쪽 어딘가에 티메후르가 있을지도 모른다.

티메후르를 찾아내면 시간이 정지해 버린 것만 같은 이 빌어먹을 세계에서 벗어날 수 있다. 그러면 엄마가 있는 현실로 나갈 수 있을 테고, 생각만 해도 입에 침이 고이는 진짜 된장찌개에 밥을 슥슥 비벼 먹을 수도 있을 것이다.

"……아니야, 아직은."

김현은 침을 삼켰다.

몸에 흡수된 운명의 구슬을 없애거나 적어도 스스로 컨트롤하기 전에는 이곳을 떠날 수 없다. 언제 터질지 모르는 몸으로 엄마를 만나서는 안 된다.

성질석을 찾기 위해 동굴을 떠나 이곳까지 왔다. 하지만 그 이유가 유일한 목적은 아니었다.

김현은 팔에 힘을 줬다. 근육이 튀어나오자 피부 안쪽에서 거품 같은 것들이 커졌다가 줄어들었다.

'이 열기를 없앨 방법, 반드시 찾아내야 해.'

이를 악문 김현은 허리띠에 걸려 있는 목검을 뽑았다.

'생각보다 안 어둡네. 아니야, 내 눈이 밝아진 거야. 불을 굳이 피우지 않아도 되겠다.'

김현은 몇 가지 이유를 생각해 봤다.

내공의 증가로 눈이 좋아졌을지도 모른다. 어쩌면 운명의 구슬 덕에 생긴 회복력이 시력에 영향을 미쳤을 가능성도 배제할 수는 없다.

낯선 세계로 한 걸음 한 걸음 내딛는 동안, 가슴 안쪽의 심장이 요동쳤다.

흥분으로 입안이 바짝 말랐다. 확실히 산맥을 부술 때와는 마음가짐 자체가 달랐다.

그때, 코로 스며드는 악취.

이어서 인기척이 앞쪽에서 느껴졌다.

처음 나타난 몬스터는 좀비였다.

썩어서 광대뼈가 드러난 뺨, 흐리멍덩한 눈동자, 날카로운 송곳니, 입가로 질질 흐르는 침 그리고 살아 있는 존재를 향한 맹목적인 증오.

비틀거리며 다가오던 좀비가 킁킁 소리를 내며 고개를 쳐들었다. 냄새로 김현을 알아차린 것이다.

기괴한 소리를 질러 대며 돌진하는 좀비.

김현은 목검을 들어 가볍게 어깨를 때렸다.

퍽.

힘을 별로 들이지 않은 일격에 어깨가 함몰되고 팔이 뜯겨 나갔다. 좀비는 앞으로 철퍼덕 쓰러졌다.

겨우 일어선 좀비.

김현은 목검을 살폈다. 내공도 주입하지 않았건만.

'아! 대련 때문이야. 맨날 그 질기고 강한 분신들과 싸우다가 저렇게 허약한 놈을 만났으니 힘 조절이 안 된 거지. 그래도 손맛은 좋아.'

좀비가 입을 벌린 채 달려드는 순간, 목검이 무릎을 후려쳤다.

무릎이 꺾인 좀비는 뒤로 넘어갔지만 죽지는 않았다.

대가리가 박살 나지 않는 이상 좀비는 죽지 않는다.

'왜 한 놈뿐이지? 좀비는 보통 떼로 몰려다니는데.'

그때 소리가 들렸고, 점점 커졌다.

김현은 빙긋 웃었다.

'스트레스 좀 풀어 볼까.'

좀비들이 끝도 없이 몰려왔다.

'유니온 본부로 내려왔던 사람들 같아. 세뇌당해 자기가 뭘 하는지도 모른 채 무기가 될 만한 걸 들고 복도를 가득 채

운 사람들.'

물론 그 사람들과 좀비가 같다고 생각하진 않는다.

김현이 휘두르는 훈련용 목검에 맞아 팔이 뒤틀리고, 손가락이 날아가고, 다리가 꺾여도 놈들은 집요했다.

김현은 목검을 통해 손으로 전해지는 타격감을 느끼며 본격적으로 광현칠검보를 펼쳤다.

오른손으로 쥔 목검을 통해 광현칠검보가 펼쳐질 때, 왼손은 천무삼권의 세 초식을 머금고 있었다. 그리고 다리는 수라부월공의 방식으로 등 뒤로 몰려드는 좀비들을 날려 버렸다.

분신은 일부러 만들지 않았다.

무엇보다, 이 격렬한 싸움의 즐거움을 분신과 나누고 싶지 않았다.

수백 마리의 좀비들이 모두 쓰러졌고, 김현은 혼자 서 있었다.

"휴우."

호흡이 조금 가쁠 뿐, 김현은 긁힌 상처 하나 없었다.

이렇게 강해졌을 줄이야.

'본격적으로 시작해 볼까.'

김현은 비교적 멀쩡한 좀비를 골랐다. 그리고 녀석의 어깨를 움켜쥔 채 공간 이동술을 펼쳤다.

대령목에 묶인 좀비가 고함을 질러 댔다. 몸을 버둥거리려 해도 질긴 덩굴로 꽁꽁 휘감겨 꼼짝도 할 수 없었다.

김현은 가죽옷을 찢어 녀석의 입을 막았다.

"이제 좀 낫네."

숨을 천천히 고르며 마음을 가다듬는 김현의 얼굴에서 긴 장감이 느껴진다.

좀비 앞으로 걸어간 그는 손을 들어 녀석의 가슴 언저리에 갖다 댔다. 그 감촉을 느꼈는지 좀비는 몸부림을 쳤다.

김현은 잠시 망설였다. 그냥 좀비를 풀어 줄까 고민했다.

해야 하는 일이었다. 그런데 마음은 자꾸 뒤로 물러난다. 유치원 시절, 치과에 끌려갈 때처럼 달아나고 싶달까.

'미뤄 봐야 소용없어. 내려가 보자.'

김현은 눈을 감았다.

빠르게 가라앉는 느낌. 마치 빌딩 꼭대기에서 고속 엘리베이터를 타고 1층으로 내려가는 것만 같았다.

트란스의 세계로 진입하는 건, 김현에게 가능하면 피하고 싶은 일이었다. 거대한 태양 같은 불덩이를 대면할 때마다 그 어떤 노력도 통하지 않는다는 냉혹한 진실을 맞닥뜨리기 때문이었다.

시간이 느리게 흐르는 이 세계에서 수십 년 동안 온갖 방법으로 강해지려 애썼다. 분신을 이용하여 무공을 익혔을 뿐 아니라 그 분신과의 대련으로 더 강해지려 노력했다.

그럼에도 격차는 줄어들지 않는다.

아니, 애초에 불가능한 일이었을지도 모른다.

김현은 천천히 눈을 떴다.

'여기는…… 우주야.'

무중력 공간에 떠 있는 느낌마저 우주와 유사했다. 산소통을 짊어지고 혼자 유영하는 우주인이 이런 느낌일지도 모른다.

다만, 원하는 대로 몸이 움직인다는 점이 다를 뿐이었다.

태양처럼 이글거리는 불덩어리는 시야를 가득 채울 만큼 거대했다. 보고 있으면 빨려 들어갈 것만 같았다.

'빨간 블랙홀 같아.'

김현은 자신도 모르게 생각을 입으로 말했다.

"그러면 레드홀이네, 레드홀."

레드홀을 배경으로 볼링공 같은 덩어리가 보였다.

'덩어리라 부르기에도 민망해. 진짜 작다. 휴우, 이러니까 여기만 내려오면 힘이 빠지는 거야. 진짜 아무것도 하기 싫어진다. 저렇게 작아서야 뭘 할 수 있을까?'

김현은 기분이 상했다.

검정, 빨강, 파랑, 초록 등 다양한 색깔의 털실이 무수히 얽혀 있으면서도 저마다의 리듬으로 진동하는 그 물체는 바로 자신이었다. 특이한 방식으로 왜곡되는 거울을 들여다보면 이런 느낌이 들지도 모른다.

천천히 몸을 돌린 김현은 자신보다도 훨씬 작고 엉성한 춤을 발견했다.

녹슨 철사 같은 것이 엉킨 채 빙글빙글 돌고 있었다. 어찌 보면 날카로운 가시가 달린 검은 뱀 여러 마리가 서로 다른 방향으로 엉킨 채 휘감고 도는 느낌도 들었다.

바로 좀비였다. 그놈의 춤이었다.

그 춤에서 뻗어 나온 새까맣고 가느다란 실이 저 위쪽 어딘가로 이어져 있었다.

'저런 식으로 다른 좀비들과 연결되어 있구나.'

김현은 등 뒤에서 이글대는 열기를 무시하며 그 작고 어설픈 춤을 향해 다가갔다.

춤을 이루는 뱀은 모두 여섯 마리였다. 진짜 뱀은 아니지만 꿈틀거리며 서로를 휘감는 동작은 뱀과 매우 닮아 있었다.

그 순간, 각각의 기다란 춤은 정말 검은 독사로 변해 버렸다.

김현은 그중 밖으로 나와 있는 뱀을 향해 손을 뻗었다.

'이게 뭔지 알아야 돼. 그래야 저 태양 같은 놈도 어떻게 할 수 있을 테니까.'

손이 녀석에게 닿았다.

끈적거리면서도 차가운 느낌.

그때, 녀석이 김현의 손을 감아 버렸다.

황급히 손을 빼려 했지만 옥죄며 당기는 힘은 예상외였다.

게다가 다른 뱀들도 빠르게 다가와 김현의 어깨, 팔, 허리, 무릎 등을 휘감았다.

오히려 끌려가는 김현.

그때, 김현은 여러 색깔로 빛나며 회전하던 자신의 춤이 좀비의 춤을 이루는 까만 뱀처럼 새까맣게 변할 뿐 아니라 가시가 튀어나와 서로를 끊고 있음을 발견했다.

'잠식당하고 있어.'

김현은 공간 이동술을 펼쳤다.

그가 뱀에게서 빠져나가자 김현의 춤도 원래대로 돌아왔다.

독사들은 김현을 향해 날아왔다.

'목검이 있으면 좋겠는데.'

생각을 하는 순간, 김현은 자신의 손아귀 안에서 저절로 생성되는 목검을 발견했다.

달려드는 여섯 마리 뱀을 목검으로 후려치자, 녀석들은 김현 주위를 달처럼 맴돌며 틈을 엿볼 뿐 섣불리 접근하지 못했다.

김현은 목검을 들어 올렸다.

'떠올리는 순간 목검이 나타났어. 그렇다면 혹시?'

목검 대신 사라겐의 비월을 상상하자, 목검은 사라지고 그 자리에 양날도끼가 나타났다.

내구력 부족으로 아예 천야장에게 맡겨 놓은 사라젠의 비월을 쥐고 있으니 저 무시무시한 레드홀도 더 이상 두렵지 않았다.

'다 죽었어!'

김현은 비월 위에 섰다.

양날도끼는 주인의 뜻대로 날아다녔고, 독사들은 잘린 메두사의 대가리처럼 도망치기 바빴다.

사라젠의 비월을 탄 채 목검을 휘두르자 여섯 마리의 뱀이 풀리며 흩어졌다. 김현이 고립된 뱀 대가리를 뒤에서 잡으려는 순간, 빛이 터져 나오며 뱀이 불타 버렸다.

나머지 뱀도 마찬가지였다.

'어떻게 된 거지?'

김현은 즉시 트랜스를 빠져나왔다.

눈을 뜬 김현은 재로 변한 좀비를 발견했다. 느슨해진 덩굴만 대령목을 휘감고 있었다.

녀석들의 춤을 강제로 해체하자 존재 자체가 무너진 것이다.

'춤이 멈추면…… 죽는 거구나.'

김현은 침을 꿀꺽 삼켰다.

트란스의 세계는 기묘했다.

텅 빈 우주 같은 그 공간에서는 운명의 구슬이 태양처럼 열기를 발산했고, 작아도 오색찬란한 김현의 춤이 그 주위를 맴도는 중이었다.

'이래서 인간이 소우주라는 걸까.'

김현은 용현갑을 착용한 채 사라겐의 비월을 타고 레드홀 주위를 날아다녔다.

이곳은 생각으로 용현갑 같은 아이템을 만들어 낼 수 있는데, 실제로 존재하는 아이템만 가능했다. 안진후나 체리 같은 사람은 아무리 상상해도 불러낼 수 없어서 아쉬웠다.

김현은 자주 트란스로 내려갔다. 레드홀을 볼 때마다 느껴지는 열등감, 좌절 따위에 익숙해지기 위해서였다.

쉽지 않은 일이었다.

그래도 해야만 하기 때문에 했고, 다행히도 김현에겐 유리한 점이 하나 있었다. 바로 시간이었다. 무엇이든 시간을 들이면 능숙해지는 법이니까.

트란스에서 빠져나온 김현은 어지러워 잠시 비틀거렸다. 그 바람에 하마터면 대령목 나뭇가지 위에 임시로 만든 집 밖으로, 20미터 아래로 추락할 뻔했다.

"휴우."

주저앉은 김현.

트란스에 내려가는 건 종일 땀 흘리며 수련하는 것보다 더 힘든 일이었다.

바람에 나뭇잎들이 부딪치며 사그락거렸다. 흔들리는 나뭇잎 그림자는 누워 버린 김현의 얼굴 위로 역동적인 모자이크를 드리웠다.

그때 들린 꼬르륵 소리.

'아, 며칠 동안 아무것도 안 먹었구나.'

장기 보관을 위해 만들어 놓은 훈제 고기는 바닥난 상태였다. 고기를 훈제하는 법은 천야장에게서 배웠다.

억지로 몸을 일으킨 김현은 사냥에 나섰다.

적당한 크기의 사슴 비슷한 동물 예닐곱 마리를 한꺼번에 잡아 가죽을 벗기고 내장을 끄집어낸 후, 고기만 따로 발라 냈다.

대가리가 두 개나 달린 독수리 같은 새들이 근처에 몰려들었다. 놈들은 김현이 버리고 갈 뼈다귀와 내장을 기다리고 있었다.

청소꾼에게 찌꺼기를 남긴 김현은 대령목 위로 올라갔다.

적당한 굵기의 통나무를 깐 바닥 중앙에는 불을 피울 수 있도록 돌을 쌓아서 화로도 미리 만들어 두었다.

다리 살 같은 큼지막한 부위는 꼬챙이에 끼워 훈연하고, 등심 일부분은 당장 먹기 위해 양념을 발라 불에 구웠다. 입에 넣고 씹으니 즙이 왈칵 쏟아졌다.

허겁지겁 먹어 치운 김현은 훈제 고기는 가죽 주머니에 잘 넣어 두었다.

고기로 가득 찬 주머니를 인벤토리로 옮기려는데, 정리 한 번 하지 않아서인지 안쪽이 엉망진창이었다.

'하기 싫은데.'

고기를 밀어 넣을 수만 있다면 굳이 정돈 따위 할 필요는 없을 터였다.

한숨을 내쉰 김현은 인벤토리에 있는 물건을 모조리 밖으로 꺼냈다.

허공에 손을 집어 넣고 마술처럼 약병이나 책 따위를 꺼내어 바닥에 내려놓았다.

용현갑을 한쪽에 두고, 빈 약병 무더기를 맞은편에 세워 두었다. 《룬트란 왕국의 역사》를 비롯해 수십 권의 책을 꺼내어 차곡차곡 쌓아 올리자 안쪽에서 뒹굴던 아이템이 눈에 들어왔다.

"아, 저건!"

붉은 날이 인상적인 검을 본 순간, 김현은 중학교 때 같은 반 학생이었던…… 백정현을 떠올렸다. 그 검은 녀석에게서 빼앗은 플레임소드였다.

자루를 잡자 거기로 내공이 쏟아져 들어갔다. 곧 화염이 검을 에워쌌는데, 확실히 백정현이 사용했을 때보다는 약했다.

백정현은 플레임소드의 능력을 극대화할 수 있는 스킬까지 익혔던 것이다.

'이 검이 인벤토리 안에서 뒹굴고 있었다니. 오늘 정리 정돈하느라 꺼내지 않았다면 아주 오랫동안 처박혀 있었겠다. 앞으로 자주 정리해야겠다.'

그 옆에는 파란색 가죽화가 놓여 있었다.

"음, 이게 뭐더라."

저 아이템도 백정현에게서 받은 것이었다.

부드러운 가죽 재질의 슈즈를 신자, 메시지 창이 나타났다.

콘빅토르의 블루 슈즈

블루 슈즈는 7대무문의 일원이자 권법으로 유명한 콘빅토르가 접근전을 위해 만들어 낸 아이템으로, 몬스터 세푸의 가죽에 풍음석 가루를 발라서 완성시킨 슈즈입니다.

착용자는 이동속도가 빨라질 뿐 아니라 지혜로워지며, 무엇보다 단번에 거리를 줄이는 스킬 '돌진'이 가능해집니다. 어떤 상황에서도 사용할 수 있는 돌진은 하루에 한 번 사용할 수 있습니다.

효과 : 지혜 +25, 이동속도 +150%

스킬 : 돌진-최대 거리 50미터, 하루에 한 번

몸이 굉장히 가벼웠다. 팔다리에 맨 모래주머니를 한꺼번에 풀어 버린 느낌이었다.

슈즈에 깃든 스킬 '돌진'은 하루에 한 번 거리를 순식간에 줄일 수 있는데, 공간 이동술에 익숙한 김현에게는 그리 큰

메리트가 아니었다.

'그래도 뭐, 없는 것보단 낫겠지.'

근처에서 파란색 팔찌를 발견했다. 그걸 손목에 찼더니 또 메시지 창이 떴다.

벨리에브의 블루 브레이슬릿

블루 브레이슬릿은 와이번을 닮은 몬스터 게브란의 심장에서 찾아낸 암혼석을 중심으로 풍음석, 진요석을 추가한 팔찌로 이동속도와 공격 속도를 빠르게 해 줍니다. 가장 큰 특징은 '마비 현상'으로, 마비에 당하면 일정 시간 동안 마력과 내공을 쓸 수 없게 됩니다. 바로 암혼석에 스며든 게브란의 독 때문입니다.

효과 : 이동속도 +30%, 공격 속도 +50%, 착용 시 공격할 때 20% 확률로 마비

벨리에브의 블루 브레이슬릿의 장점은 바로 '마비'였다. 20%의 확률이지만 요긴하게 사용될 수도 있는 능력이었다.

검은색 '혼돈의 반지'는 껴도 소용이 없었다. 죽음의 힘이 김현에겐 없었던 것이다.

"이게 다 백정현 덕분이야. 나중에라도 만나면 꼭 고맙다고 인사해야겠다."

김현은 잔뜩 흥분했다. 보물을 찾아낸 기분이었다.

윤태희가 마련해 준 룬덴 세트도 한쪽에 방치되어 있었다. 그 앞에는 검은 뿔이 놓여 있었는데, 한참 기억을 더듬은 후에야 미노타우로스의 뿔이라는 사실을 떠올릴 수 있었다.

소드오브아이스, 즉 빙검은 비교적 가까운 곳에 놓여 있었
다. 내공이나 마력이 주입되면 냉기가 서리는 검을 이렇게나
까맣게 잊다니.

'설마, 치매 증상은 아니겠지? 어떻게 이런 아이템을 넣어
놓고 까맣게 잊을 수 있지?'

이어 인벤토리에서 깜짝 놀랄 만한 것을 찾아낸 김현은 할
말을 잃었다.

그건 어슬프게 만든 우리였고, 그 안에는 두 마리의 뱀이
갇혀 있었다. 바로 자이곤과 릴리스였다.

"이게 왜 여기 있지?"

이번엔 아무리 머리를 짜내도 기억이 나지 않았다.

분명히 자신이 넣어 둔 것일 텐데, 도무지 생각이 안 났다.

혼마석은 보는 순간, 기가 꺾인 대사형 강영준의 표정이
떠올랐다. 아들과 함께 사라진 그는 어떻게 되었을까?

혼마석은 굉장히 희귀한 성질석이었다. 세뇌 같은 정신 마
법의 재료로 사용되는데, 그냥 섭취하면 사람을 광기로 가득
채우는 물질이기도 했다.

룬트란의 역대 왕 중 몇 명은 혼마석을 섞은 독에 당해 삶을
마감했다는 이야기도 《룬트란 왕국의 역사》에 나와 있었다.

용현갑을 착용하고 두 자루 검을 허리에 찬 후, 슈즈를 신
고 브레이슬릿을 손목에 찼다.

페플로 올라간 느낌. 삶에서 비정상적인 부분이 사라지고

싱크

지극히 평범해진 기분이 들었다.

"휴우."

김현은 갑옷은 물론 검, 신발, 팔찌 따위를 인벤토리에 넣었다. 내부의 열기가 폭발하면 아이템의 내구력이 줄어들거나 아예 망가질 수도 있기 때문이다.

"배도 채웠겠다, 다시 시작해 볼까."

인벤토리 정리를 끝내고 고기까지 다 집어넣은 김현은 아래로 훌쩍 뛰어내렸다.

"뭐야?"

던전 꽤 깊이 내려왔건만, 좀비는 한 마리도 나타나지 않았다.

소문이 난 모양이었다.

하긴, 벌써 수십 마리를 잡아다가 이런저런 방식으로 죽여 버렸으니 그럴 만도 했다.

두 시간이나 뒤진 끝에 좀비 세 마리를 찾아냈다. 녀석들은 김현을 보자 공격은커녕 바로 도망쳤다. 쫓아가서 잡지 않았다면 놓치고 말았을 것이다.

녀석들을 현섬으로 대령목 위의 집으로 데려온 김현은 미리 준비한 덩굴로 잘 묶었다.

잠시 후, 김현은 트란스의 세계로 내려갔다.

거대한 레드홀 주위로 오색의 춤이 도는 중이었다. 좀비 세 마리의 춤은 김현 근처에 둥실 떠 있었다.

김현은 사라겐의 비월을 타고 날아다니며 좀비들을, 그 춤을 이루는 뱀을 관찰했다. 놈들이 다가오면 피해 버렸다.

휘감기면 위험해진다. 놈들을 건드려서 죽이면 또 던전으로 가서 잡아 와야 할 것이다.

'시간이 좀 걸리겠어. 뭐, 상관없어. 시간은 넘쳐 나니까.'

관찰에 시간을 들일수록 미세한 차이점이 뚜렷해졌다.

하루 종일 좀비의 춤을 지켜본 결과 여섯 마리의 뱀이 어떻게 다른지, 어떤 춤을 추는지, 다음 동작은 어떤 것일지 예측할 수 있었는데, 그 확률은 70%를 훌쩍 넘었다.

'여섯 종류의 춤이야. 그 춤이 좀비의 중심에 있어.'

김현은 그 춤을 이해하고 싶었다. 바닥까지 파고들어 특징은 물론 강점과 약점까지 캐내고 싶었다.

첫 번째 춤은 절도가 있고 동작이 컸다.

'수라부월공과 비슷해. 특히 일부 동작은 동령고송의 판박이야. 아, 맞아. 콜마 육사형은 춤과 무술은 하나라고 했어. 둘이서 추는 춤이 무공이라고 하셨으니까.'

룬트란 왕국의 수도 마르세르의 왕궁에서 열린 무도회가 생각났다. 공주와 춤을 춘 기억이 자연스럽게 떠올랐다.

춤에는 네 개의 단계가 있다. 서로를 탐색하는 탐무, 본격적으로 춤을 추는 운무, 절정에 이르는 위무, 마무리를 맺는 결무의 단계를 통하여 춤은 하나의 예술로 완성된다.

김현은 활짝 웃었다.

그때는 정말 아무 생각도 없이 즐거워할 수 있었다. 삶이 이렇게나 달라질 줄은 상상도 못 했다.

김현은 첫 번째 뱀의 춤을 흉내 내기 시작했다. 겉으로 지켜보는 것과 직접 해 보는 것은 완전히 다른 경험일 터였다.

무공 수련이라고 생각하니 마음이 설레기까지 했다.

그건 춤이면서 동시에 무공이었다. 각 동작에 깃든 힘이 느껴졌다.

잠시 후, 놀라운 일이 벌어졌다.

좀비 세 마리의 춤에서 세 마리의 독사가 스르륵 풀어져 나왔다.

목검으로 한참을 두들겨야 겨우 해체할 수 있었고, 힘을 사용하여 강제로 흩어 버리면 즉시 소멸되는 뱀이 스스로 분리되다니! 한 번도 못 본 현상이었다.

그때, 김현은 한 가지 사실을 깨달았다.

'이 녀석들, 나랑 같은 춤을 추고 있잖아.'

김현은 항아리 속 코브라를 끄집어내어 춤추게 만드는 노인이 된 기분이었다.

춤이 춤을 끌어당긴 것이다.

김현은 관찰한 대로 춤을 이끌었다.

그 반응은 즉각적이었다. 뱀들은 약에 취한 것처럼 흐느적거리면서도 리듬에 맞게 몸을 흔들어 댔다.

김현도 신이 났다. 자기가 춤을 추는 게 아니라 춤이 자신을 조종하는 것만 같았다.

그때, 얼굴 하나가 떠올랐다. 평범하나 무심한 남자의 얼굴.

오래전에 잊어버린 중학교 1학년 때 담임의 얼굴이 생생하게 기억났다.

바득바득 이를 가는 김현.

담임선생님이 조금만 관심을 가졌다면 친구 이기용은 자살을 택하지 않았을 것이다. 심지어 그 선생은 노골적인 방식으로 이기용의 죽음에 대한 책임을 오히려 김현에게 돌렸다.

담임이 그런 짓을 하지 않았다면 스스로 방에 틀어박히지 않았을지도 모른다.

이기용을 괴롭혔던 백정현도 생각났다.

능력과 기억을 동시에 잃고 미국으로 떠났는데도 미움의 감정은 아주 강렬하게 남아 있었다.

아버지의 이목구비가 떠오르는 순간, 김현은 극심한 통증을 느꼈다. 머리가 깨지는 것처럼 아팠다.

마음은 분노와 증오로 들끓었다. 그 에너지가 몸을 통해 격렬한 춤으로 이어졌고, 다시 춤은 혐오의 감정을 자극했다.

증오의 물결이 퍼져 나갔다.

곁에서 아들을 묵묵히 도와준 엄마마저 미웠다. 혼자 일을 하며 아들을 키우느라 바빴던 엄마는 너무나 늦게 진실을 알게 되었고, 이미 아들은 마음의 문을 닫아 버린 후였다.

안진후마저 꼴보기 싫었다.

여기 뎁스 파이브의 세계에 처박힌 것도 따지고 보면 안진후를 만났기 때문이다.

황철호, 현기명은 물론 겔란드, 콜마 등도 증오의 대상에 포함되었다. 엘루마에 있을 아로간타르나 체리도 지금 김현에겐 미워하는 사람들 중 하나였다.

기억나는 사람들 모두가 죽이고 싶도록 밉다는 사실에 김현은 깜짝 놀랐다. 정상적인 감정 변화가 아니었다.

'춤 때문이야!'

멈추려 해 봐도 소용이 없었다. 기적을 울리며 질주하는 기관차처럼 춤은 거침이 없었다.

서서히 다가오는 세 마리 뱀. 그리고 나머지 뱀들도 거리를 줄이고 있었다.

그제야 김현은 자기가 한 짓이 얼마나 위험한 것인지 깨달았다. 스스로 좀비를 끌어당긴 것이다.

현섬을 이용한 탈출은 불가능했다. 자력으로 춤을 멈추지 않는 한, 그 어떤 방법도 무용지물일 것이다 .

　그때, 낯선 형태의 물체가 나타나 다가오던 좀비 세 마리의 춤을 집어삼키며 사라졌다.

　춤은 저절로 중단되었다.

　물속에서 노는 물고기를 맨손으로 잡아내는 노련한 어부처럼, 무언가가 김현을 트랜스의 세계에서 위로 끄집어 올렸다.

　어마어마한 충격에 코에서 피가 흘러내렸고, 귀가 먹먹했으며, 심장은 몇 배나 빨리 쿵쿵거렸다.

　정신을 차린 김현은 저 멀리 아래로 손바닥만 한 숲과 그 사이로 흐르는 강을 볼 수 있었다. 저 멀리 4년 동안 부순 산맥이 어렴풋이 하늘과 땅 사이에 서 있었다.

　고개를 든 김현은 할 말을 잃었다.

　익룡 같은 몬스터가 날개를 활짝 펼친 채 하늘 높이 날고 있었다. 놈의 발톱은 김현의 등과 어깨를 꽉 움켜쥐고 있었다.

　'이 녀석, 게브란이야. 와이번과는 사촌이라고 할 수 있는.'

　김현은《룬트란 왕국의 역사》에서 본 내용을 떠올렸다.

　앞서 날아가는 게브란의 발톱 사이에는 덩굴에 묶인 세 마리 좀비가 잡혀 있었다.

　'트랜스에 내려가 있는 동안, 이 녀석들은 하늘에서 기회만 노리고 있었던 거야. 난 그것도 모르고 내부에만 집중한 거고.'

　거친 바람은 따귀를 때리듯 김현의 뺨을 치고 지나갔다.

풍향이 바뀌자 게브란의 날개 각도가 달라졌다. 자연스럽게 활강하는 게브란 때문에 어깨에 박힌 발톱이 쇄골을 건드렸다.

김현은 겨우 신음을 삼켰다.

한참을 날아간 게브란은 협곡으로 접어들었다.

상승기류를 만나자 위로 솟구친 게브란은 산봉우리를 하나 넘어 건너편 절벽의 둥지로 부드럽게 착지했다.

발톱에서 풀려난 김현은 둥지 구석에 처박혔다. 이상하리만치 무기력했는데, 곧 그 이유를 알아차렸다.

'게브란의 발톱과 침에는…… 내공이나 마력을 무력화시키는 성분이 있어.'

《룬트란 왕국의 역사》에서 본 내용이 뒤늦게 생각난 것이다.

끔찍한 울음소리.

커다란 둥지에는 새끼 세 마리가 부리를 벌리며 울어 대고 있었다.

부모는 또 다른 먹잇감을 구하려고 날아올랐다. 날개가 일으킨 돌풍에 하마터면 김현은 둥지 밖으로, 절벽 아래로 떨어질 뻔했다.

웬만한 어른보다 몸집이 큰 게브란 새끼가 앞서 내려앉은 수컷이 던진 좀비 하나를 부리로 찍어 위로 올렸다가 팔을 잡고 흔들었다.

뜯겨 나간 팔.

게브란 새끼는 그 팔을 꿀꺽 삼켰다.

다른 새끼들이 달려들어 남은 팔과 다리를 차지하려고 다툼을 벌였다.

순식간에 세 마리 좀비를 먹어 치운 새끼들은 김현을 발견했다.

그토록 힘겹게 수련해서 모은 내공은 모조리 사라졌다. 수라부월공이든 타각이든 광현칠검보든, 지금은 조금도 도움이 되지 않았다.

김현은 내면 깊은 곳에 있는 어마어마한 불덩어리를 떠올렸다. 그 일부라도 폭발하면 저 새끼들은 물론 둥지까지 날려 버릴 수 있을 것이다.

'문제는 여기서 떨어지면 나도 죽고 말 거라는 사실이야.'

그렇다고 가만히 있을 수는 없다. 저놈들에게 먹히고 말 것이다.

김현은 얼른 인벤토리에서 가죽 주머니를 꺼냈다. 거기서 잘 익은 훈제 고깃덩이를 집어 먼 곳으로 던졌다.

새끼들은 덜 자란 날개를 거칠게 파닥거리며 고기를 향해 몰려갔지만 금세 돌아왔다.

살기 위해 고기를 던지던 김현은 속으로 생각을 거듭했다.

그때, 인벤토리 속 아이템들이 떠올랐다.

김현은 인벤토리에서 몰래 꺼낸 혼마석을 훈제 고깃덩이

안에 감추었다. 그리고 그 고기를 공중으로 던졌다.

덩치가 큰 새끼가 그 고기를 낚아챘고, 바로 삼켰다.

다른 녀석들에게도 고기를 주다 보니 곧 가죽 주머니가 텅 비고 말았다. 더 이상 녀석들의 허기를 억누를 방법이 없었다.

'혼마석을 통째로 삼켰는데 왜 멀쩡하지? 설마, 사람에게만 통하는 걸까?'

김현은 구석으로 물러섰다.

부리를 탁탁 마주치며 다가서는 게브란 새끼들.

김현은 둥지 가장자리에 올라섰다. 여차하면 뛰어내릴 생각이었다. 몸이 뜯겨서 먹히느니 안개 낀 저 아래가 강이기를 바라며 뛰어내리는 게 나을 것이다.

그때, 혼마석을 삼킨 녀석이 몸을 부르르 떨었다. 다른 녀석들에 비해 눈동자도 붉은 편이었다.

'시작된 건가?'

다른 녀석이 다가와 부리로 김현을 찔러 댔다.

김현은 천근만근 무거운 몸으로 겨우 피했지만 균형을 잃고 둥지 안으로 떨어지고 말았다.

두 마리가 한꺼번에 다가오는데, 눈이 붉은 녀석이 형제의 뒤통수를 부리로 사납게 쪼아 대기 시작했다.

순식간에 게브란 새끼 두 마리가 서로 싸우기 시작했다. 부리는 피로 물들고, 발톱 사이에 깃털이 끼었다.

김현은 맞은편으로 달려갔는데, 남은 한 마리가 쫓아왔다. 숨을 헐떡거린 그는 인벤토리에서 우리를 꺼내어 새끼를 향해 던졌다.

새끼가 부리로 우리를 부수자 그 안에 갇혀 있던 독 오른 자이곤과 릴리스가 새끼의 목과 가슴으로 파고들며 독니로 꽉 물어 버렸다.

고통으로 울부짖는 새끼.

둥지 안은 혼돈의 도가니였다.

눈이 뒤집혀 같이 태어난 형제를 죽이려는 새끼와 공격을 받아서 화가 난 새끼, 독사에 물려 몸의 일부가 마비된 새끼 때문에 피가 흥건하게 고이고 깃털이 날아다녔다.

눈이 빨간 녀석은 형제 하나를 죽인 걸로 모자란 듯했다. 독에 당해 버둥거리는 새끼를 향해 다가갔다. 그 녀석까지 끝장내기 위해서였다.

김현은 소드오브아이스를 꺼냈지만 쥘 수도 없었다. 내공이 흩어진 지금, 자루를 잡기만 해도 팔이 얼어 버렸던 것이다. 플레임소드도 마찬가지였다.

혼마석을 삼킨 새끼는 형제 둘을 없앤 후, 김현을 바라보았다.

뒤로 물러선 김현은 미쳐 버린 게브란 새끼 너머로 날아오는 부모 게브란을 발견했다. 아마도 새끼들의 울음을 듣고 찾아온 듯했다.

김현은 바닥에 엎드리며 피를 얼굴과 목, 몸에 묻혔다.

김현을 죽이려고 달려오던 새끼는 앞에 내려앉은 부모를 보자 목표를 바꾸었다. 김현 대신 부모를 부리로 쪼고 발톱으로 할퀴었던 것이다.

부모는 죽은 새끼들을 보고, 미쳐 버린 새끼를 확인했다.

수컷이 단번에 새끼의 머리를 부리로 물고 목뼈를 꺾어 버렸다. 미친 새끼의 몸은 축 늘어졌다.

서글피 우는 두 마리 게브란.

주위를 둘러본 게브란은 하늘로 날아올라 둥지를 맴돌더니 동쪽으로 사라졌다.

김현은 천천히 몸을 일으켰다가 다리에 힘이 풀려 쓰러지고 말았다.

한숨 돌리려는 찰나, 또 다른 위험이 다가왔다. 게브란 새끼 한 마리를 마비시킨 두 마리 독사가 지그재그로 기어서 가까이 와 있었던 것이다.

쉭쉭, 혀 내미는 소리가 위협적이었다.

김현은 숨을 헐떡거릴 뿐 다른 방법이 없었다.

조금 더 다가온 자이곤과 릴리스는 잠시 김현을 노려보며 고개를 까딱거리더니, 바닥에 꼬리를 튕기며 날아왔다.

김현은 고개를 숙이며 반사적으로 팔을 들어 올렸다.

'이렇게 끝나는 건가?'

차가운 밧줄이 팔을 감는 느낌에 눈을 뜬 김현은 깜짝 놀랐다.

토시처럼 오른팔을 휘감은 자이곤은 팔뚝을 물기는커녕 집에 돌아온 강아지처럼 똬리를 튼 자신의 몸에 대가리를 받쳐 놓고 쉬고 있었다.

왼팔에서는 릴리스가 같은 형태로 감싼 채 자고 있었다.

그때 나타난 메시지 창.

─자이곤을 길들이셨습니다.

─릴리스를 길들이셨습니다.

생각도 못 한 결과에 김현은 할 말을 잃었다.

어쨌거나, 지금은 꼼짝도 할 수 없을 만큼 지쳐 있었다.

'일단은 쉬자.'

김현은 눈을 감았다.

김현은 게브란 새끼들 앞에 섰다.

힘없이 바람에 날리는 깃털, 수분이 증발해 끈적거리는 피웅덩이에 달라붙은 깃털, 기괴하게 꺾인 목덜미에서 흔들리는 깃털이 눈에 들어왔다. 그리고 차갑게 식어 버린 몸.

모조리 껍데기였다.

부리로 쪼아서 팔을 찢어발기던 맹수는 어디론가 사라지고 없었다.

여기는 약육강식이 지배하는 공간이었다. 비록 새끼지만 웬만한 성인 남자는 잡아먹을 만큼 강한 놈들인데.

'난, 운이 좋았어.'

김현은 습관적으로 플레임소드를 꺼냈지만 깜짝 놀라며 검을 떨어뜨렸다. 내공도 없이 플레임소드를 쥔 손바닥은 벌겋게 달아올라 있었다.

벗은 옷으로 자루를 감싼 후 겨우 플레임소드를 인벤토리에 집어넣은 김현은 평범한 단검으로 미쳐 버린 새끼의 배를 갈랐다. 혼마석을 찾기 위해서였다.

피 묻은 혼마석은 닦지 않고 그대로 인벤토리로 던졌다.

내장 안쪽에서 무언가가 꿈틀거렸다. 김현이 단검 끝으로 살짝 건드리자, 두 마리 독사가 튀어나왔다.

'어디 갔나 했더니 여기 있었구나.'

배를 든든하게 채운 자이곤과 릴리스는 김현을 애완동물처럼, 그림자처럼 따라다녔다.

이 두 마리 뱀이 어떻게 길들여졌는지 김현은 알지 못했다. 그저 《룬트란 왕국의 역사》에 등장하는 '조련사' 관련 이야기를 통해 이유를 짐작할 수 있을 뿐이었다.

기본적으로 조련사가 동물 하나를 길들이기 위해서는 매우 많은 시간이 필요했다. 먹이를 주고 함께 지내는 시간이 길어질수록 동물을 자기 뜻대로 움직일 가능성은 높아진다.

김현은 둥지 끝에 서서 주위를 바라보았다.

수직의 절벽이 까마득히 높은 곳까지 이어졌고, 아래는 여전히 안개가 껴서 바닥에 뭐가 있는지 알 수 없는 심연이었다.

내공은 돌아오지 않았다. 해독 방법을 모르기 때문에 언제 회복될지 알 수가 없는 상태였다.

선택은 둘 중 하나였다. 위로 올라갈 것인가, 아래로 내려갈 것인가.

여기로 잡혀 오면서 봤던 그 산맥을 기준으로 삼는다면, 일단 꼭대기로 올라가서 방향을 잡는 게 현명한 판단이라는 결론에 이르렀다.

김현은 두 마리 뱀을 불러들였다. 길들인 결과인지, 부르면 다가오는 등 웬만한 강아지보다 똑똑했다.

뱀을 인벤토리에 넣은 김현은 절벽에 달라붙어 위로 오르기 시작했다.

하루 종일 기어올라 깜깜한 밤이 되었는데도 절벽은 여전히 하늘의 절반을 싹둑 자른 채 견고하게 서 있었다.

김현은 갈라진 틈 사이로 발을 끼워 넣은 자세로 아래를 쳐다봤다. 구름 같은 안개가 자욱하게 껴 있어, 둥지도 더 이상 보이지 않았다.

'더 이상은 무리야. 휴식이 필요해.'

여기까지 올라오면서 찾아낸 덩굴 몇 줄로 몸을 절벽에 단단하게 묶은 후, 김현은 손과 발을 절벽에서 뗐다.

몸은 허공에 대롱대롱 매달렸다. 지쳐서 경련까지 찾아온 팔다리를 쉬게 할 수 있어서 다행이었다.

밤하늘엔 별이 총총 떠 있었다.

김현은 인벤토리에서 자이곤, 릴리스를 꺼냈다. 아래를 쳐다봤는지 놈들은 팔을 휘감을 뿐 절벽으로는 가지도 않았다.

덩굴로 묶은 허리, 허벅지, 가슴 언저리가 죄어들었지만 지금은 그 방법뿐이었다. 내일 다시 올라가려면 손과 발이 충분히 쉬어야 했다.

배가 고팠다.

'이럴 줄 알았다면…….'

김현은 그냥 두고 온 게브란 새끼를 떠올렸다. 녀석들 고기라도 챙겨 왔으면 허기라도 풀 수 있을 텐데.

억지로 눈을 감았다.

곧 잠이 쏟아졌다.

사흘 내내 절벽을 타고 오른 김현은 아직도 꼭대기가 보이지도 않는다는 사실에 무언가 이상하다고 생각했다.

그 추측이 확신으로 변했다. 피 묻은 바위를 발견한 것이다.

'내가 이걸 잡고 올라갔어, 바로 어제. 어떻게 된 거지?'

다음 날 오후, 거침없이 절벽을 오르던 김현은 어제 봤던 그 바위가 저 위에서 기다리고 있다는 사실에 할 말을 잃었다.

'여기에 뭔가 있어.'

바위 사이의 틈이나 튀어나온 부분을 자세히 살폈으나 어디에서도 마법진 특유의 기하학적 문양은 찾지 못했다.

김현은 내려가기 시작했다. 며칠 동안 먹은 게 없어서 팔다리가 후들거렸다.

더 큰 문제는 하루 남짓 내려갔을 무렵 보게 된 익숙한 바위였다.

절벽에 박힌 채 돌출된 그 바위에는 피 묻은 손자국이 선명하게 남아 있었다.

"아아악!"

고함을 질러 봐도 답답한 마음이 가시지 않는다.

생각 같아서는 경이로운 회복력을 믿고 저 아래로 뛰어내리고 싶었다. 만약 게임 속 캐릭터였다면, 죽어도 페널티만 받고 부활하는 유저라면 벌써 수십 번 점프했을 터였다.

옛날 생각이 났다.

젤란드 대사형의 도끼 중거추를 고치러 지하 깊이 드워프 도시를 찾아갔다가 우여곡절 끝에 재판을 받았고, 그 결과는 푼둠형이었다.

푼둠형은 끝도 없는 죽음의 연속이었다. 그야말로 부활의 능력을 가진 이방인마저 스스로 캐릭터를 삭제하게 만드는 고약한 처벌이었다.

안진후와 박용준, 그러니까 벨란데르와 바마퉁이 함께 높은 곳에서 떨어져 계속 죽었는데, 관점을 바꾸어 스카이다이빙 기술을 익혔고, 그 덕에 푼둠형에서 벗어날 수 있었다.

'진후랑 용준이는 뭘 하고 있을까? 유니온 본부 일은 어떻게 됐을까?'

해가 떨어졌다.

김현은 허공에 매달린 채 생각에 잠겼다.

이제 남은 방법은 하나뿐이었다.

다섯 개의 달이 뿌리는 은은하면서도 묘한 달빛을 받으며 김현은 인벤토리에서 용현갑을 꺼냈다. 무엇이 있을지 모르는 저 심연의 바닥에 충돌할 때 그 충격을 조금이라도 줄이기 위해서였다.

백정현에게서 받은 블루 슈즈를 신고, 블루 브레이슬릿을 손목에 찼다.

그사이 자이곤과 릴리스는 팔을 타고 인벤토리 밖으로 나와 절벽 사이의 틈으로 돌아다니다가 제법 큰 틈 안으로 사라져 버렸다.

"야, 돌아와."

김현은 입구에 눈을 대고 그 틈을 들여다봤다. 뱀이 자유롭게 오갈 만한 굴이 꽤 깊은 곳까지 이어져 있었다.

'그래, 너희라도 잘 살아라.'

약간 씁쓸했지만 죽을 가능성이 높은 길에 억지로 데려가고 싶진 않았다. 오히려 할 수만 있다면 몸을 축소시켜 저 굴 속으로 들어가고 싶었다.

아침 해가 떠오르면 뛰어내릴 생각이었다. 이 정도 높이면 급류라고 해도 크게 다칠 것이다.

'부디 죽지는 않기를.'

그때, 아침 첫 햇살이 날아와 눈에 박혔다.

김현은 심호흡을 하며 아래를 쳐다봤다. 안개는 더욱 짙게 깔려 있었다.

몸을 묶은 덩굴을 단검으로 자르려는 순간, 살길을 찾기 위해 가 버렸던 자이곤이 구멍 밖으로 나왔다.

녀석은 동그란 물체를 물고 있었다. 그게 뭔지 봤더니 빨간색 과일이었다.

배가 고팠던 김현은 독이 있을지도 모른다는 생각도 못 한 채 과일을 입에 넣고 깨물었다. 포도처럼 시원하고, 달콤하기까지 했다.

따라오라는 듯 고갯짓을 한 자이곤은 그 구멍 안으로 사라졌다.

김현은 구멍과 아래쪽 안개를 번갈아 쳐다봤다.

'어차피 뛰어내릴 것, 한번 해 보자.'

먼저 덩굴을 세 줄로 꼬아서 질긴 새끼줄처럼 만들었다. 그 줄을 단단해 보이는 바위에 고정시킨 후 자신의 허리에도 묶은 김현은, 수직 절벽에 수평으로 섰다.

위를 쳐다본 그는 절벽을 걷어찼다.

퍽.

한 번, 두 번, 세 번…….

쉬지 않고 계속 찼다.

포기하고픈 마음이 들 무렵, 발바닥 자국이 난 곳 주변에 번개 모양으로 금이 갔다.

김현은 숨을 헐떡거리며 좀 더 힘있게 발을 굴렀다.

덩굴에 묶인 몸이 붕 떠올랐다가 떨어지는 힘으로 절벽을 걷어찬 것이다.

툭.

덩굴 세 줄 중 하나가 끊겼다.

덩굴을 고정시킨 바위와 같은 높이로 솟구친 김현은 시계추처럼 다시 아래로, 절벽으로 떨어졌다.

또 덩굴 하나가 돌에 닳아 끊어지고 말았다. 이제 한 줄만 남아 있었다.

'저 안에 공간이 비어 있을 거야. 반드시 그래야 돼!'

그때, 김현은 발아래의 절벽이 무너지며 동굴 입구가 드러나는 광경을 볼 수 있었다. 동굴 안쪽에는 따스한 빛이 어른

거리고 있었다.

돌벽을 부수며 동굴 입구로 안착한 김현은 웃음을 터트렸다.

그때 덩굴을 묶었던 바위를 포함한 부분이 절벽에서 떨어져 나왔다. 그 거대한 석판이 추락하자, 숨을 헐떡거리던 김현도 뒤로 끌려갔다.

손을 뻗었지만 손톱 끝이 울퉁불퉁한 바닥을 긁을 뿐이었다.

김현은 블루 슈즈의 '돌진' 스킬을 떠올리고 즉시 실행했다.

내공이 없어서 발동 자체가 불가능한 현섭과 달리, 그 스킬은 슈즈 자체의 능력이었다.

김현은 마치 누군가가 당긴 것처럼 앞으로 튕겨 나갔는데, 그 때문에 몸을 묶었던 마지막 덩굴이 끊어졌다.

석판은 산사태를 일으키며 안개 아래로 사라졌다.

김현은 혹시나 동굴 자체가 무너질까 싶어 비틀거리며 안으로 달렸다.

환한 빛 때문에 눈이 부셨다.

빛에 눈이 적응하자 별천지가 펼쳐졌다. 시냇물이 흐르고, 노루 같은 동물이 한가롭게 풀을 뜯으며, 숲을 이루는 나무에는 실한 과일이 맺혀 있었다.

김현은 푹신한 잔디에 누웠다. 손끝 하나 까딱할 수 없었다.

그 옆으로 자이곤, 릴리스가 다가와 각각 팔 하나씩 차지
하고 주인처럼 잠이 들었다.

매끈한 벽은 위로 올라갈수록 좁아지다가 돔구장처럼 천
장과 만났다. 천장에는 금빛을 뿜어내는 야광석 수백 개가
박혀 있었는데, 마치 자그마한 태양 수백 개가 하늘을 가득
채운 것 같았다.

'저 벽, 누군가 만든 거야.'

김현은 그 풍요로운 곳을 돌아보았다.

양이 풀을 뜯을 것만 같은 초지대가 펼쳐져 있고, 그 너머
에 거대한 숲이 고슴도치처럼 웅크리고 있었다. 풀밭에는 토
끼와 영양을 닮은 동물들이 흩어져 있었는데, 김현을 보고도
도망치지 않았다.

김현은 풀밭으로 들어섰다.

햇살을 받아 금빛으로 반짝이는 풀잎이 발목을 사그락사
그락 스쳤다. 풀 잎사귀에 맺힌 이슬 때문에 발이 젖는 바람
에 하마터면 미끄러질 뻔했다.

뱀 두 마리는 김현의 발 사이로 오가며 뒤따랐다.

숲이 다가왔다.

그늘로 들어선 김현은 손을 뻗어 빨간색 과일을 하나 땄

다. 입에 넣고 한입 베어 무니 과일 향기가 입안 가득 퍼졌다. 시원한 과일즙을 삼키니 저절로 미소가 지어졌다.

과일은 주렁주렁 매달려 있어서, 평생 여기서 저 과일만 따먹으면서도 살 수 있을 것 같았다.

김현은 굵은 나무를 어루만지며 자세히 살피다가 위를 올려다봤다.

"어?"

눈이 커졌다.

땅을 뚫고 올라온 나무는…… 옆에 있는 나무와 가지가 붙어 있었다.

종아리와 허벅지가 무릎에서 연결된 것처럼 두 그루의 나무는 공중의 가지에서 완전히 하나로 이어져 있었다.

두 그루만 연결된 게 아니었다. 시야에 들어오는 수십 그루의 나무들 모두가 붙어 있는데, 얼핏 보면 갈색과 녹색의 거미줄 같았다.

'반얀트리 같아.'

언젠가 다큐멘터리로 본 반얀나무는 옆으로 자라며 아래로 실을 드리우는데, 그게 땅에 닿으면 뿌리를 내리고 기둥처럼 커진다. 그런 식으로 주변 곳곳에 기둥을 만들며 옆으로 자라는 게 반얀나무의 특징이었다.

눈앞의 나무는 반얀과 달리 위로도 엄청나게 높이 자라고 있었다.

김현은 숲 안쪽으로 깊이 들어갔다.

겉보기와 달리 한 그루의 나무로 이루어진 숲은 굉장히 넓었다. 우거진 잎사귀가 만들어 낸 짙은 그늘은 사방으로 뻗어 있어, 마치 에어컨을 작동시킨 실내로 들어온 것 같았다.

처음엔 천천히 걸었지만 조금씩 속도를 높였는데도 숲을 통과하는 데 거의 두 시간이 넘게 걸렸다. 평균속도를 시속 5킬로미터로 잡으면 숲의 지름이 10킬로미터에 달한다는 결과가 나온다.

숲이 끝나는 지점에서 보이는 풍경은 단 한 그루의 나무가 드리운 그늘을 가로지르는 데 두 시간이 걸린 것에 대한 놀라움을 지워 버릴 만큼 압도적이었다.

왼쪽은 짙은 녹색의 밀림 지대였고, 오른쪽은 바늘처럼 촘촘하게 자란 삼나무 숲이었다. 그 사이로 물살이 센 급류가 콸콸 흘러 중앙의 숲을 끼고 돌고 있었다.

이끼가 나뭇가지를 덮어 버린 밀림 지대에서는 팔이 긴 원숭이가 호기심 어린 눈으로 김현을 쳐다보고 있었다. 어떤 놈들은 '깍깍' 울음을 터트리기도 했다.

삼나무 숲 쪽으로 흐르는 급류에서는 회색곰이 튀어오르는 물고기를 앞발로 잡는 중이었다.

김현은 할 말을 잃었다.

'여기는…… 보기보다 훨씬 커. 처음 동굴을 빠져나와 쳐다봤을 때는 기껏해야 축구장 몇 개 모아 놓은 것 같았는데, 점점 더 커지고 있어. 절벽에서 헤매게 만든 그 마법진 때문일까? 어쩌면 여긴 내 생각보다 훨씬 큰 공간일지도 모르겠다.'

밀림이나 삼나무 숲으로는 가지 않았다. 왠지 침팬지를 닮은 원숭이와 회색곰이 자기 영역으로 들어온 불청객을 내버려 두지 않을 것만 같았다.

김현은 중앙의 숲을 따라서 흐르는 조그만 강을 따라서 걸었다. 배가 고프면 석가탄신일마다 내걸리는 연등처럼 매달린 과일로 손을 뻗었다.

신기하게도 한 그루의 나무인데 색깔도 다르고 맛도 다른 과일이 달려 있었다. 노란색은 단맛이 강했고, 빨간색은 사과처럼 시원하고 상큼했으며, 보라색이 감도는 과일은 포도 맛과 비슷했다.

지친 두 마리 뱀은 김현의 팔뚝으로 올라와 칭칭 감은 채 휴식을 취했다.

숲을 벗어날 무렵 강은 호수와 만났다.

어마어마하게 넓은 호수는 천장에서 빛을 뿜는 야광석 때문인지 석양이라도 진 것처럼 반짝거렸다.

호숫가에는 학을 닮았으나 훨씬 덩치 큰 새들이 긴 다리로 옮겨 다니며 물고기를 사냥하고 있었다. 팔뚝만 한 물고기를 부리로 잡아 허공으로 던졌다가 꿀꺽 삼키는 기술은 일품이었다.

크게 돌아서 동굴 앞에 도착한 김현.

"……여기서 굶어 죽지는 않겠다."

동굴 입구로 가서 자세한 살핀 김현은 마법진의 흔적을 발견할 수 있었다. 마법진은 절벽 표면이 아니라 안쪽에 설치되어 있었던 것이다.

동굴 끝자락에 서서 아래를 살짝 내려다봤다.

윙윙 바람이 불고 비가 내리는데, 아래쪽은 시커먼 심연이었다. 빗방울이 절벽을 때리는 소리가 요란했다.

밖은 폭풍이 불지만 야광석이 빛을 뿜어내는 안쪽은 평온한 봄날이었다.

어지러울 만큼 피곤해진 김현은 중앙의 숲 쪽으로 걸어가 그늘이 드리워진 바위로 올라가 누웠다. 숨이 찼다.

종일 산사태를 일으켰을 때도 지금처럼 지치진 않았다. 내공이 흩어진 탓에 몸이 쉽게 탈진한 것이다.

천장에 박힌 야명석의 빛이 무성한 잎사귀 너머로 별처럼 반짝거렸다.

절벽 안에 이런 공간이 있을 줄이야.

두 마리 뱀이 틈을 통해 사라지지 않았다면, 자이곤이 돌아오지 않았다면 자신 역시 상상조차 못 했을 것이다.

'그동안 너무 방심했어. 뎁스 파이브 세계로 내려온 이후, 몸에 흡수된 운명의 구슬만 염려해 왔어. 그걸 해결하느라 이 세계가 얼마나 위험한지 깡그리 잊었던 거야. 여기 갇힌 건 그 대가고.'

김현은 눈을 감았다.

김현은 이 기적 같은 공간을 샅샅이 뒤졌다.

동굴 입구에 설치된 마법진은 이곳이 누군가에 의해 만들어진 장소라는 증거였다.

중앙의 숲은 물론 밀림 지대와 삼나무 숲도 돌아다녔다. 멀리서 회색곰이 보이면 즉시 달아나야 했지만, 탐색 자체를 포기하진 않았다.

며칠 동안 이 잡듯 뒤졌지만 아무것도 나오지 않았다.

혹시나 하는 마음으로 호수로 뛰어들었더니, 호수 밑바닥에 답이 웅크리고 있었다.

'여기 있었어.'

신전이 엎혀 있는 피라미드 같은 구조물이 호수 바닥에 가라앉아 있었다.

수면 밖으로 고개를 내밀고 숨을 크게 들이마신 김현은 잠수하여 그 구조물을 향해 내려갔다.

입구로 들어간 순간, 김현은 깜짝 놀랐다.

신전 내부는 바싹 말라 있었다. 물은 일렁거릴 뿐 신전 안으로 쏟아져 들어오지 않았다. 마치 보이지 않는 벽에 의해 막힌 것 같았다.

김현은 화려한 색채를 자랑하는 벽화에 감탄했다.

고대이집트 벽화처럼 측면 얼굴이 강조된 벽화도 있고, 정면 얼굴이 자세히 묘사된 초상화 같은 그림도 있었다. 그중 김현을 가장 놀라게 한 것은…… 도시 위에서 날개를 활짝 펼친 채 화염을 뿜는 드래곤 그림이었다.

김현은 가까이 가서 그 드래곤을 살폈다.

'혹시 이 드래곤이 헤라일까?'

본체로 변신한 모습을 직접 본 적이 없어 답을 알아낼 수는 없었다.

김현은 벽화가 이어진 복도로 천천히 걸었다.

벽화는 군중이 모인 즉위식, 대규모 전쟁, 초대형 마법진 등 다양한 사건으로 채워져 있었는데, 아주 가끔 드래곤이 그려져 있었다.

벽화에 등장하는 드래곤은 불을 뿜거나 번개를 터트리거나 지진을 일으켜 그 아래에 있는 도시를 파괴하고 있었다.

'여기가 어딘지는 몰라도 드래곤과 관련이 있다는 건 분명해.'

벽화를 살피며 천천히 신전 중심을 향해 걷던 김현은 태양계를 닮은 그림에 깜짝 놀랐다.

타오르는 태양이 가운데 있고 그 주위로 여러 개의 행성이 도는 그림인데, 더 놀라운 건…… 태양은 물론 행성들이 털실 뭉치처럼 무수한 실이 얽힌 형태라는 점이었다.

'이건 트란스 세계야.'

김현이 손을 뻗어 그 그림을 만지자, 태양과 행성이 움직이기 시작했다. 저마다 다른 리듬으로 춤을 춘 것이다.

그때, 모퉁이를 돌아서 한 사람이 나타났다.

김현은 한 걸음 물러났다.

"오랜만에 찾아온 손님이로구먼."

인자하게 웃는 노인.

노인은 새하얀 턱수염이 가슴 언저리까지 내려오고 눈매가 부드러운 사람이었다. 분명 70대 이상 같지만 사뿐사뿐, 걸음걸이에는 활력이 넘쳤다.

"누구십니까?"

"이곳의 주인일세. 그러는 자넨 누군가?"

김현은 다가온 노인의 얼굴에 충격을 받았다. 비디타스처럼 대자연을 품은 얼굴이었다.

'이 노인은…… 드래곤이야.'

뒤늦게 노인의 질문을 떠올린 김현은 더듬거리며 대답했다.

"저는, 김현입니다."

"중명 제국 출신인가?"

"아닙니다."

노인의 이목구비를 뜯어본 김현은 다리가 후들거렸다.

비디타스보다 거대한 세상을 품은 존재가 바로 여기 있었다. 노인이 어른이라면 비디타스는 이제 막 걸음마를 시작한 아기 같을 것이다.

이상한 건, 어디에선가 본 듯한 얼굴이라는 사실이다. 다만 어디서 봤는지는 전혀 기억나지 않았다.

"그렇다면 룬트란 왕국으로 이주한 중명인의 후손이겠군."

"저는…… 이방인입니다."

드래곤을 속일 수는 없다. 어차피 들킬 것, 먼저 말하는 게 상책이다.

"이방인? 재미있군."

"어르신은 제 안에 무엇이 있는지 아시겠지요?"

"불덩어리가 들어 있구먼."

역시! 이 노인은 드래곤이 확실했다.

"그걸 밖으로 빼내 주실 수 있습니까?"

"불가능한 일이야. 죽고 싶다면 말리진 않겠네."

"……그렇습니까?"

눈에 띄게 실망하는 김현.

엄마와 친구들이 있는 현실로 영영 나갈 수 없다는 뜻이었다.

"하지만 폭발하지 않도록 다스릴 방법은 있다네."

눈이 휘둥그레 커진 김현은 노인 앞에 무릎을 꿇었다.

"제게 그 방법을 가르쳐 주십시오. 부탁드립니다."

"그 방법을 배운 다음에는 어떻게 할 텐가?"

"그건……."

"생각해 본 적이 없겠지."

"……네."

김현은 뒤통수를 제대로 맞은 기분이었다.

"자넨 그 힘을 사용할 수 있게 될 거야. 자네 안에서 이글 거리는 그 힘을 말이야. 상상해 보게, 자네가 무엇을 할 수 있을지를. 자넨 원한다면 도시를 불태울 수 있겠지. 나라를 뒤집어엎을 수도 있다네. 자넨 무엇을 하고 싶나?"

노인의 목소리는 나긋하고 따뜻했으나 눈빛은 날카롭게 김현의 마음을 꿰뚫어 보고 있었다.

비틀거리며 일어선 김현은 아무 말도 못 했다. 그런 힘의 소유자가 될 거라고는 상상도 못 했던 것이다.

그 순간, 김현은 진실을 깨달았다.

어찌나 놀랐는지 몸이 다 떨렸다. 노인 앞에서 주저앉을 뻔했다.

김현을 주시하는 노인의 눈이 빛났다.

"이제 알아차렸군."

"나, 나는 드래곤이 아닙니다. 그저 펴, 평범한 이방인일 뿐입니다."

"나도 한때는 인간이었네."

"……뭐라구요?"

"드래곤과 관련된 가장 큰 비밀이지. 드래곤은 태어나는 게 아니라 만들어진다는 것. 자넨 드래곤으로 선택된 거라네. 이제부터 드래곤으로 변해 가게 될 거야. 바로 그 때문에 내가 여기 있는 거라네."

"......."

김현은 잠자코 노인을 바라보고 있었다.

"쉽게 받아들일 수 있는 진실은 아니지. 다행히도 여기는 시간이 많네. 천천히 생각해 보게나. 그리고, 자네 몸에 이상한 게 있구먼."

노인의 손에서 뻗어 나온 빛이 김현의 몸을 감쌌다.

김현은 무수한 바늘이 피부를 찌르는 느낌을 받았지만, 솜씨 좋은 한의사가 놓는 침처럼 아프다기보다는 오히려 막힌 곳이 뚫리고 뭉친 곳이 풀린 것처럼 시원했다.

그 빛이 사라진 순간, 김현은 깜짝 놀랐다.

'내공이 돌아왔어.'

"마음이 정리되면 오게나."

노인은 천천히 걸어 복도 너머로 사라졌다.

창업

어머니는 혼자 버스에 올랐다.

급히 뒤따라 탑승한 안진후는 뒤쪽에 앉아 김현의 어머니를 살폈다.

어깨는 축 늘어졌고, 물끄러미 창밖을 쳐다보는 모습에서 슬픔이 배어 나오는 듯했다.

세계는 김현을 깡그리 지웠다.

그 때문에 어머니는…… 아들을 낳은 적이 없는 이혼녀로 바뀌었다.

게다가 페플 대안 학교로 자리를 옮긴 터라 자택 근무였는데, 그 부분 또한 달라졌다.

어머니는 버스에서 내려 아파트 단지로 터벅터벅 걸었다.

안진후는 조심스럽게 따라갔다.

어머니가 무사히 아파트 안으로 들어가는 모습을 확인한 후에야 발길을 돌린 안진후가 도로로 나오자 강무석이 차에서 내려 뒷좌석 문을 열어 주며 물었다.

"아시는 분입니까?"

"친구 어머니셔."

"친구요?"

"그래, 친구."

안진후는 시트에 등을 기대며 한숨을 내쉬었다.

뎁스 파이브 세계에서 김현을 찾는 건, 드넓은 모래사장에서 모래알 하나를 찾는 것처럼 어려운 일이었다.

아니, 진짜 문제는 찾아낸 후일지도 모른다.

지금 상황을 어떻게 설명해야 할까?

김현이 이 세계로 돌아온다면 다시 어머니의 기억이 달라질까?

대체 왜 그런 망각 현상이 벌어졌을까?

"사장님."

차를 출발시킨 강무석이었다.

"왜?"

"외람된 말일지도 모르지만, 충고 하나 해도 될까요?"

"해 봐."

"지금은 신사업에 집중하셔야 합니다. 마음을 분산시킬 수록 신사업에 문제가 생길 가능성이 높아집니다."

"……알았어."

맞는 말인데, 왠지 마음을 콕콕 찌르는 조언이었다.

"제가 선을 넘었다면 벌을 주셔도 됩니다."

"아니야. 적절한 충고였어. 앞으로도 언제든 내 틈이 보이면 알려 줘."

"네, 사장님."

강무석은 안도의 한숨을 내쉬었다.

젊은 사장이 버럭 화를 냈다면 자신은 당장 운전기사 겸 경호원 자리에서 내쫓기고 말았을 것이다.

안진후는 노트북을 펼쳤다. 섬바디 길드에 관해 생각하자 결정해야 할 일 수십 가지가 한꺼번에 떠올랐다.

'지금은 섬바디 길드에 집중하자, 지금은.'

차는 도로를 벗어나 빌딩 지하 주차장으로 내려갔다.

노트북을 들여다보던 안진후는 운전기사 강무석을 쳐다 봤다.

"뭐야?"

"회장님 지십니다."

"회장님?"

차가 멈추자, 무스를 발라 잘 정돈된 헤어스타일이 인상적인 남자가 다가와 뒷좌석 문을 열었다.

　안진후는 그를 알아봤다.

　'마이클 장이잖아. 방송에 자주 얼굴을 비치는 헤어 디자이너인데. 전국에 헤어 숍 브랜드 가맹점만 수백 개가 되는 사람이 왜 여기 있지?'

　차에서 내린 안진후를 향해 마이클 장은 정중하게 고개를 숙였다.

　"기다리고 있었습니다."

　"저를 기다려요?"

　안진후는 적잖이 놀랐다.

　페플 그룹에 비할 수는 없지만, 마이클 장이 이끄는 헤어 숍의 규모도 그 업계에서는 최고라 할 수 있었다.

　"회장님께 연락을 받았습니다. 이쪽으로 가시죠."

　답은 '회장님'이었다.

　안진후는 아버지의 영향력이 얼마나 큰지 새삼 깨달았다.

　마이클 장이 안내한 곳은 VVIP만 들어갈 수 있는 곳이었다. 안쪽으로 들어서자 에스컬레이터가 작동 중이었고, 양옆에는 수족관으로 꾸며져 있었다.

　화려한 산호와 그 사이로 헤엄치는 열대어를 보며 안진후는 에스컬레이터에 올랐다.

　"선호하시는 헤어스타일이 있으십니까?"

마이클 장은 조심스럽게 물었다.

"글쎄요."

"요즘 뉴욕에서 브릴리언트 컷이 유행하고 있는데, 그 스타일은 어떠신지요?"

"알아서 해 주세요."

지금 안진후는 헤어스타일에 마음을 둘 여유가 없었다.

망가진 유니온 본부의 복구, 쿠데타 잔당의 추적, 기존 길드와의 연계만 해도 머릿속이 복잡한데 김현에게 벌어진 괴이한 망각 현상은 생각만 해도 가슴을 답답하게 만드는 수수께끼였다.

세계의 의지가 김현을 지우고 있었다.

고급 대리석이 깔려 거울 같은 복도를 지나가자 커다란 방이 나왔다.

"앉으세요."

마이클 장은 그 방 중앙에 있는 의자를 가리켰다.

안진후는 주위를 둘러봤다.

보통의 헤어 숍과 달리 이 방에는 단 하나의 헤어용 의자와 거울만 있었다. 한 사람의 헤어스타일을 완성시키기 위한 방이었던 것이다.

안진후는 의자에 앉았다.

마음 같아서는 당장 주차장으로 내려가고 싶지만, 아버지의 지시에도 이유가 있었다. 페플 그룹 신사업부문 사장으로

서 공식적인 스케줄을 소화하려면 마음뿐 아니라 외모에도 신경을 써야 했던 것이다.

삭삭, 머리카락 자르는 소리가 들렸다.

가끔 마이클 장이 던지는 질문을 안진후는 아예 못 들은 척했다. 그를 인간적으로 무시할 생각은 없었지만 답을 줄 여유 또한 없었다.

'왜 김현에 대한 기록이 사라졌을까? 왜 이 세계는 김현의 흔적을 지우고 있을까?'

아무런 답도 떠오르지 않았다.

"노트북을 좀 봐도 될까요?"

"그럼요."

마이클 장은 사람 좋은 미소를 지었다.

안진후가 손짓하자 강무석이 노트북을 가져왔다.

노트북을 열어젖힌 그는 즉시 프리벨리지 제로의 권한으로 시스템에 로그인한 후, 드래곤 헤라의 위치를 찾기 시작했다.

곧 결과가 나왔다.

마룬타 대륙 어디에도 드래곤 헤라는 존재하지 않았다. 아니, 드래곤이라는 종족 자체가 페플 세계에는 없었다.

'이런! 리뎀션 버그야. 드래곤은 진작에 페플 시스템의 통제에서 벗어난 거야. 그러면 프리벨리지 제로 권한으로도 찾을 수 없어.'

드래곤 헤라를 찾지 못하면 김현이 어디 있는지는 알아낼 수 없다.

노트북을 강무석에게 맡긴 안진후는 눈을 감았다. 관자놀이 근처가 지끈지끈 아팠다. 진통제가 필요할 만큼 깊은 통증이었다.

"어떠신지요?"

마이클 장이 물었다.

안진후는 거울을 쳐다봤다. 거기에는 아주 잘생긴 남자가 자신을 보고 있었다.

헤어스타일은 독특했다. 염색을 하지 않았는데도 빛을 받는 각도가 조금씩 달라서인지 물결처럼 표면이 아롱졌다.

왜 이런 스타일이 유행하는지 알 것 같았다.

"좋네요."

"다행입니다."

다음은 머리 감기였다.

안진후는 일어날 필요조차 없었다. 마이클 장이 버튼 하나를 누르자 항공기 퍼스트 클래스의 좌석처럼 의자 등받이가 아래로 내려왔던 것이다.

보조 스타일리스트가 다가와 정성스럽게 안진후의 머리를 고급 샴푸로 감기는 데는 10분도 걸리지 않았다.

마이클 장은 최선을 다해 머리카락을 말리고 직접 뉴욕에서 익힌 브릴리언트 컷을 완성시켰다. 그 자신이 봐도 놀랄 만큼 안진후와 잘 어울렸다.

'모델을 해도 되겠어. 저 어린 나이에 페플 그룹의 사장이 되었으니 모델 따위를 할 리는 없겠지만.'

잠시 질투가 샘솟았다.

하지만 마이클 장은 눈앞의 청년이 자신과는 사는 세계가 다름을 잘 알았다.

"아주 멋진데요. 고마워요."

"아닙니다. 앞으로도 계속 찾아 주세요."

"그럴게요."

안진후는 강무석을 쳐다봤다. 운전기사이자 수행 비서의 역할을 맡은 강무석은 계산을 위해 먼저 밖으로 나갔다.

지하 주차장으로 내려가려는 안진후를 막은 건 마이클 장이었다.

"아직 끝나지 않았습니다. 이쪽으로 가시죠. 사장님을 뵙기 위해 이탈리아에서 사람들이 와서 기다리고 있습니다."

"이탈리아에서요?"

안진후는 마이클 장을 따라갔다.

그 방에는 머리가 허옇게 센 노인과 중년의 남자 두 명이 있었는데, 안진후를 보고는 다가와 고개를 숙였다. 둘 다 이탈리아인이었다.

"기다리고 있었습니다."

노인의 한국어는 능숙했다.

안진후는 이 노인을 알아봤다. 이름은 모르지만 어릴 때 가끔 아버지를 찾아와 치수를 재던 그 사람이었다.

'이 사람들도 아버지가 불렀겠지.'

안진후는 열 벌이 넘는 양복이 걸려 있는 옷걸이 쪽으로 힐끔 시선을 던졌다.

얼핏 봐도 사이즈가 동일했다. 아마도 이런 날을 위해 미리 치수를 알아내어 옷을 준비시켰을 것이다.

구두도 준비되어 있었다.

넥타이는 물론 고급 시계까지 원목 테이블 위에 세팅되어 주인을 기다리는 중이었다.

한 벌에 수천만 원이나 되는 수제 정장은 몸에 아주 잘 맞았다. 활동하기에도 전혀 불편함이 없었다.

입은 옷을 노인이 만져 주자 안진후는 묘한 느낌을 받았다. 정장이 몸에 살짝 붙어 버린, 그래서 옷이 옷 같지 않은 느낌이었다.

'이래서 아버지가 이 사람 옷만 고집하시는구나.'

구두도 발에 딱 맞았다. 뒤꿈치가 까지는 일은 없을 것 같았다.

노인이 시계도 골라 주었다.

젊은 감각이 돋보이는 디자인인데, 달과 해가 시침과 분침 사이에서 오르락내리락했다.

옆에 놓인 다른 시계들의 가격을 생각할 때, 수천만 원……

어쩌면 억대일지도 몰랐다.

안진후는 전신 거울 앞에 섰다.

거울에는 자신을 닮았으나 완전히 다른 사람이 서 있었다.

20대 중반, 자신만만하며 고상한 취향을 소유했을 뿐 아니라 자신의 분야에서 성공한 사람 특유의 분위기가 느껴졌다.

'이래서 돈을 쓰는 건가.'

안진후는 기분이 이상했다.

그 자신이 어릴 때부터 부자였지만 외모에 거금을 투자한 적은 거의 없었다.

"사진 한 장 찍겠습니다."

노인은 디지털카메라로 안진후를 찍었다. 그 카메라를 중년 남자에게 건네자, 그는 사진을 회장 안종화에게 보냈다.

헤어부터 패션 스타일까지 마치는 데 걸린 시간은 한 시간이 되지 않았다. 최고의 전문가들이 달라붙어 준비를 해 뒀기에 가능한 일이었다.

안진후는 지하 주차장으로 내려갔다.

차는 대기하고 있었다.

"멋집니다, 사장님."

못 들은 척 뒷좌석에 탄 안진후는 다시 노트북을 열었다. 몇 가지 시도해 볼 방법을 생각해 둔 것이다.

차가 곧 출발했다.

노트북을 들여다보던 안진후는 차가 갑자기 멈추는 바람에 앞으로 쏠렸다. 다행히 노트북을 놓치지는 않았다.

끼어든 시내버스를 향해 욕을 퍼부은 운전기사 강무석이 고개를 돌려 뒤를 쳐다봤다.

"죄송합니다, 사장님."

이미 몰입하고 있던 안진후는 노트북 화면을 들여다볼 뿐이었다.

'대체 어디 있는 거야? 뎁스 파이브의 세계에 있다면 뭔가 흔적이라도 남아 있을 텐데.'

노트북을 덮고 눈을 감으며 푹신한 등받이에 기댄 안진후는 한숨을 내쉬었다.

여기 현실에서의 일은 비교적 순조롭게 진행되고 있다. 적당한 사옥을 물색하여 구했고, 이제 곧 열릴 유니온 본부에서의 회의도 크게 문제 될 부분은 없을 것이다.

차는 신호등 앞에 멈춰 섰다.

안진후는 운전기사의 시선을 느꼈지만 그냥 무시했다. 지금은 한가롭게 대화를 나눌 기분이 아니었다.

급한 불을 껐기 때문인지, 그동안 별 검토 없이 넘겼던 사실을 찬찬히 생각할 여유가 생겼다.

그중에서도 가장 파격적이고, 치명적이며, 소화하는 데 얼마나 시간이 필요할지 모르는 것은 아버지가 들려준 진실이었다.

'페플 시스템이 차원 인터페이스라니. 난 지금 그걸 알지만, 머리로도 이해했다고 할 수는 없어. 몸으로 경험했기 때문에 인정하는 것뿐이야.'

그 이야기를 상식 있는 보통 사람에게 들려주면 열이면 열 못 들은 척하거나 혀를 차며 가 버릴 것이다. 누구도 거기에 고려할 만한 사실이나 진실이 있다고 생각하지 않을 것이다.

아이들이 열광하는 가상현실 온라인 게임이 실은 다른 차원의 세계와 연결되어 있으며 유저의 행동은 실존하는 세계에 변화를 가져온다는 말에 귀 기울이는 사람이 있다면, 당장 정신병원에 처넣어야 할 터였다.

'김현을 만나지 못했다면, 나 스스로가 정령을 소환할 수 없다면…… 난 합리적인 이성의 소유자로서 그 이야기를 거부했을 거야.'

눈을 뜬 안진후는 한강을 바라보았다. 차는 다리를 건너는 중이었다.

강무석이 모는 자동차는 한강이 내다보이는 한적한 주차장으로 접어들었다.

차에서 내린 안진후 앞으로 강무석이 다가왔다.

"여긴 아무것도 없습니다, 사장님."

"그럴까."

안진후는 슈뢰딩거를 소환했다.

공간을 뚫고 불꽃을 발산하는 여자가 나타나자, 강무석은 그 자리에 선 채로 마네킹이 되고 말았다.

슈뢰딩거는 강무석을 차에 태운 후 안진후를 향해 달려왔다.

슈뢰딩거를 보고 활짝 웃은 안진후는 주차장 관리소 쪽으로 걸었다.

관리소라는 이름이 민망할 만큼 작고 허름한 곳으로, 컨테이너를 개조한 것이었다. 하지만 녹슨 철문 안쪽은 완전히 다른 세상이었다.

"기다리고 있었습니다, 마스터."

정장 차림의 남자가 안진후를 보고 고개를 숙였다.

"양광현 교수님이시죠?"

"……저를 아십니까?"

"양 교수님이 로고스의 각성자일 줄은 상상도 못 했습니다. 작년에 학회지에 낸 반도체 관련 논문은 잘 읽었습니다."

안진후는 그 어설픈 논문의 문제점을 밝히려다 참았다. 예전 같았다면 쓰레기 같은 논문이라며 신나게 비웃었을 것이다.

"아, 감사합니다."

외부에서 보는 것보다 열 배는 넓은 공간 안쪽에 엘리베이터가 있었다.

두 사람은 그 엘리베이터에 탔다. 내려가는 동안 아무런 대화도 없었다.

먼저 입을 연 사람은 양광현이었다.

"프랑켄슈타인이 섬바디 길드로 옮겼다는 이야기를 들었습니다."

"사실이에요."

"조심해야 할 겁니다."

"무슨 뜻이죠?"

"프랑켄슈타인은 목적을 위해서라면 누가 어찌 되건 상관않는 철면피니까요. 자신과 똑같은 도플갱어의 뇌와 척수를 뽑아서 사용하는 건, 이쪽에선 모르는 사람이 없습니다."

"조언 감사드립니다."

안진후는 이미 알고 있었다.

김현과 함께 폐공장에서 찾아낸 고스트 커넥터가 그 증거였다.

현재 안진후의 집 페플파크에서 날아다니는 로봇의 형태로 지내고 있는 닥터 프로메테우스는 바로 프랑켄슈타인의 도플갱어였다.

안진후가 그 이야기에 호들갑 떠는 모습을 기대했던 양광현의 얼굴이 딱딱하게 굳었다.

"오늘 회의, 쉽지 않을 겁니다."

양광현이었다.

"그럴까요?"

"섬바디 길드가 유니온을 위해 힘을 썼지만, 관점만 바꾸면 완전히 다른 이야기가 펼쳐지니까요."

양광현은 자세한 내용은 생략했다.

"다른 이야기요?"

"섬바디 길드는 어떻게 블랙 길드가 주도한 쿠데타를 사전에 알아낼 수 있었을까요?"

"아, 그거요?"

안진후는 그에 대한 답변을 미리 준비해 왔다.

그가 설명하려는데, 양광현이 싹둑 자르고 자기 할 말만 늘어놓았다.

"유니온에 신입 각성자로 들어온 윤태희가 실은 혈문이 보낸 첩자라는 소문도 무시할 수는 없을 것 같습니다. 아, 다 왔네요. 내리시죠. 전 그저 떠도는 이야기를 전했을 뿐이니까, 너무 괘념치 마세요."

엘리베이터는 멈췄다.

문이 열리자 양광현은 밖으로 나서며 안진후를 회의장으로 안내했다.

안진후에겐 그 의혹에 답할 기회가 주어지지 않았다. 양광현은 세련된 태도와 몸짓, 표정으로 설명을 막아 버린 것이다.

회의장으로 걸어가는 동안, 머릿속이 복잡했다. 유니온의 각성자들이 혈문을 얼마나 증오하는지, 그 이야기만 나와도 얼마나 치를 떠는지 알았던 것이다.

섬바디 길드와 혈문 사이에 모종의 관계가 있다고 여기저기서 떠들어 댄다면, 증거가 없더라도 섬바디 길드엔 큰 타격으로 작용할 터였다.

'아마도 김현을 걸고넘어질 거야. 나도 마찬가지고. 혈문 소속 하이엘프인 셀레스카르의 제자니까. 당시엔 몰랐다고 설명해도 통하지 않겠지.'

양광현이 회의장 문을 열어 주었다.

안으로 들어간 안진후는 열두 명이 앉아 있는 커다란 테이블과 그 앞에 놓여 있는 의자 하나를 발견했다.

'대놓고 청문회를 하시겠다? 재미있어.'

안진후는 의자 옆에 서서 열두 명을 바라보았다.

이들은 블랙 길드를 제외한 네 개 길드의 대표들이었다.

비행기 폭발로 사망한 15인회 구성원들 대신 새로운 15인회가 구성되어야 하는데 아직 쿠데타 잔당 세력이 남아 있어 열두 명만 이곳으로 온 것이다.

닥터 프로메테우스의 성실한 정보 수집과 프랑켄슈타인이 곳곳에 박아 놓은 인맥 덕에 안진후는 여기 편안하게 앉아 있는 열두 명이 쿠데타 당시 어디서 무엇을 했는지 모조리 알아낼 수 있었다.

"앉으세요."

중년의 여자가 말했다.

안진후는 웃으며 의자에 앉았고, 보란 듯이 꼰 다리 위에 손을 살포시 내려놓았다. 이탈리아 장인의 수제 정장은 이런 순간에도 편안하게 몸을 감싸고 있었다.

심기 불편한 듯 기침이 터져 나왔다.

'꼰대 같으니라고.'

안진후의 미소는 더 짙어졌다.

질문이 쏟아졌다.

양광현의 의혹 제기는 차라리 덕담에 가까울 만큼 원색적인 비난과 근거 없는 비방, 확고한 심판 같은 내용이었다.

안진후는 슬슬 부아가 치밀어 올랐지만 준비한 대답을 내놓았다.

하지만 여기 앉은 열두 명의 호전적인 태도는 그 대답과 상관없이 섬바디 길드를 물어뜯겠다는 의지뿐 아니라 유니온의 구성원으로 절대 받아들일 수 없다는 결론을 보여 주는 증거였다.

두 시간 동안 시달린 후에야 안진후는 그 사실을 몸으로 느꼈다.

'처음부터 작정을 하셨군.'

눈앞에 앉아 있는 사람들은 집에 도둑이 들었을 때는 이웃의 도움을 고마워하지만, 물건이 사라지자 오히려 그 이웃을 의심하는 주인 같은 놈들이었다.

갑자기 이곳에 앉아 있는 게 지루해졌다.

넥타이를 당겨서 느슨하게 만든 안진후는 크게 하품을 했다. 눈가까지 촉촉해졌다.

갑자기 조용해진 사람들. 그들은 너무나 격분해서 말을 잇지 못했다.

눈을 감은 안진후는 한 명 한 명 이름을 부르며, 그들이 쿠데타 당시 무엇을 했는지 나직한 목소리로 읊었다.

쿠데타 소식을 언제 받았는지, 어디로 도망쳤는지, 거기서 무엇을 했는지 등등 자세한 내용이 흘러나왔다.

호명당한 사람은 흠칫 몸을 떨며 주위의 시선에 신경을 썼다. 이야기가 끝나기도 전에 그는 엉거주춤 일어나더니 회의장 밖으로 달아났다.

이름이 불리고, 설명이 이어지고, 당사자가 회의장을 빠져나가는 일이 반복되었다.

눈을 뜬 안진후는 웃음을 터트렸다. 회의장 안에는 자신뿐이었던 것이다.

유니온을 이끄는 15인회에 소속될 열두 명의 사람들 수준을 직접 확인한 안진후는 한숨을 내쉬었다.

'지금까지 유니온의 운영 방식은 협회 수준이야. 온갖 비리와 부정부패가 판을 치는 스포츠 협회 같은 곳. 목소리 큰 놈, 정계나 재계에 인맥이 있는 사람이 좌우할 수 있는 곳. 더 이상은 안 돼.'

안진후는 회의장을 빠져나갔다.

바람이 머리카락을 헝클어뜨렸다.

안진후는 문을 닫은 듯 가늘어진 눈으로 사방을 쳐다봤다.

유리창이 깨진 창문 안쪽으로 녹슨 철골이 드러난 폐공장 건물이 싹둑 잘린 나무의 밑동처럼 줄지어 늘어서 있고, 건물과 건물 사이에는 낡은 자동차가 타이어에 바람이 빠진 채로 버려져 있었다.

페플 그룹 신사업부문 사장이라는 직함의 위력은 상상을 초월했다. 비록 낙후되어 방치된 공단 지역이라고 해도, 하루도 못 되어 이 지역 전체를 사들일 수 있다니. 온갖 정치적, 경제적 제한 사항을 그 직함이 뚫어 낸 것이다.

안진후는 아래를 쳐다봤다.

몸이 기우뚱하면, 앞으로 쏠리면…… 그대로 추락하고 말 것이다.

간질간질한 느낌.

떨어진다고 해도 죽을 위험은 없다. 슈뢰딩거를 소환하거나 손바닥에 심긴 이그드라실의 능력을 이용하면 안전하게 착지할 수 있을 테니까.

'완전히 슈퍼히어로잖아.'

안진후는 피식 웃었다.

지프 한 대가 공단 지역으로 들어와 건물 앞으로 달려왔다. 황철호와 구선희가 차에서 내렸다. 뒷좌석에서 내린 사람은 현기명이었다.

"여기예요!"

안진후가 손을 흔들었다.

뒷짐을 진 현기명은 산보하듯 걸었는데, 어느새 벽을 딛고 올라와 안진후 옆에 섰다.

고개를 내저은 황철호는 구선희와 함께 계단을 통해 옥상으로 올라왔다.

"축하해요. 이야기 들었어요."

안진후는 황철호를 보며 말했다. 황철호는 달아난 강영준 대신 천무관의 관장 자리에 올랐다.

"……축하는 무슨. 앞으로 고생만 할 자린데."

황철호는 손사래를 쳤지만, 얼굴에서 은근한 만족감을 찾는 데는 그리 오랜 시간이 걸리지 않았다.

"여기가 사옥이냐?"

현기명이었다.

"네, 어르신."

"잘 골랐다."

"정말요?"

이 사실을 아는 사람들 대다수가 격렬하게 반대했다. 왜 멀쩡한 빌딩을 두고 당장 주저앉아도 이상하지 않을 폐건물을 택했는지 다들 이해하지 못했다.

"원래 신혼도 반지하부터 시작하는 거니까."

현기명은 뒷짐 진 자세로 벽을 딛고 내려가더니 유리 없는 창 안으로 사라졌다. 구선희는 안진후를 향해 가볍게 고개를 숙인 후, 현기명을 찾아서 아래로 사라졌다.

"정말 자유로운 분이시네요."

"김현에 대해서 알아낸 건 없냐?"

"……아직은요."

"천무관 관원들도 김현을 잊었더구나. 사부님의 네 번째 제자가 있었다는 사실 자체를 몰라."

"아마도 그럴 거예요."

"내가 어떻게 할 방법은 없을까?"

"찾는 중이에요."

아래에서 쾅! 폭발음이 났다.

"아무래도 가 봐야겠다."

황철호는 서둘러 계단으로 향했다.

혼자 남은 안진후는 참았던 한숨을 내쉬었다.

그때, 버스 몇 대가 공단 지역으로 들어와 이 건물을 향해 달려오는 모습이 보였다.

그 옆으로 잘 빠진 스포츠카 한 대가 맹렬하게 질주하며 먼저 건물 앞에 도착했다.

잠시 후, 계단을 딛고 올라오는 구두 소리가 요란했다.

'누군지 알겠어.'

안진후는 몸을 돌렸다. 바람이 더 거칠게 달려드는 느낌이었다.

벌컥 화를 내려고 올라온 배혜진은 안진후를 보고는 할 말을 잃었다.

안 그래도 잘생긴 얼굴인데 세련된 정장을 갖춘 모습은……만화에서 튀어나온 주인공처럼 환상적이었다.

"멋지지?"

"멋지긴."

배혜진은 잠시 당황했던 마음을 추슬렀다.

"올라온 이유, 지금쯤이면 생각나야 정상인데. 그게 아니면 병원 가서 치매 진단을 받아 보는 게 좋을 거야."

배혜진은 눈살을 찌푸렸다.

"정말이야, 여기가 사옥이라는 말?"

"내가 왜 여기 있겠어?"

"돈이라면 내가 댈게."

"돈이 없어서 내가 여길 사옥으로 정했을까?"

"……그건 아니겠지. 그러면 대체 이유가 뭐야?"

배혜진은 페플 그룹의 후계자가 무엇을 할 수 있는지 잘 알았다.

"섬바디는 벤처야. 처음부터 매끈한 빌딩에서 시작할 수

싱크

는 없잖아."

"뭐?"

"아무튼 내 결정이니까 따라 줘. 그게 싫으면 나가도 좋고."

"흥, 맨날 나가래."

"안 나갈 거 아니까 그러는 거지. 사람들은?"

"도착했어."

"내려가자."

안진후는 먼저 계단으로 내려갔고, 배혜진이 서둘러 뒤따랐다.

철제 계단을 밟고 내려가기엔 수제 구두가 지나치게 화려했다.

'괜히 이걸 신고 왔어. 그냥 운동화가 훨씬 편했을 텐데.'

안진후는 자신을 향해 날아와 얼굴에 꽂히는 사람들의 시선을 느낄 수 있었다.

몇 년 전 참석한 학회에서 논문을 발표할 때도 따가운 시선을 느꼈는데, 대부분 어린놈이 얼마나 하는지 깎아내리려는 전문가 특유의 비난 섞인 눈빛이었다.

저기 아래에 서 있는 사람들의 얼굴은 달랐다. 자부심과 기대감이 어린 표정이었다.

'아마도 여기서 내가 제일 어리겠지. 그런 내가 사장으로 제대로 인정받을 수 있을까?'

오만에 가까운 자신감이 한순간 쪼그라들었다.

다행히 타고난 배짱과 환경 때문인지 이 상황을 즐기기 시작했다. 안진후는 자신이 아버지 안종화의 아들임을 다시 한 번 깨달았다.

계단참에 멈춘 안진후는 녹슨 난간을 두 손으로 움켜쥐었다. 그리고 아래를 내려다보며 입을 열었다.

"여기까지 오느라 고생하셨습니다."

자기 목소리가 버려진 건물의 1층 로비를 울리기까지 기다렸던 안진후가 말을 이었다.

"드디어 오늘부터 섬바디 길드가 본격적으로 시작됩니다. 각자 맡은 분야에서 최선을 다해 주십시오. 섬바디는 길드인 동시에 기업입니다. 다들 아시다시피 기업의 목적은 이윤 추구지요. 저는 마스터이자 사장으로서, 길드원이자 직원인 여러분의 이윤을 최대한 높이려 합니다. 자신에게 이익이 되지 않는다고 느껴진다면 언제든 이곳을 나가셔도 좋습니다. 그만큼 여러분의 이익, 회사의 이익 그리고 저의 이익을 위해 우리 모두 최선을 다합시다."

말이 끝나자 박용준이 가장 먼저 박수를 쳤다.

그 옆에 서 있던 윤태희와 교육생 동기들인 이유정, 고승조, 엄명욱도 천천히 박수를 치기 시작했다.

배혜진이 눈짓을 주며 손뼉을 마주치자 그 근처에 있던 최현석, 문석훈, 강선기 등도 따라서 박수를 치기 시작했다.

다음은 프랑켄슈타인이 고개를 끄덕이며 가볍게 박수를 쳤고, 그를 따라서 로고스를 빠져나온 연구원들이 가세했다.

한쪽에 모여 있던 사람들이 환호를 했는데, 바로 김현이 붕괴되어 가라앉던 해옥에서 구해 낸 수감자들이었다. 그들의 구심점인 조형섭은 눈짓으로 무례한 행동은 하지 말라고 신호를 보냈다.

마지막은 황철호와 현기명이었다. 안진후는 그 두 사람의 박수에 가장 기분이 좋았다.

'김현이 여기 있다면 좋았을 텐데.'

"섬바디의 세부 조직에 대해 말씀드리겠습니다."

안진후의 설명이 이어졌다.

기업으로서의 섬바디는 네 개의 파트로 구성되었다.

연구개발 파트, 자원개발 파트, 경영지원 파트, 마지막으로 페플지원 파트였다.

각 파트별로 한 명의 이사가 있는데, 연구개발 파트의 책임자는 프랑켄슈타인이었다. 자원개발은 황철호가 맡았으며, 경영지원은 사장인 안진후가 이사도 겸직했다. 마지막 페플지원 파트의 리더는 박용준이었다.

그 말에 박용준은 할 말을 잃었다. 자기가 이 대단한 사람들이 속한 회사에서 이사라니!

박용준처럼 의외의 직위에 놀라며 감탄한 사람도 있지만, 그 반대도 존재했다. 내심 이사 자리를 원했던 배혜진의 얼굴은 딱딱하게 굳었고, 움켜쥔 손은 부르르 떨렸다.

　현기명은 섬바디의 특별고문이었다.

　블랙 길드에서 섬바디로 옮겼던 라이언은 자원개발 파트 소속 부장이었고, 윤태희와 고형덕 그리고 조형섭은 과장으로 임명을 받았다.

　조형섭의 이름이 나오자 버스를 타고 이곳으로 몰려온 해옥의 수감자들이 일제히 고함을 질렀다. 그들은 진정한 자유를 위해 섬바디 길드를 택한 사람들이었다.

　배혜진은 경영지원 파트 소속 재정부 부장이라는 지위가 못마땅했다. 그 때문에 화가 나서 최현석 등에 대한 이야기는 귀에 들어오지도 않았다.

　안진후가 그녀를 쳐다본 순간, 배혜진은 억지로 웃을 뿐이었다.

　"전문 업체에서 이곳의 정비를 위해 곧 올 겁니다. 여기는 공간이 넓으니 각 파트별로 상의해서 적당한 곳을 사무실로 쓰시면 됩니다."

　그렇게 말을 끝낸 안진후는 황철호 앞으로 걸어갔다.

　"진후야, 수고했다. 아니, 사장님, 수고하셨습니다."

　"사적인 자리에서는 편하게 하세요."

　"그럴까."

싱크

씩 웃는 황철호.

하지만 눈은 무겁게 가라앉아 있었다.

관장으로서 천무관을 이끌어야 한다. 그와 동시에 섬바디 길드의 자원개발 담당 이사로서도 바삐 움직여야 할 것이다.

다행히 황철호는 낙관적인 사람이었다. 미리 걱정으로 마음을 괴롭히는 스타일은 아니었다.

"부탁이 있습니다."

"말해 봐."

"던전, 보고 싶습니다."

"……역시."

황철호의 눈이 빛났다.

이곳 사옥은 블랙 길드의 본거지에서 가까웠다. 그건 곧 블랙 길드 지하에 있는 던전과도 멀지 않다는 뜻이다.

현재 블랙 길드는 공중분해된 상태였다. 쿠데타 주동자가 대부분 블랙 길드 소속이었던 것이다.

"여기 아래쪽으로도 접근할 수 있다고 들었습니다만."

"가능해."

"그럼, 안내해 주십시오."

황철호는 안진후를 데리고 지하로 내려갔고, 뒷짐 진 채 강 건너 불구경하는 것처럼 지켜보기만 하던 현기명이 슬쩍 지하로 접어들었다. 그림자처럼 따라다니는 구선희가 뒤따랐다.

처음 던전 입구를 본 안진후의 뇌리에 떠오른 건, 영화 〈스타게이트〉였다.

유적지에서 발견된 반원형의 석제 아치에 그려진 암호를 해석하여 작동시켰더니 우주 저 어딘가의 세계와 연결되었다는 영화.

거기 나오는 스타게이트를 아래쪽으로 잡아당긴다면 던전의 입구처럼 보일 것이다.

다만, 별자리를 뜻하는 암호 따윈 던전 입구엔 없었다. 복잡한 마법진이 새겨져 있을 뿐이었다.

"열어 봐도 될까요?"

안진후는 황철호를 쳐다봤다.

"깊이 들어갈 수는 없다. 위험하니까."

황철호에게서 팽팽히 당겨진 긴장감이 느껴졌다. 아무것도 모르는 사람을 겁주는 태도가 아니었다.

"그냥 보고 싶을 뿐이에요."

황철호는 던전의 입구에 손을 올렸다.

그가 내공을 문에 쏟아붓자, 문 전체가 서서히 밝아졌다. 그러더니 곧 쿵! 무거운 소리가 나더니 문이 열렸다.

문 너머는 깜깜했다.

"넌 내 뒤에 서거라."

현기명이 구선희에게 말했다.

고개를 끄덕인 구선희는 할아버지 뒤에 숨는 손녀처럼 즉시 움직였다.

황철호와 현기명이 앞장섰고, 안진후와 구선희가 그 뒤를 조심스럽게 따랐다.

안진후는 슈뢰딩거를 소환했다.

슈뢰딩거가 뿜어내는 불꽃이 빛을 뿌렸지만 기껏해야 반경 10미터였다. 그 너머는 손을 뻗으면 만져질 것만 같은 암흑이었다.

"오는구나."

현기명이 중얼거렸다.

"……네."

뒤늦게 알아차린 황철호는 사부의 감각이 얼마나 탁월한지 다시 한 번 감탄했다.

곧 쿵쿵! 묵직한 발소리가 들렸고, 점점 커졌다.

안진후는 던전에 들어오기는 오늘이 처음이지만 영상은 본 적이 있었다. 공룡을 닮은 대형 몬스터에게 쫓기는 각성자들, 운이 나쁜 일부는 팔다리가 뜯기거나 산 채로 먹힐 때도 있었다.

갑자기 빛의 범위로 들어온 몬스터는 몸통치기 방식으로 달려들었지만 황철호가 만들어 낸 무형의 방어벽에 닿자 뒤로 튕겨 나갔다.

황철호도 미끄러졌다.

"참 재미있는 곳이야."

현기명의 눈이 반짝거렸다. 처음 본 장난감에 푹 빠진 아이의 눈빛이었다.

안진후는 그 몬스터의 외형이 공룡과 놀랍도록 닮았다는 사실을 뒤늦게 깨달았다.

직접 단단한 피부와 잔혹한 눈, 예리한 발톱 그리고 어마어마한 덩치를 보니…… 영상에서 본 몬스터는 아예 생각나지도 않았다.

"몰려오는군. 나가자."

현기명이었다.

그들은 서둘러 던전 밖으로 나왔고, 문은 쾅! 세게 닫혔다. 안쪽에서 포효 소리가 들렸지만 곧 멀어졌다.

"유니온은 저 던전을 어떻게 생각하나요?"

안진후는 황철호를 보며 물었다.

황철호가 고개를 갸웃거리자, 현기명 옆에 서 있던 구선희가 대답했다.

"유니온은 지구, 페플 그리고 던전이 각기 다른 차원에 속한 세계라고 생각합니다. 그렇다고 명확하게 모두가 알 수 있도록 밝히지는 않지요. 누구도 자신이 옳다고 결론을 내릴 수 있는 문제가 아니니까요."

"당신 생각은요?"

안진후는 구선희를 정면으로 응시했다.

"전 던전의 정체에 대해서는 관심이 없습니다. 그저, 던전이 활짝 열려 몬스터가 튀어나오는 날이 영영 오지 않기를 바랄 뿐입니다."

"싱크 데이를 말하는 거로군."

황철호였다.

"네, 맞아요."

구선희는 황철호를 향해 고개를 돌렸다.

안진후는 '유니온의 그랜드 마스터' 퀘스트를 통해 싱크 데이가 무엇인지 알고 있었다.

바로 그날 세계들이 연결된다.

이질적인 세계가 하나가 되는 순간, 온갖 종류의 혼돈과 파괴가 세상을 덮을 터였다.

"타격대가 던전에 들어가는 이유 중 하나는 몬스터 수를 줄여서 싱크 데이를 최대한 늦추는 거였지. 그건 그렇고, 자원개발 파트는 대체 뭘 하는 거냐?"

"참 빨리도 물어보시네요."

안진후는 속으로 웃었다.

"대답이나 해."

"그 자원은 바로 성질석이에요. 저기 던전에 존재하는 몬스터에게서 얻을 수 있는 특별한 금속 말이에요."

"……그러니까 자원개발 파트는 결국 타격대라는 뜻이구

나."

"비슷해요."

"성질석은 어떻게 하려고?"

"연구를 통해 제품을 만들어야죠."

안진후는 활짝 미소를 지었다.

형제

속도는 시속 150킬로미터를 넘어섰다.

트럭과 승용차 사이를 스포츠카가 비집고 끼어들자 사방에서 빵빵, 클랙슨이 울렸다.

"느려 터진 놈들, 소심하기는."

한 손을 핸들에 올려놓은 안형준은 액셀을 더 힘껏 밟았다. 그러면서 다른 손으로 핸드폰을 꺼내어 미리 저장해 둔 번호로 전화를 걸었다.

"왜 전활 안 받고 지랄이야!"

안형준은 창밖으로 침을 탁 뱉었다.

그때, 신호음 대신 조심스러운 목소리가 들렸다.

- 강무석입니다.

"바로 받으라고 했을 텐데."

─죄송합니다.

"그 새끼는 지금 뭘 하고 있어?"

─……사옥을 둘러보고 계십니다.

"사옥? 사옥?"

안형준은 기가 막혀 고개를 흔들었고, 그 때문에 기어가는 택시를 뒤에서 들이받을 뻔했다.

겨우 피해서 추월한 그는 택시 앞으로 가서 일부러 브레이크를 밟아 자신을 놀라게 한 대가를 치르게 만들었다.

전화를 끊은 안형준은 두 손으로 핸들을 움켜잡으며 이를 갈았다.

'내가 장남이야. 내가 페플 그룹의 후계자야. 그 새끼는 그룹이 어떻게 돌아가는지 하나도 몰라. 학교도 제대로 안 다닌 주제에 줄창 게임만 했는데. 꼰대가 미친 거야. 제대로 미치지 않고서야 셋째에게 신사업부문 사장을 맡기진 않았겠지. 젠장! 빌어먹을!'

그룹의 전체 경영전략을 만드는 핵심 부문인 전략기획부는 물론 회장을 가까이에서 모시는 비서실 관련자들도 갑작스러운 결정에 당황했다. 그들 역시 회장 안종화가 셋째 안진후에게 신사업을 맡긴 이유를 알지 못했다.

그 소식은 재계로 빠르게 퍼져 나가, 지금은 모르는 사람이 거의 없었다.

핸드폰 벨이 울렸다.

손을 뻗어 누구인지 확인한 안형준의 입에서 욕이 튀어나왔다.

평소 알고 지내던 일간지 경제부 기자였다. 안진후가 사장 자리에 오른 게 사실인지 묻기 위해 전화를 건 것이다.

한숨을 내쉰 안형준은 시계를 확인했다. 도착 예정 시간이 30분 남아 있었다.

안형준은 액셀을 더 세게 밟았다.

캐리어가 나오기를 기다리던 안택현은 피식 웃었다.

계속 웃음이 나왔다. 비행기에서도 스튜어디스가 돌아볼 만큼 자주 웃었다.

'황당해서 웃음밖에 안 나오군. 난 안형준 그 자식만 꺾어 버리면 내가 그룹의 총수가 되리라 생각해 왔다. 물론 셋째 가 훨씬 똑똑하지만, 너무 어린 데다 권력 의지가 부족해서 아예 고려조차 하지 않았건만.'

문자가 왔다.

내용을 본 안택현은 활짝 웃었다. 자신만큼이나 속이 탄 사람이 보낸 문자였다.

"적의 적은 아군이니, 당분간은 같은 길을 걷겠구나."

캐리어를 찾아낸 안택현은 게이트를 향해 걷기 시작했다.

"여기!"

선글라스 낀 안형준이 손을 흔들었다.

안택현은 웃음을 내보이지 않으려 애를 쓰며 이복형에게
로 걸어갔다.

"마중을 다 나오고. 내일은 해가 서쪽에서 뜨겠어."

"오늘 이미 서쪽에서 떴다."

"하긴."

안진후에게 후계자 자리를 빼앗겼다는 사실은 그보다 더
충격적이었다.

두 사람은 말없이 주차장으로 향했다.

차에 올라탄 후에야 안택현이 입을 열었다.

"진후가 회장님의 마음을 사로잡는 동안 대체 뭘 한 거야?"

"열심히 일했다, 왜?"

"일? 당신이?"

"싸우자는 거냐? 그건 나중에 해도 늦지 않아. 일단 급한
불부터 꺼야 하니까."

평소와 달리 다툼을 먼저 피하는 첫째 안형준.

그 태도에, 지금 상황이 얼마나 심각한지 안택현은 깨달

았다.

"진후가 회사를 차렸다면서?"

"소식은 빠르네."

"혼자 차릴 수는 없을 텐데, 누구야? 누가 당신과 날 배신한 거야?"

안택현은 크게 착각하고 있었다. 페플 그룹의 핵심 임원들 중 누군가가 안진후에게 합류했다고 생각한 것이다.

"저기 뒤에 있으니 직접 봐라."

안형준은 뒷좌석을 가리켰다.

손을 뻗어 내팽개쳐진 서류를 집은 안택현은 안경을 콧등으로 올리며 명단을 읽다가, 할 말을 잃었다.

자신이 예상한 사람들 이름은 하나도 없었다. 대신 상상도 못 한 이름이 거기 실려 있었다.

"윤태희? 내가 아는 윤태희야?"

"……맞아."

안형준은 다시 한 번 창밖으로 침을 뱉었다.

호흡이 거칠어진 안택현은 '배혜진'이라는 이름을 보고 눈살을 찌푸렸다.

힐끔 둘째 동생을 살핀 안형준.

"CRS 그룹의 배혜진이야. 최현석도 네가 아는 그 최현석이고."

"대체, 대체 이게 어떻게 된 거야?"

"현기명과 황철호라는 이름, 보이지?"

"누군데?"

"천무관."

"……정말 그 사람들이야?"

"몇 번이나 확인했는데, 그 사람들이야."

"그 사람들이 왜 진후가 세운 회사에 들어온 거야?"

"그걸 내가 알면 널 마중 나왔겠냐?"

심드렁한 안형준.

안택현은 손가락으로 턱을 긁었다. 전혀 예상 못 한 조합이었다.

대체 이 회사는 왜 세웠을까?

"태희 누나에게 전화해 봤어?"

"……안 받아."

"일단, 회장님부터 만나자."

"회장님? 진후를 먼저 안 만나고?"

"회장님 먼저."

"알았다."

안형준은 속도를 높였다.

"기다리고 계십니다."

비서가 말했다.

안형준과 안택현은 서로를 쳐다봤다.

용기를 내어 아버지를 찾아왔지만, 이런 반응은 생각지도 못했다. 약속 없이 아버지를 만날 수 있다니!

비서가 열어 준 문으로 들어선 형제는 새하얀 모래가 깔려 있고 괴석이 우뚝 서 있는 일본식 정원 너머에 서 있는 안종화 회장을 볼 수 있었다.

안종화는 골프 클럽을 손에 쥐고 퍼팅 연습 중이었다.

"귀국하자마자 애비를 찾아온 둘째 놈에게 기특하다고 해야 하나…… 아니면 꽁지에 불붙은 돼지처럼 급히 달려온 첫째 놈에게 그 이유가 무엇인지 물어봐야 할까?"

혼잣말처럼 중얼거린 목소리가 두 아들에게로 고스란히 전해졌다.

"그동안 건강하셨습니까?"

안택현이 고개를 숙였다.

"가까이."

손짓하는 아버지.

두 아들은 조심스럽게 모래 사이에 박혀 있는 징검돌을 딛고 아버지 앞으로 걸어갔다.

언젠가 돌을 헛디뎌 모래에 빠진 임원이 다음 날 해고됐다는 이야기가 소문처럼 그룹 내에 떠올랐다. 그 때문인지 회장 집무실에 들어오는 사람들은 모두 이 징검다리를 통과할 때 매우 조심스러워했다.

"서론은 건너뛰고 바로 본론을 말씀드리겠습니다."

"해 봐라."

"왜 진후에게 신사업을 맡기셨습니까?"

안택현은 핵심을 찔렀다. 그 이유를 알아야 안진후를 밀어내고 그 자리를 차지할 수 있다.

"그것 때문에 귀국한 거냐?"

"네."

"너도 같은 이유로 온 거냐?"

안종화는 장남을 쳐다봤다.

"그렇습니다."

"너희 둘의 의견이 이처럼 같을 때도 있구나. 오래 살고 볼 일이야."

"그 이유, 꼭 알고 싶습니다. 저희뿐 아니라 그룹 관계자들도 궁금해할 겁니다."

안택현이었다.

두 아들을 쳐다본 안종화는 골프 퍼터를 가볍게 공중에 띄웠다. 퍼터는 빙글빙글 돌다가 허공에 박힌 것처럼 멈췄다.

퍼터를 쳐다본 안형준, 안택현의 눈에 엷은 베일이 덮였다.

눈빛이 몽롱해진 두 사람은 마네킹처럼 얼어붙었다.

"쯧쯧."

혀를 찬 안종화가 손을 뻗자 퍼터가 날아왔고, 그는 골프

공을 가볍게 쳐 홀에 집어넣었다.

그제야 두 사람은 마비에서 풀렸다. 그리고 3초가 지나서
야 이곳에 왜 왔는지 그 이유를 기억해 냈다.

"왜 안진후인지 알려 주십시오!"

이번에도 안택현이었다.

그때, 안종화는 퍼터를 드라이버처럼 휘둘러 골프공을 세
게 때렸다.

골프공은 일본식 정원을 가로질러 괴석에 푹 박혔다. 얼마
나 강한지, 골프공이 박힌 구멍 근처로 번개 모양으로 금이
가 있을 뿐 돌 자체는 부서지지 않았다.

"내 결정에 토 달지 마라."

"……아버지?"

"정 궁금하면 직접 진후를 찾아가 봐라. 그러면 알게 될
것이다."

안종화는 퍼터를 던져 버렸다. 그건 집무실에서 나가라는
뜻이었다.

두 아들은 아쉬워하면서도 밖으로 나갔다. 아버지의 성격
을 누구보다 잘 알았던 것이다.

안종화는 비서실장을 불렀다.

중년의 비서실장이 다가오자, 회장은 포장된 작은 박스를
건넸다.

"이걸 셋째에게 전해 주게. 회사 창립 선물이네."

"알겠습니다."

두 손으로 공손하게 선물을 받는 비서실장.

"자네도 궁금한가? 내가 셋째에게 신사업을 맡긴 이유 말이야."

"비서로서 궁금하지 않다면 거짓말일 테지요."

"그 녀석, 각성했다네."

"아! 그렇군요. 축하드립니다, 회장님."

"허허, 난 녀석이 첫 스타트를 끊을 줄은 상상도 못 했네. 첫째나 둘째가 가능성이 높다고 생각했지."

"회장님의 도움도 없이 각성을 했다니, 놀랍습니다."

"앞으로 두고 봐야지."

안종화가 웃으며 손을 뻗자 구석에 처박힌 퍼터가 둥실 떠오르더니 날아왔다.

사장실은 조출했다.

넓지만 오래된 책상과 거기에 어울리는 의자, 평범한 테이블과 색감이 독특한 소파 그리고 한쪽에 놓여 있는 콕핏형 커넥터가 전부였다.

벽은 콘크리트가 그대로 드러나 있었는데, 안진후가 굳이 도배할 필요를 느끼지 못했기 때문이다.

첫날이라 분위기는 어수선했다. 대부분 기업이라는 조직이 어색했던 것이다.

배혜진과 윤태희 정도만이 회사의 생리를 잘 알았다.

안진후는 운전기사이자 경호원 그리고 수행 비서이기도 한 강무석에게 한 시간 동안 방해하지 말라고 알린 뒤, 커넥터로 들어갔다.

섬광이 터졌다.

현실에서의 안진후는 사라지고, 페플의 벨란데르가 나타났다.

'이곳은 더 이상 놀이터가 아니야.'

벨란데르는 이름을 '안진후'로 바꿨다. 이 세계를 단순한 게임 공간이 아니라 실존하는 곳으로 진지하게 생각하기 위해서였다.

종족도 엘프에서 인간으로 변경하고 싶었지만, 캐릭터를 새로 만들지 않는 이상은 불가능해서 아쉬웠다.

안진후의 목적지는 망량 봉쇄 구역이었다.

공격을 받을수록 힘을 흡수하여 확장하는 특성 때문인지 봉쇄 구역은 이전에 비해 거의 두 배나 커진 상태였다.

파르소겐을 만나는 건 그리 어렵지 않았다. 김현, 그러니까 노바디와의 관계를 밝히니 일사천리였다.

파르소겐은 안진후를 건물 옥상으로 데려갔다. 거기서 내려다본 망량은 검은 바다 같았다.

'섬바디의 사옥과 분위기가 비슷해.'

"이계로 넘어갔을 때, 김현과 함께 날 찾아왔던 그 친구가 바로 자네인가?"

"그렇습니다."

"자넨 엘프로군."

안진후는 질문을 던질 필요도 없었다. 파르소겐은 젊은 엘프가 왜 찾아왔는지 알고 있었다.

"김현은 운명의 구슬을 드래곤에게 주었네. 그 덕에 뱀파이어 타크란이 잡아간 사람들이 무사할 수 있었지. 허나, 무슨 이유에서인지 드래곤은 그 구슬을 김현의 몸에 흡수시켰다네. 불길이 김현을 휘감았지만, 그 뜨거운 불꽃 속에서도 김현은 죽지 않았네."

"……그래서요?"

"아무래도 자네 친구의 몸에 드래곤의 피가 흐르고 있는 모양일세."

"……."

안진후는 아무 말도 못 했다.

드래곤의 피? 김현의 몸에?

아직은 그게 어떤 의미인지 제대로 받아들일 수 없었다.

"자네만큼 나도 놀랐네."

"그러면 김현은 무사하다는 말씀이군요."

"장담할 순 없어. 그 구슬의 힘을 이겨 내지 못한다면 결과는 죽음뿐일 테니까."

"드래곤 헤라를 만나고 싶습니다."

"그분은 만나고 싶다고 해서 만날 수 있는 분이 아닐세."

"이대로 가만히 있을 수는 없습니다."

"레어로 가 보게. 위치는 잘 알려져 있으니까. 자네가 김현의 친구라는 사실을 밝히면 그분이 만나 줄 수도 있겠지. 운이 좋다면 말이야."

"알겠습니다."

"자네는 유니온 소속인가?"

파르소겐의 눈이 빛났다.

"……그렇습니다."

"혈문에 대해서도 알고 있겠군."

"들은 적이 있습니다."

"혈문은 탐욕에 사로잡힌 이방인들로부터 이 세계를 지킨다고 주장하더군. 그게 사실이라면 이 세계를 차지하려는 이방인이 존재한다는 건데, 자넨 어떻게 생각하나?"

그 질문에 안진후는 아버지를 떠올렸다.

아버지 혼자만의 생각은 아닐 것이다.

지리상의 발견이 모두를 놀라게 했던 대항해시대는 끝난 지 오래다. 미국을 비롯한 강대국은 새로운 식민지 확보를 위해서 우주로, 혹은 심해로 탐험을 계속하고 있다.

한계에 이른 인류에게 새로운 도전, 정복할 땅이 필요하다고 생각하는 사람들.

그들에게 페플은 결코 포기할 수 없는 황금의 땅일 것이다.

가상현실 게임으로 위장한 차원 인터페이스는 그 과정을 단축시킬 뿐 아니라, 그 자체로 정복의 행위였다.

게임을 즐기는 사람들은 그저 즐거움을 위해 몬스터를 죽이고, NPC에게서 퀘스트를 받아서 해결하고, 길드를 형성하고, 때로는 영지를 차지하여 운영하지만, 그 모든 결정이 식민지 계획에 도움을 주는 행동이었다.

"없지는 않습니다."

안진후는 신중하게 대답했다.

"자네는 아니라는 건가?"

이방인을 응시하는 대현자의 눈이 예리하게 빛났다.

"두 세계가…… 서로를 적대하지 않고 공존하는 방법을 찾아볼까 생각하고 있습니다."

"마지막으로 하나만 더 묻겠네. 두 세계가 돌이킬 수 없는 지점에 이른다면, 그래서 무력으로 서로를 적대한다면 어느 쪽에 승산이 있다고 보는가?"

그 질문은 안진후의 마음 깊은 곳을 건드렸다.

가상현실 온라인 게임으로 위장된 페플 시스템이 실은 차원이 다른 두 세계의 가교였음을 알게 된 순간부터, 그는 이 질문의 답을 무의식적으로 찾고 있었다.

어느 쪽이 이길까?

핵을 포함한 최첨단 과학으로 무장한 지구가 페플을 먹어 삼킬까? 아니면 마법이 존재하며, 드래곤이라는 최강의 생명체가 존재하는 페플이 오히려 지구를 압도할까?

안진후는 그동안 왜 불안했는지를 이제야 깨달았다.

대현자에게서 질문을 듣지 못했다면 영문도 모르고 오랫동안 불안의 이유를 고민했을지도 모른다.

안진후는 잠정적인 답을 알아냈다.

"결론을 내리기엔 정보가 부족합니다. 전 제가 속한 세계를 알지만, 이곳 페플에 대해선 문외한이니까요."

"나도 같은 처지라네. 그러니, 자네와 내가 지혜를 모은다면 그 질문의 답을 찾아낼 수 있지 않겠나 싶은데."

"답을 찾아낸 후에는요?"

"균형을 맞추도록 노력해야지. 원래 정복이라는 건, 한쪽이 약해야 가능한 법이니까."

그 속삭이는 말을 듣는 순간, 안진후는 가슴이 뚫리고 시원한 바람이 사방에서 불어오는 듯한 착각에 사로잡혔다.

눈앞의 노인이 얼마나 지혜로운지, 마음에 품고 있는 구상이 얼마나 거대한지 깨달았다.

'정치, 경제, 문화, 과학 등 모든 것이 이질적인 두 세계의 균형을 맞춰? 그게 가능이나 할까?'

그 생각을 눈치챈 파르소겐이 입을 열었다.

"때로는 가능성과 상관없이 해야 하는 일이 있더군. 그런 일을 만나면 삶 자체를 걸어야 하지. 죽을힘을 다해야 하니 말이야. 자넨 아쉽겠어. 나야 다 늙어서 살날이 얼마 남지 않았지만, 자네는 평생을 이 말도 안 되는 일에 휘둘릴 테니까."

자기가 한 말이 마음에 드는지, 파르소겐은 껄껄 웃었다. 호탕한 웃음이었다.

안진후도 미소 지었다. 과연 대현자다웠다.

그때, 메시지가 도착했다.

-손님이 찾아오셨습니다.

강무석이 보낸 문자였다.

안진후는 자주 찾아오겠다는 말을 남긴 후, 접속을 해제했다.

커넥터에서 나온 안진후는 집무실과 연결된 화장실로 가서 세수를 했다. 그저 대현자와 대화를 나눴을 뿐인데도 얼굴이 땀으로 흥건했던 것이다.

'정말 자주 만나야겠어. 보통 사람이 아니야.'

밖으로 나가자 강무석과 낯익은 남자가 안진후를 향해 다가왔다.

"아, 실장님."

안진후는 아버지를 그림자처럼 따라다니는 비서실장 권종근을 알아봤다.

"셋째 도련님, 아니, 이제는 사장님이시죠. 축하드립니다."

"어떻게 오셨어요?"

"회장님 지시로 왔습니다."

"아, 그래요? 들어오세요."

안진후는 비서실장과 함께 집무실로 들어갔다.

콘크리트가 드러난 벽과 천장을 본 비서실장은 흠칫 놀랐다.

"여기 인테리어에 대해서는 회장님께 보고하지 마세요. 아시면 노발대발하실 테니까요."

"알겠습니다."

안종화 회장의 미적감각을 잘 알기에, 비서실장은 가볍게 웃었다.

"앉으세요."

안진후는 명품 정장이 구겨지든 말든 아주 편안하게 소파에 앉았다.

"회장님께서 보내신 선물입니다."

비서실장은 깔끔하게 포장된 박스를 안진후 앞에 내려놓았다.

"선물요?"

"창업 기념 선물이라고 말씀하셨습니다."

"그래요?"

안진후는 산타에게 받은 선물을 빨리 확인하고픈 꼬마처럼 포장을 뜯고 박스를 열었다.

안에는 두 개의 유리병이 푹신한 충격 방지재에 싸여 있었는데, 유리병 안에는 빨간 알약이 가득 들어 있었다.

얼핏 보면 종합 비타민 같은 알약인 듯하지만, 안진후는 즉시 이 알약의 정체를 알아차렸다.

적두였다!

고개를 든 안진후의 얼굴에서 웃음기가 사라졌다.

이걸 왜 아버지가 주셨을까?

약병 옆에 꽂힌 쪽지를 발견한 그는 집어서 읽었다.

그때, 메시지 창이 나타났다.

아버지의 부탁

페플 그룹의 안종화 회장은 장남 안형준과 차남 안택현을 당신에게 맡겼습니다. 신사업부문 사장으로서, 페플 그룹의 후계자로서 당신에게는 이 두 사람을 이끌어야 할 권리와 의무가 있습니다.

적두 두 병으로 두 사람을 복용자로 만들 수 있으며, 두 사람을 적극적으로 이용하여 회사를 운영하거나 퀘스트를 진행할 수도 있습니다.

두 사람을 페플 그룹 계열사의 사장으로 만드십시오.

이 퀘스트는 거절할 수 없습니다.

조건 : '유니온의 그랜드 마스터' 퀘스트 수락

보상 : 페플 그룹 부회장 취임

안진후는 입술을 잘근잘근 씹었다.

'거절이 불가능해? 그 밥맛 떨어지는 얼굴을 봐야 한다니. 아! 만약에 내가 아니라, 형들 중 하나가 먼저 각성했다면……내가 저기 서 있겠지?'

권종근은 안진후의 얼굴을 살피고 있었다.

회장의 말은 사실이었다. 적두를 알아봤을 뿐 아니라, 그이유까지 완전히 이해한 모습이었다.

"저는 그만 가 보겠습니다."

"차라도 한잔해야 하는데……."

"다음에 마시죠. 그럼."

집무실 밖으로 나가던 권종근은 이제 막 들어선 안형준, 안택현 두 형제와 마주쳤다.

"다, 당신은?"

안형준이 손가락으로 비서실장을 가리켰다.

"나중에 뵙지요."

비서실장은 고개를 숙인 후, 능숙하게 빠져나갔다.

강무석이 막을 새도 없이 두 형제는 집무실로 쳐들어갔다. 안진후는 소파에 앉아 유리병 두 개가 든 박스를 노려보고 있을 뿐이었다.

"야, 넌 형이 왔는데도 쳐다보지도 않는 거냐? 이게 건방지게!"

벌컥 화를 내며 다가와 발로 테이블을 걷어차는 안형준.

테이블이 밀리자 거기 놓여 있던 박스가 미끄러지며 바닥으로 떨어졌고, 안에 있던 유리병 중 하나가 밖으로 튀어나와 산산조각이 났다. 빨간 알약은 벽 근처까지 뿌려졌다.

"슈뢰딩거."

안진후가 속삭였다.

공간을 뚫고 나타난 붉은 미녀.

그걸 본 안형준과 안택현, 그리고 안절부절못하던 강무석까지 함께 얼어붙었다.

─오라버니, 치울까요?

슈뢰딩거가 생글생글 웃으며 물었다.

"쟤만."

안진후의 손가락은 강무석을 가리켰다.

슈뢰딩거가 딱딱하게 굳은 강무석을 끌고 집무실 밖으로 나가자, 몇 초 후 두 형이 마비에서 풀렸다.

잠시 어리둥절해하며 서로를 바라본 두 사람은 안진후를 노려봤다.

"조금 전 뭔가 이상했지?"

소파에 앉은 자세로 다리를 꼰 안진후가 물었다.

"뭐, 뭐가?"

평소답지 않게 당황한 안택현.

"곯아떨어졌다가 아침에 일어나서 여기가 어딘지 순간적으로 생각이 안 날 때의 그 느낌, 아니었어?"

"……."

안형준, 안택현은 곁눈질로 서로를 살폈다.

둘 다 같은 경험을 했음을 깨달았다. 아까 회장실에서도 비슷한 순간이 있어서 당황했었다.

"아버지가 왜 날 사장으로 세웠는지 궁금해서 왔지? 그럼, 저 알약을 먹어."

안진후는 바닥에 흩어진 적두를 가리켰다.

"이 새끼가!"

얼굴이 일그러진 안형준이 달려오며 주먹을 뻗었지만, 안진후의 손바닥에서 뿜어져 나온 이그드라실의 뿌리가 그 주먹을 감싸고 휘감아 버렸다.

다시 얼어붙은 두 사람.

안진후는 고개를 흔들며 창가로 가서 밖을 내다봤다.

청소 전문 업체 사람들이 버려야 할 물건을 밖으로 옮기는 중이었다.

"너, 너, 너······!"

눈이 휘둥그레진 안형준이, 순식간에 소파에서 창가로 이동해 버린 동생을 보고 벌벌 떨었다.

안택현도 다리 힘이 풀려 주저앉기 직전이었다. 눈으로 직접 보고도 믿을 수 없었던 것이다.

"알약."

고개를 돌린 안진후가 한 말이었다.

안형준, 안택현은 본능적으로 위험을 느끼고 도망치려고

문을 열었으나, 거기 슈뢰딩거가 서 있었다.

뒤로 넘어진 두 사람.

슈뢰딩거를 달래서 돌려보낸 안진후는 두 형 옆에 섰다.

큰형은 너무나 자주, 너무나 쉽게 자신을 때렸다. 작은형은 눈빛과 말로 자신을 학대했다.

이런 날이 오리라곤 상상도 못 했는데, 놀라운 건······ 어리석고 멍청한 두 형을 보는 게 그리 기분 좋은 일은 아니라는 사실이었다.

'그래도 가족이라는 건가? 뭐, 쉽게 용서해 줄 이유는 없지만.'

안진후는 알약 두 개를 가져와 두 사람의 입에 하나씩 넣어 주었다.

정신을 차린 두 사람은 혀에 닿는 알약의 감촉을 느낄 수 있었다.

"삼키는 게 좋을 거야. 마지막 기회야."

안진후는 소파에 앉아 있었다.

먼저 삼킨 건 작은형 안택현이었다.

적두가 녹아내려 효과가 퍼지자, 안택현은 차분해지는 마음을 느낄 수 있었다.

안택현이 고개를 끄덕이자 안형준도 적두를 삼켰다.

"······이게 뭐냐?"

안택현이 물었다.

"적두."

안진후는 적두가 어떤 작용을 하는지 짤막하게 설명한 후, 슈뢰딩거를 소환했다.

불꽃을 옷처럼 입고 있는 불의 정령을 본 안택현은 할 말을 잃었다. 하지만 마비되지는 않았다.

그저 눈을 껌벅거리다 못해 손등으로 눈두덩을 비비기까지 했다. 그래도 배시시 웃는 슈뢰딩거가 보이자, 안형준을 쳐다봤다.

안형준은 천천히 다가가 슈뢰딩거를 향해 손을 내밀었다. 슈뢰딩거가 뿜어낸 불길에 손가락 끝이 닿자, 화들짝 놀라며 뒤로 물러섰다.

안진후는 두 사람에게 진실을 들려주었다.

"그, 그러니까 보통 사람은 저, 저 불의 정령만 봐도 기억을 잃는다는 거냐? 그, 그래서 나와 택현이가 조금 전에도 몇 번이나 기억을 잃은 거냐?"

안형준이었다.

"정답."

"……너도 적두를 먹은 거냐?"

안택현이 물었다.

"설명했잖아, 난 각성자라고. 복용자가 아니라."

"……어떻게 해야 각성을 할 수 있지?"

핵심을 찌른 안택현.

"그게 문제야. 현재로서는 각성을 할 수 있는 방법은 없어. 어떤 사람은 각성을 하고, 어떤 사람은 아무리 애를 써도 각성할 수가 없으니까."

"진후야, 아버지도 각성자시냐?"

안형준이었다.

"응."

안진후는 두 형의 마음이 무너지는 광경을 얼굴 표정으로 볼 수 있었다. 왜 막내가 신사업부문 사장으로 임명되었는지 깨달은 것이다.

"아버지는 형들을 내게 맡겼어."

"……무슨 뜻이냐?"

"아까 봤던 비서실장이 적두를 내게 가져왔어. 난 그걸 형들에게 준 거고. 아버지는 형들을 버린 게 아니야. 버렸다면 아무것도 기억할 수 없도록 내버려 뒀을걸."

"우리의 미래는 네게 달렸구나."

안택현이 씁쓸하게 웃었다.

"지금부터 형들도 섬바디의 직원이야. 경영지원 파트로 발령 낼 테니까, 일단 혜진이를 만나 봐."

"CRS 그룹의 배혜진?"

"이 건물 어딘가에 있을 거야."

"혜진이도 각성자냐?"

"아니, 복용자야."

그 대답에 안택현이 살짝 안도하는 눈치였다.

"……알았다."

큰형 안형준이었다.

"둘 다 공과 사는 구분할 수 있겠지?"

안진후는 어깨가 축 늘어진 채 집무실 밖으로 걸어 나가는 두 사람을 보며 물었다.

안형준, 안택현은 천천히 고개를 끄덕였다.

비서를 부른 안진후는 인상을 찡그린 채 들어온 강무석에게 적두 한 알을 내밀었다.

"이거 먹어."

"……그게 뭔데요?"

"요즘 계속 피곤하지? 깜박깜박 조는 것 같고, 여기가 어딘지도 잘 모르겠고. 아니야?"

"어, 어떻게 그걸 아십니까?"

"그래서 주는 거야. 삼켜."

"감사합니다, 사장님."

강무석은 적두가 무엇인지도 모른 채 상사의 배려에 감사하며 꿀꺽 삼켰다.

"배혜진 부장님."

자신을 부르는 소리에 몸을 돌린 재정부장 배혜진은 깜짝 놀랐다.

　절대 여기 있을 수 없는…… 있어선 안 되는 사람이 걸어오고 있었다.

　"……형준 오빠?"

　"나도 섬바디에 가입했다."

　'나도?'

　그제야 배혜진은 안형준 뒤에 서 있는 안택현을 알아보았다.

　두 사람의 표정으로 보건대, 화가 나서 막냇동생 안진후를 잡으러 온 건 아닌 듯했다.

　"너도 복용자라면서?"

　안택현이 물었다.

　"……네."

　배혜진의 얼굴이 딱딱하게 굳었다.

　누가 이 두 사람을 불러들였을까? 안종화 회장? 아니면 진후가?

　어쩌면 둘 다 스스로 찾아온 건지도 모른다.

　중요한 건, 두 사람이 섬바디 길드에 들어왔다는 사실이다.

　안형준, 안택현이 섬바디 길드에서 자리를 잡는다면 자신에겐 아예 기회 자체가 주어지지 않을지도 모른다.

　'진후는 형들을 싫어했어. 그렇다면 회장님이야, 이 두 사

람을 섬바디로 보낸 건.'

가벼운 인사를 나눈 후 헤어졌지만 배혜진의 마음은 무겁게 가라앉았다.

어릴 때부터 재벌 그룹의 일원으로 자라 왔기에 '핏줄'이 가지는 위력을 너무나 잘 알았다. 아무리 능력이 있어도, 성과를 내도 혈통을 이길 수는 없다.

최현석이 불러서 재정부의 운영 방향에 대해 의논하는 동안에도, 고민은 사라지지 않았다.

'좀 더 깊이 생각해야 할 문제야.'

배혜진은 자신의 방으로 향했다. 거기에는 이미 콕핏형 커넥터가 놓여 있었다.

페플에 접속한 배혜진, 아니 아레스는 엘루마의 동문을 벗어나 숲으로 들어섰다.

복잡한 머리를 비워야 하거나 갑작스러운 문제를 풀어야 할 때면 이런 식으로 혼자 산책하며 곰곰이 생각하곤 했다. 그러면 신기할 만큼 절묘한 답이 떠올랐다.

"형준 오빠는 괜찮아. 진짜 문제는…… 택현 오빠야. 진짜 똑똑하니까. 내가 무엇을 하든 그 의도를 바로 알아차릴 거야. 휴우, 상대하기 까다로운 적인데. 내 편이라면 얼마나 좋을……."

숲으로 난 오솔길을 걷던 아레스는 우뚝 멈췄다.

막냇동생에게 후계자 자리를 빼앗긴 안택현이 겉으로는 아무렇지 않아 보여도 마음이 얼마나 분으로 가득할지 깨달았던 것이다.

영리하고 야심찬 안택현에게 안진후는 은밀히 무너뜨려야 할 적이었다.

그렇다면?

"내 편이 될 수 있다는 거지. 난 택현 오빠를 돕는 척하며 섬바디를 야금야금 장악할 수 있고. 음, 내 마음을 숨기려면 철저하게 수동적이어야 돼. 택현 오빠가 내게 접근할 때까지 절대 먼저 다가가면 안 되는 거지."

이번에도 산책을 통해 답을 찾아냈다.

아레스는 빙긋 웃었다. 마치 운명의 여신이 자신을 향해 손짓을 하는 느낌이었다.

그때, 덤불이 흔들렸다.

아레스는 검을 뽑으며 돌아섰다.

덤불에서 나온 건, 디즈니 영화에서나 나올 법한 예쁜 노루였다.

웃음을 터트린 아레스.

노루는 아레스를 힐끔 쳐다보더니 숲 너머로 사라졌다.

아레스는 검을 벨트에 달린 검집에 찔러 넣으며 다시 걸었다.

잠시 후, 뒤에서 소리가 들렸지만 이번엔 전혀 놀라지 않았다. 노루 같은 동물이라 생각한 것이다.

검은 안개가 몸을 에워싼 후에야 화들짝 놀란 아레스에게 반응할 시간은 없었다. 정신이 몽롱해졌다. 아레스가 마지막으로 본 건, 새까만 형체였다.

죽음의 힘 테네파르 인스푸모가 남자와 아레스를 감쌌다.

불어온 바람에 검은 안개가 흩어지자, 두 사람은 흔적도 없이 사라진 후였다.

꿰

레기루트 산맥의 깊은 계곡 안쪽에 자리 잡은 동굴 입구에 갑자기 나타난 검은 안개.

그 안개가 사라지자 쿠라프가 뒷짐을 진 채 서 있었다. 바닥에는 아레스가 기절한 채 누워 있었다.

"쿠라프 님을 뵙습니다. 마스터께서는 안녕하신지요?"

동굴에서 걸어 나온 주윤이 말했다.

"사부님은 언제나 안녕하시다."

"죽음의 마탑을 이끄는 블라크 님이 셋째 제자를 높이 평가하시는 듯합니다. 이처럼 큰 임무를 맡기신 걸 보면 말입니다."

"쓸데없는 소리."

주윤을 쳐다본 쿠라프가 손을 살짝 들자, 검은 안개가 흘러나와 아레스를 공중으로 띄웠다.

죽음의 마법사는 동굴 안으로 성큼성큼 걸었고, 주윤이 옆에 따라붙었다.

"쿠라프 님의 테네파르 인스푸모는 언제 봐도 경이롭습니다."

쿠라프는 힐끔 주윤을 쳐다봤다. 저자의 혀를 잘라 내어 얼마나 매끈한지 살펴보고 싶었다.

"추광대는?"

쿠라프가 물었다.

"잘 처리했습니다. 장로회에서 만계 처벌이 결정됐으니, 거기서 죽을 겁니다."

"죽이지 않고 만계로 보내겠다? 당신은 일 처리가 깔끔하지 않군. 놈들이 세계수를 보진 못했지만 여기 레기루트에서 벌어진 기현상을 목격했지. 난 사소한 가능성도 용납하지 않는다."

걸음을 멈추고 주윤을 노려보는 쿠라프의 눈빛은 무시무시했다.

"만계에서 살아서 돌아올 가능성은 없습니다."

"자신만만하군. 놈들이 돌아온다면 당신 목을 취하겠어."

쿠라프는 다시 걷기 시작했다.

"그건 그렇고, 장로회에서 셀레스카르가 반대하지 않았나?"

"그래 봐야 장로회 전체의 뜻을 바꿀 순 없지요. 고고한 하이엘프는 항상 혼자니까요."

비아냥거림이 담긴 목소리였다.

"노바디에 대해서는 알아봤겠지?"

쿠라프의 질문에 주윤은 자신이 거느린 팀으로부터 입수한 정보를 조리 있게 설명했다.

쿠라프는 무심한 얼굴로 그 이야기를 듣기만 했다. 그러다가 갑자기 끼어들었다.

"잠깐."

"네, 쿠라프 님."

"조금 전에 뭐라고 했지?"

"노바디가 셀레스카르의 수제자이며, 룬트란 왕국의 왕세자 론투엘의 사형이라는 이야기를 했습니다만."

"그다음에."

"이방인이되 이방인 같지 않다는 것, 말씀입니까? 노바디는 분명히 불사의 능력을 지닌 이방인이지만, 하는 행동은 이곳에서 태어난 사람과 다를 바가 없습니다. 그래서 드린 말씀입니다만."

"……그렇군."

쿠라프의 얼굴이 살짝 일그러졌다.

주윤은 그 변화를 눈치채고 깜짝 놀랐다.

"왜 그러십니까?"

"아무것도 아니야."

쿠라프의 머릿속에는 '명왕'이라는 단어가 떠올라 있었다.

이방인이되 이방인이 아니다. 이방인이 아니되 이방인이다.

아주 오래전부터 전해져 내려오는 이야기지만, 쿠라프는 예언이라 할 수 있는 그 이야기의 비밀 하나를 알고 있었다. 그 때문에 노바디와 관련된 정보를 들었을 때 쉽게 넘겨 버릴 수가 없었다.

쿠라프는 빛의 도시 엘루마에서 만난 노바디를 떠올렸다.

소마회를 이끄는 하비렌의 소개로 노바디를 직접 만났고, 그 힘을 볼 수 있었다.

이방인이라는 사실을 잊을 정도로 강했다. 특히 공간 이동술 현섬은 일품이었다.

'녀석이 명왕일까? 아니야. 그런 놈이 명왕일 리 없지.'

고개를 흔든 쿠라프는 걷는 속도를 올렸다. 더 이상의 대화는 하지 않겠다는 의미였다.

야광석이 붙은 동굴을 한참 동안 내려가자, 기문진이 설치된 입구가 나타났다. 기문진을 설계하고 설치까지 맡았던 주윤이 앞장섰다.

기문진뿐 아니라 주술진, 마법진으로 보호되는 문을 통과하자 거대한 공간이 나타났다. 높이가 100미터나 되는 그 공

싱크

간에는 거대한 나무 한 그루가 서 있었다.

그 어떤 나무보다도 아름답고 기이한 나무.

잎사귀는 색깔이 자유롭게 변했다. 녹색의 잎은 서서히 노란색을 거쳐 회색으로 바뀌었다. 회색은 흰색으로, 그리고 검은색으로 변하기도 했다.

나뭇가지는 스스로 움직였다. 마치 바람이 제각기 다른 방향에서 불어와 나무를 흔들어 대는 듯했다.

나뭇가지 중 일부는 덩굴처럼 부드럽게 다른 나뭇가지를 감싸며 뻗어 나가고 있었다.

굵은 밑동에서 사방으로 뻗어 나간 뿌리는 바닥에 그려진 대형 마법진과 유기적으로 합쳐져 있는데, 마치 뿌리로 이루어진 마법진 같았다.

"여전히 아름답군."

세계수를 올려다보는 쿠라프의 얼굴에 미소가 어렸다.

쿠라프가 손짓하자 검은 안개 위에 누워 있는 아레스가 세계수 아래로 이동했다.

쿠라프는 주머니에서 두 개의 구슬을 꺼냈다. 마력을 주입하자, 구슬이 깨났다.

거미 같은 다리가 튀어나왔고, 구슬 자체는 커다란 눈동자로 변했다.

쿠라프는 '오쿠네' 하나를 아레스의 뺨에 내려놓았다.

털 달린 다리로 뺨을 돌아다니던 오쿠네는 아레스의 눈에 이르자, 벌레가 흙으로 숨듯 아레스의 눈꺼풀 속으로 파고들었다.

정신을 잃은 아레스는 잠시 몸을 뒤틀었을 뿐이다. 세계수가 뿜어내는 기운 덕에 통증이 줄어들었던 것이다.

고개를 뒤로 젖힌 쿠라프는 나머지 오쿠네를 자신의 눈 위에 올렸다.

오쿠네가 원래 있던 눈을 먹어 치우고 그 자리를 차지할 때까지 어마어마한 고통이 쿠라프를 덮쳤다.

몸을 부르르 떨면서도 쿠라프는 신음 하나 내뱉지 않았다.

"……오쿠네가 아닙니까?"

주윤은 깜짝 놀라 말까지 더듬었다.

"견문이 넓군."

"저 여자가 누구이기에 쿠라프 님이 눈 하나를 포기하신 겁니까?"

"알고 싶나? 죽어야 할지도 모르는데."

"……아닙니다."

"잘 생각했어."

쿠라프는 손짓으로 아레스를 당겼다.

죽음의 힘 테네파르 인스푸모가 두 사람을 덮은 후 흩어지자 안은 비어 있었다. 다크 워킹으로 이동한 것이다.

주윤은 팔짱을 꼈다. 저 여자가 누군지 알아내야겠다고 판단한 것이다.

물론 은밀히 움직여야 한다. 들킨다면 쿠라프 같은 죽음의
마법사가 찾아올 테고, 그날이 죽는 날이 되고 말 것이다.

아레스는 눈을 떴다.

황금빛 햇살이 숲을 뚫고 지나가는 중이었다.

몸을 일으킨 아레스는 눈살을 찌푸렸다. 왜 누워 있는지
전혀 생각나지 않았다.

"윽."

왼쪽 눈이 갑자기 아팠다.

통증은 찾아올 때처럼 빨리 사라졌다.

한숨을 내쉰 아레스는 즉시 접속을 종료했다.

커넥터 밖으로 나온 배혜진은 소파에 털썩 주저앉았다. 왼
쪽 눈이 살짝 아팠다. 접속을 끊었는데도 여전히 페플에 있
는 듯한 느낌이랄까.

다행히 쓰라림은 곧 사라졌다.

핸드폰 벨이 울렸다. 모네타 길드에 있다가 섬바디로 옮긴
각성자 공지우였다.

"응, 알았어요. 곧 갈게요."

배혜진은 복도로 나갔다.

이름

김현은 눈을 떴다.

야자나무 잎처럼 넓고 커다란 이파리를 얽어서 올린 지붕이 보였다. 그 끝에 매달린 벌레 몇 마리가 눈에 띄었다.

'낡았어. 아무래도 일찍 교체해야겠다.'

저 지붕은 석 달에 한 번씩 싹 바꾼다. 보름 정도는 초록빛이 감돌지만 한 달이 넘어갈 무렵부터 시들어 갈색으로 변해 버리고, 두 달이 지나면 구더기 같은 벌레들이 돌아다니고, 석 달째가 되면 날개 달린 곤충 같은 것들이 지붕을 제집처럼 삼기 때문이었다.

매일 거의 같은 시간에 깬다. 들리지 않는 알람이 머릿속에서 재깍재깍 울린다. 생체 시계랄까.

몸을 일으킨 김현은 기지개를 켰다. 허리가 찌뿌드드했다.

잎을 푹신하게 깔아도 자고 일어나면 몸 여기저기가 비명을 질러 댄다.

김현은 '뗏목' 끝으로 걸어가다 매듭에 걸려 넘어질 뻔했다. 주먹 굵기만 한 나무 수십 개를 덩굴로 엮은 매듭이 발가락에 부딪치자 썩은 부분이 뜯겨 나가, 일부는 아래로 떨어져 허연 바다로 사라졌다.

솜사탕처럼 뭉게뭉게 피어오르며 곳곳에서 조그맣게 소용돌이치는 안개의 바다.

김현이 뒤도 보지 않고 손을 뻗자 지붕을 지탱하는 서까래에 걸려 있던 녹색의 덩굴 꾸러미가 날아왔다. 오므려지는 손가락 사이로 정확히 들어온 덩굴의 감촉에 김현은 속으로 '스트라이크!'라고 중얼거렸다.

그 덩굴로 헐거워진 나무 사이를 단단히 묶었다.

어린 시절로 돌아가 트램플린 위에서 뛰는 아이처럼 나무가 잘 고정됐는지 확인해 봤다. 너무 신을 낸 탓인지 멀쩡한 매듭까지 툭툭 끊어졌다.

흥분을 가라앉히고 아예 뗏목 전체를 수리했다.

변색되고 삭아서 나무와 비슷해진 덩굴을 뜯어서 버리고 며칠 전에 잘라다가 집으로 올려놓은 싱싱한 덩굴로 교체하는 동안, 입가로 웃음이 쿡쿡 새어 나왔다.

유치원 꼬맹이처럼 뛴 자기 모습이 웃겼던 것이다.

그때, 새까만 천장에서 빛이 뻗어 나왔다.

밤하늘의 별 같던 야광석은 조그만 해처럼 강렬한 빛을 아래로 뿌렸는데, 그 때문에 뗏목 아래에서 넘실거리던 안개의 바다가 빠르게 증발하기 시작했다.

밤을 밀어내고 아침이 찾아온 것이다.

김현은 뒷짐을 지고 그 장엄한 광경을 지켜보았다. 이 기묘한 일출은 아무리 봐도 지겹지 않았다.

안개 바다가 줄어들자 북서쪽의 녹색 무더기가 드러났다. 바로 밀림 지대의 꼭대기였다.

아침 햇살을 좋아하는 원숭이 무리가 초록 케이크에 뿌려진 건포도처럼 울창한 숲 곳곳에 자리를 잡고 천장을 올려다보고 있었다.

북동쪽에서는 뾰족한 바늘 수백 개가 안개를 뚫고 나타났는데, 삼나무 숲이었다.

펼친 날개가 5미터를 훌쩍 넘는 독수리들이 나무 꼭대기에 지어 놓은 둥지에 앉은 채 원숭이 무리를 노려보고 있었다.

동남쪽에는 안개가 걷히자 관목으로 우거진 언덕이 내리꽂히는 빛에 반짝거리며 모습을 드러냈다.

꼭대기 언저리에서 늑대 수백 마리가 고개를 쳐든 채 울부짖기 시작했다. '아울!' 울음은 꽤나 길었다.

안개는 빠르게 사라졌다.

그 모습은 마치 썰물 같았다.

밀물에는 보이지 않던 암초와 거기 붙은 따개비, 틈에 숨어 있던 갑각류들이 드러나듯 안개에 덮여 있던 숲과 고목, 바위, 호수와 거기서 사는 온갖 종류의 동물들이 모습을 드러냈다.

이슬을 머금은 이 기묘한 세계는 금을 입힌 것처럼 아름답게 빛나고 있었다.

밤이 오면 밀물이 차오르듯 안개가 피어나는데, 짙은 안개는 하얀 바다처럼 숲과 호수의 모든 것을 덮어 버릴 것이다.

김현은 중앙의 숲을 이루는 단 한 그루의 나무 '페노메노스'의 꼭대기에 서서 주위를 살폈다. 안개를 피하기 위해 뗏목처럼 만든 집이 그 나무 정상에 있었던 것이다.

김현 스스로 이름을 붙인 이 거대한 나무 페노메노스는 그 규모로 따진다면 원뿔 모양의 산이라 할 수 있었다.

김현은 스키를 타듯 페노메노스의 능선을 타고 내려가기 시작했다. 빈틈없이 무성한 잎사귀는 녹색의 눈 같았다.

김현이 지나가면서 생긴 두 줄기 흔적은 수상스키가 남기는 물결처럼 금세 사라졌다.

페노메노스 가장자리에 이르자 나뭇가지를 박차고 허공으로 몸을 날렸다.

뜀틀을 넘은 체조 선수가 공중에서 몇 바퀴 돌아서 착지하는 것처럼, 김현은 날렵하고 완벽한 자세로 풀밭에 내려앉았다.

"10점 만점."

김현은 씩 웃었다.

풀을 뜯던 초식동물들이 잠시 고개를 들어 김현을 쳐다봤지만 다시 하던 일에 집중했다.

김현은 관객의 무관심에 익숙했다.

이야기를 나눌 만한 상대는 저 호수 아래에 한 명뿐이었다. 그렇다고 친구처럼 자질구레한 일까지 털어놓을 관계는 아니었다.

여기 들어온 지 10년이 지난 지금까지도 이름조차 가르쳐 주지 않는 그 노인은…… 위대한 존재, 즉 드래곤이었다.

김현은 풀밭을 벗어나 동굴로 들어섰다.

따뜻하고 습한 공기 대신 차갑고 건조한 공기에 노출되자 피부에 오돌토돌 좁쌀 같은 게 돋아났다.

동굴 밖에는 눈보라가 치고 있었다. 절벽은 빙벽으로 변한 지 오래였다.

김현이 손을 들어 올리자 허리띠에 걸려 있던 단검이 저절로 떠올랐다. 단검은 동굴의 벽으로 가서 네 개의 오른쪽 사선을 관통하는 왼쪽 사선을 새겼다.

안개의 바다가 사라지고 하루가 시작되면 습관처럼 이곳으로 와서 벽에 흔적을 남기는 이유는, 언젠가 이곳을 빠져나갈 수 있으리라는 희망 때문이었다.

아니, 뎁스 파이브의 세계를 벗어나 페플로, 그리고 현실로 나갈 수 있다는 확신이 이런 습관으로 드러난 것이다.

김현은 돌아섰다.

오늘도 충실한 하루를 보내야 한다. 그래야 하루라도 더 빨리 천야장에게로, 페플의 엘루마로, 그리고 친구들과 엄마가 기다리고 있을 현실로 돌아갈 수 있을 것이다.

먼저 페노메노스 숲으로 뛰었다. 손만 뻗으면 딸 수 있는 과일 몇 개와 인벤토리에 넣어 둔 훈제 생선을 그늘진 바위에 앉아 먹으니 금세 배가 찼다.

"본격적으로 시작해 볼까."

김현은 호수로 뛰어들었다.

신전에 도착한 김현은 벽화가 그려진 복도를 지나 평소처럼 석실로 들어섰다.

흰색과 검은색의 모래를 뿌려 놓은 것 같은 단단한 돌이 바닥에 깔려 있었는데, 발이 닿는 곳에 형광색 불이 들어왔다. 그와 함께 몸을 가득 채웠던 내공이 빠르게 사라졌다. 바닥에 새겨진 마법진 때문이었다.

나른한 기분 때문인지 여기 들어올 때마다 김현은 오락실에서 즐겼던 펌프 게임을 자연스럽게 떠올렸다.

'신나는 댄스 음악이 나오면 딱인데.'

추리닝을 입고 땀을 뻘뻘 흘리며 펌프를 하던 누나들이 갑자기 기억났다.

근처에서 다른 격투 게임을 하고 있었는데, 고등학생으로 보이는 누나들의 대화가 들렸다.

"주, 죽을 것 같아."

"차, 참아."

"도, 도저히 못 하겠어."

"하, 하루에 다섯 판만 하기로 했잖아. 마, 마지막 판이야. 그, 그래야 살이 빠져."

초등학생의 눈에 비친 두 여고생은 괴물처럼 뱃살이 출렁거렸고, 격렬한 동작으로 이마와 뺨에서 튀어나온 땀방울은 사방으로 흩어졌다.

더 웃기는 건, 그렇게 힘들게 펌프로 운동을 해 놓고는 오락실 옆 분식집에서 떡볶이와 오뎅을 기분 좋게 먹는다는 사실이었다.

집으로 가던 어린 김현의 눈에 비친 분식집 안 누나들의 얼굴은 행복으로 가득 차 있었다.

그 광경이 바로 조금 전에 본 것처럼 너무나 생생해서, 김현은 웃음을 터트렸다.

웃음은 곧 잦아들었다.

언제부터인가 과거의 일이 비정상적으로 선명하게 떠올랐다. 때로는 자신이 이름도 알 수 없는 절벽 안쪽의 공간, 거기서도 호수 바닥의 신전 안 석실에 있다는 사실을 잊을 만큼 그 기억에 몰입했다.

깔깔 웃을 만큼 즐거운 일은…… 모두 과거에 묻혀 있었다.

노인이 석실로 들어왔다.

"기억은 보물의 방이지."

김현은 입을 꾹 다문 채 노인을 쳐다봤다.

가끔은 섬뜩할 만큼 마음을 잘 읽기 때문에, 그는 노인에게 독심술이 있지 않을까 생각했다.

"이상하다고 생각하지 말게나. 자네의 지각 능력이 몰라볼 정도로 강해졌기 때문이니까. 과거를 끌어당겨 지금 다시 경험할 수 있다는 건 대단히 큰 축복이라네."

"오늘은 무엇입니까?"

내버려 두면 듣고 싶지 않은 이야기까지 나올 것 같아서 김현은 화제를 바꾸었다.

"항아리 옮기기라네."

노인이 빙긋 웃자 석실 구석의 바닥에 깔린 돌 틈으로 흙이 올라오더니 저절로 항아리 형태로 뭉쳤다. 하나, 둘, 셋…… 모두 합쳐서 열 개의 항아리가 볼링 핀처럼 나타났다.

"트란스로 저 항아리를 반대편 구석으로 옮겨 보게나."

트란스는 초미시 세계, 혹은 존재의 중심 또는 거기서 맥동하는 춤을 지칭하는 단어였다. 김현은 트란스라는 용어보다 춤이라는 말이 더 좋았다.

고개를 끄덕인 김현은 10미터가량 떨어진 항아리를 향해 손을 펼쳤다.

마음이 고요한 호수처럼 가라앉자 항아리의 중심에 존재하는 춤이 느껴졌다. 집중할수록 그 춤은 선명해졌고, 급기야 눈으로도 보였다.

오행 중에서도 토의 기운이 강렬한 춤이었다. 목과 금의 기운도 섞여 있었다. 수의 기운도 어렴풋이 느껴졌다.

김현은 자신의 내부에 깃든 토, 목, 금, 수의 힘을 천천히 끌어 올렸다.

토의 기운이 뭉치자 배꼽 언저리가 단단해지고 코에서 뜨거운 숨이 흘러나왔다. 광대뼈에 긴장이 어렸고 입술 끝이 살짝 비틀렸다.

그때, 김현은 기묘한 소리를 들었다.

마치 자물쇠에 딱 맞는 열쇠를 넣고 돌리면 자물쇠가 열리며 '찰칵' 소리가 나는 것만 같았다.

'연결됐어.'

김현은 내공이 아니라 존재의 연결만으로 항아리 하나를 공중으로 띄울 수 있었다.

신기하게도 전혀 힘들지 않았다. 손바닥 위에 깃털을 올려놓은 느낌이었다.

1미터 남짓 둥실 뜬 항아리는 너무나 간단히 반대쪽 구석으로 옮겨졌다.

"두 개씩 옮기게."

"알겠습니다."

하나와 둘의 차이는 의외로 컸다.

항아리 하나와의 연결은 열에 여덟 이상은 성공할 만큼 쉬웠지만, 두 번째 항아리는 만만찮았다. 두 번째 항아리에 집중하면 첫 번째 항아리와의 연결이 끊기고 말았다.

항아리는 겉으로 보기에는 복사품처럼 똑같았지만 내부의 춤은 미묘하게 달랐다.

김현은 그 차이점까지 고려하여 두 개의 항아리와 동시에 연결되어야 하는데, 하나의 몸으로 서로 다른 리듬의 춤을 한꺼번에 추는 것처럼 불가능에 가까운 일이었다.

"어르신, 이건 못 하겠습니다. 아니, 안 되는 일 같습니다. 제 몸은 하나니까요."

"그럴까?"

노인이 검지를 까딱거리자 남은 아홉 개의 항아리가 일제히 공중으로 3미터나 떠올랐다.

눈이 휘둥그레진 김현은 그 항아리가 허공에서 제각기 다른 리듬으로 춤추면서 이동하여 맞은편 구석에 내려앉는 모습을 지켜보았다. 입이 저절로 벌어졌다.

"어, 어떻게 하신 겁니까?"

"자넨 자네가 하나뿐이라고 생각하나?"

"……그게 무슨 뜻입니까, 어르신?"

"자네가 혼자라는 생각에서 벗어나게. 자네도 나도, 절대 혼자가 아니니까. 자네가 복수라면 여러 개의 항아리와도 자유롭게 춤을 출 수 있겠지."

노인은 김현이 쉽게 그 이치를 받아들이도록 마치 동화를 들려주듯 이런저런 이야기를 늘어놓았다.

어떻게 보면 매우 심오한 철학이 깃들어 이해하기 힘들고 또 달리 보면 노련한 사기꾼이 상대를 속일 때처럼 껍데기만 있는 이야기 같은데도, 부드러운 목소리에 담겨 있는 오묘한 리듬 때문인지 김현은 자신이 하나가 아니라 여러 존재의 중첩이라는 지혜에 서서히 다가갈 수 있었다.

'저 목소리 자체가 마법 같아.'

조금은 몽롱한 기분이었다.

놀라운 일이 벌어졌다.

별로 애를 쓰지 않았는데도 두 개의 항아리와 연결이 이루어졌다.

어릴 때 한번 자전거 타는 법을 배워 두면 언제든 핸들을 잡고 페달을 밟으면 간단히 균형을 잡으며 신나게 달릴 수 있는 것처럼, 연결은 아주 간단하고 신나는 기술 같았다.

세 개의 항아리가 공중으로 떠올랐다.

네 개의 항아리도 어렵지 않았다.

다섯 개는 바닥에 붙은 채 흔들릴 뿐 허공으로 띄우지는 못했다.

"오늘은 여기까지 하지."

노인이 빙그레 미소를 보였다.

"감사합니다, 어르신."

"그 감각을 잊지 말게. 자네 자신을 가둬 두지 않고 오히려 해방시킬 때의 그 자유로운 기분 말이야."

"네!"

김현은 신이 났다.

지난 10년 동안 하루도 빼놓지 않고 노인을 만나 수련을 거듭했지만 오늘처럼 만족스러운 날은 처음이었다.

내일도 오늘만큼 발전할 수 있다면 오래지 않아 노인에게 인정을 받을 수 있을 테고, 어쩌면 예상보다 빨리 몸에 흡수된 운명의 구슬을 통제할 수 있을지도 모른다.

호수 밖으로 나온 김현은 큼지막한 바위 앞에 섰다. 페노메노스 끝자락의 그늘이 드리워져 있어서 자주 올라가 휴식을 취했던 그 바위였다.

'무게가 족히 몇 톤은 될 거야.'

김현은 회복된 내공을 양팔에 주입하며 밀어 봤지만 바위는 꿈쩍도 하지 않았다.

그는 바위가 그저 땅 위에 얹혀 있을 뿐이라고 생각했지만, 실상은 달랐다. 바다에 떠다니는 빙하처럼 땅속에 박힌 부분이 훨씬 컸던 것이다.

따라서 몇 톤이 아니라 수십 톤은 족히 되는 바위였다.

3미터 남짓 떨어진 곳에 선 김현은 손을 들어 바위를 가리켰다. 그리고 바위 내부의 춤을 들여다보기 시작했다.

노인이 만들어 낸 항아리와는 비교도 안 될 만큼 복잡하고 불규칙적인 춤이 느껴졌다.

'난 할 수 있어.'

오늘은 자신감이 넘쳐 났다.

김현은 바위에서 느껴지는 다양한 기운을 내부에서 끌어올렸다. 바위와의 연결은 아주 까다로운 퍼즐 맞추기처럼 시간이 필요했다.

천장에서 뿌려지는 햇살이 약해질 무렵, 그는 '찰칵' 소리를 들을 수 있었다.

'됐어!'

김현은 힘을 쓸 필요도 없었다. 그저 바위가 공중으로 떠오르기를 원하기만 했다.

그 순간 딛고 선 땅이 흔들렸고, 사방으로 금이 생기면서 잡초의 뿌리가 드러났다.

김현은 급히 뒤로 물러섰다.

바위는 천천히 위로 떠올랐다. 마치 중력이 그 바위에만 미치지 않는 것 같았다.

바위에 붙어 있던 흙덩이가 아래로 떨어졌고, 그 부서진 흙에서 지렁이와 땅강아지 같은 것들이 튀어나왔다.

위로 올라가던 바위가 잠시 멈췄다. 호숫가로 뻗어 있던 페노메노스의 뿌리가 그물처럼 바위를 감싸고 있었던 것이다.

바위가 계속 위로 떠오르자 아래쪽에서 툭툭, 뿌리 끊어지는 소리가 폭죽처럼 들렸다.

이번에는 두더지 같은 것들이 위로 올라왔다가 김현을 보고는 땅속 깊이 파고들며 사라졌다.

김현은 전혀 힘들지 않았다. 실제로도 땀 한 방울 흘리지 않았다.

그저 바위가 자유롭지 못한 게 아쉬울 뿐이었다.

드디어 바위가 땅에서 완전히 벗어나 공중으로 떠올랐다.

그 규모에 김현은 할 말을 잃었다. 전체적으로 거대한 쐐기 모양의 바위는…… 길이만 10미터에 달하는 암반 수준이었다.

'내, 내가 저걸 띄운 거야. 내공은 전혀 사용하지 않았어. 다른 스킬도 펼치지 않았고.'

도저히 믿기 힘들었다. 눈으로 5미터가량 떠오른 바위를 보고도 꿈처럼 기분이 몽롱했다.

바위가 있던 자리는 싱크홀 같은 구덩이로 변했다. 아래를 내려다본 김현은 자기가 한 일이 얼마나 대단한지 다시 한 번 실감했다.

'원래 자리로.'

김현이 바위에게 뜻을 전하려는데, '철커덕' 무거운 소리가 어디에선가 들렸다. 그건 육중한 자물쇠가 채워지는 소리 같았다.

바위는 여전히 위로 떠오르고 있었다.

아무리 애타게 원해도 바위의 상승을 막을 방법은 없었다.

이제 바위는 지상에서 20미터나 되는 높이에 이르렀고, 점점 더 빨리 올라가고 있었다.

그때, 바위가 멈추더니 갑자기 추락했다.

김현은 현섬으로 급히 피했다.

쾅!

흙먼지가 자욱하게 퍼져 나갔다.

호수 표면을 타고 날아온 바람이 갈색 안개를 걷어 내자 김현은 더 깊이 박힌 바위를 볼 수 있었다. 1미터 남짓 땅 위로 나와 있던 바위는 이제 울퉁불퉁한 바닥 같았다.

괜한 짓을 했다고 후회하는 김현.

후유증이 뒤늦게 그를 덮쳤다. 김현은 몸이 마비되어 마네킹처럼 쓰러졌다.

수많은 증축과 개축을 통해 화로는 높이 10미터에 이르는 대형 용광로로 변해 있었다.

강가에 설치된 물레방아는 거대한 바퀴 네 개가 한꺼번에 돌아가며 용광로에 바람을 불어 넣는 거대한 수차로 발전한지 오래였다.

천야장 퍼브는 철광석을 비롯해 각종 광물이 녹아서 흘러나오는 사출구를 노려보고 있었다. 먹잇감을 노리는 맹수의 눈빛처럼 예리했다.

"목탄! 더 넣어!"

그가 소리치자 용광로 꼭대기에서 명령을 기다리던 김현의 분신들이 연거푸 숯을 아래로 던져 넣었다.

"성질석도!"

두 번째 명령도 분신들은 정확하게 수행했다.

잠시 후, 기다란 홈으로 빛나는 액체가 서서히 빠져나왔다.

철광석뿐 아니라 뇌석, 진요석, 목근석 등을 용융한 결과물은 아름답게 반짝거렸다.

"오오."

자궁을 빠져나오는 금속의 탄생에 퍼브는 흥분을 감추지 못했다.

비록 필요한 성질석 중 몇 종류는 아예 없고 그 양도 부족하지만, 이 열악한 곳에서 저 환상적인 물질을 직접 볼 수 있다는 것은 기적이었다.

'이제 내 차례군.'

퍼브는 두 손을 앞으로 뻗었다.

손가락 끝에서 서서히 뻗어 나가는 기운이 빛과 연기를 동시에 뿜어내는 새하얗고 무거운 액체를 감쌌다.

그 기운은 액체를 단번에 들어 올렸다.

공중으로 떠오른 금속 액체는 퍼브의 양손 사이에서 빙글빙글 돌았고, 서서히 축구공처럼 구체로 바뀌었다.

굵은 땀이 퍼브의 이마에서 뺨으로, 턱으로 흘러내렸다.

'아직은 괜찮아. 이 정도면 괜찮은 놈을 뽑아낼 수도 있겠어.'

천야장은 두 손을 좌우로 벌렸다.

금속 액체도 양쪽으로 길어졌다.

"뿌려……."

천야장의 지시에 분신들이 나무통에 든 누런 액체를 금속 덩어리를 향해 뿌렸다.

고약한 냄새가 나는 액체가 금속을 뒤덮자, 오색의 연기가 금속에서부터 사방으로 뻗어 나갔다. 순백의 연기 뒤로 검은 연기가 따랐고, 빨간색 연기는 파란색과 노란색 연기와 얽히며 서서히 퍼져 나가고 있었다.

이 순간을 위해 그동안 받아 놓은 사람의 오줌.

물론 거기에 여러 가지 풀즙과 으깬 벌레를 넣고 1년 이상 숙성까지 시켜 걸죽해진 액체였다.

퍼브가 고개를 끄덕이자 분신들 중 특별 대우를 받는 파디안이 사라겐의 비월을 두 손으로 들고 가져왔다.

내구력이 바닥을 친 그 도끼를 당장 완벽하게 고칠 수는 없지만, 임시방편으로 땜질은 가능할지도 모른다.

퍼브가 손을 뻗어 쥐는 자세를 취하자 파디안의 손에 들려 있던 도끼가 공중으로 날아올랐다. 빛나는 액체 금속은 양날 도끼의 날을 부드럽게 감쌌다.

지금까지는 순조로웠다.

입가에 미소가 어릴 즈음, 우두둑 뼈 부러지는 듯한 소리가 났다.

퍼브의 귀가 쫑긋 섰다.

'안 돼. 거의 다 됐어……'

하지만 연기가 걷히자 용융 상태의 액체 금속이 식어 금이 가 있었다. 거기서 시작된 균열은 전체로 퍼졌고, 곧 산산조각이 나며 흩어졌다.

사라겐의 비월만 원래 상태대로 공중에 떠 있었다.

양날도끼를 분신에게 맡긴 천야장은 두 손을 뻗어 거미줄 같은 기로 그 금속 파편을 일일이 받아 냈다. 그동안 들인 정성이 아까웠지만, 야공술로 최고의 작품을 만드는 과정에서 실패는 늘 있는 결과였다.

용광로 옆에 설치된 계단을 딛고 꼭대기까지 올라간 그는 파편을 용광로 안으로 던져 넣었다. 이 녀석은 열과 압력을 통해 새로운 형태로 다시 태어날 것이다.

파디안에게 용광로와 수차의 상태를 확인하라고 지시한 천야장은 동굴로 가서 털썩 주저앉았다. 오늘은 꼼짝도 못 할 만큼 피곤했다.

재료 부족, 혹은 일손의 부족이라는 핑계를 댈 수도 있다. 하지만 천야장은 자신을 탓했다.

스스로 화로를 만들고, 수력에 의해 돌아가는 물레방아의 힘을 화로와 연결시켰다. 어쩌면 화로와 수차에 문제가 있을지도 모른다.

용광로의 화력이 원하는 만큼 강하지 않았다. 수차가 불어넣는 바람의 양도 아직은 적었다.

"처음부터 다시 만들어야겠군."

허탈하면서도 설레는 묘한 기분.

천야장은 빙긋 웃었다.

'그 녀석에게 전염된 건가? 아니면 한 가지 일에 집중하는 삶이 여기 만계에 적합한 건가? 아무튼, 녀석 덕에 내가 가진 야공술을 처음부터 검토하고 확증하는 시간을 갖게 됐군.'

성질석을 찾으러 떠난 김현은 돌아오지 않았다.

처음엔 걱정과 염려로 마음을 졸였고, 분신들을 이끌고 김현을 찾아다녔다. 하지만 어디에서도 흔적조차 발견하지 못했다.

태도를 바꾼 건, 김현이 4년 동안 무너뜨린 산맥에 이르렀을 때였다.

멀리서 바라본 산맥과 코앞에서 올려다본 산맥은…… 전혀 다른 공간이었다. 인간 하나가 어떻게 저런 짓을 할 수 있을까? 그런 생각이 들었다.

바로 그 순간, 4년이나 쉬지 않고 산맥을 부수는 사람이라면 어디에서도 굳건하게 자신만의 이유와 목적을 위해 살고 있을 거라는 확신이 생겼다.

천야장은 김현이 원하는 바를 이루면 동굴로, 자신에게로 돌아올 거라고 생각하고 즉시 발길을 돌렸다. 대신, 언젠가 동굴 입구로 들어설 녀석에게 완전한 양날도끼를 보여 주고 말리라 결심했다.

퍼브는 눈을 감았다.

내일 새벽 일찍 일어나 새로운 구조의 수차와 용광로를 만들기 위해서였다.

마비가 풀리는 데 사흘이 걸렸다.

김현은 쓰러진 채로 안개가 차오르는 밤을 세 번 보내야 했다. 위험한 순간도 몇 번 있었다.

낮에는 밀림 지대와 삼나무 숲, 호수 너머 언덕에 머물지만 밤이 되면 사냥을 위해 어디든 돌아다니는 맹수들이 페노메노스 숲을 가로질러 김현 근처로 다가왔다.

특히 무리를 이룬 늑대는 김현의 얼굴에 코를 대고 킁킁 냄새를 맡았다.

그럴 때마다 떠올랐다가 땅에 꽂혔던 바위가 흔들거렸다.

땅이 진동하면 놈들은 깜짝 놀라 달아나곤 했다.

손가락 하나 꼼짝할 수 없었지만 정신은 말짱했기 때문에 김현이 바위를 움직였던 것이다.

사흘 만에 호수 아래 신전으로 내려간 김현은 마치 모든 것을 알고 있는 듯 미소 짓는 노인을 볼 수 있었다.

'나라면 구하러 올라왔을 텐데.'

속내를 숨겼지만 섭섭한 마음은 사라지지 않았다.

"자, 시작하지."

노인은 석실 구석에 놓여 있는 항아리를 가리켰다. 거기에는 족히 서른 개는 되는 항아리들이 빼곡히 들어차 있었다.

김현은 일부러 대답하지 않고 항아리 쪽으로 걸음을 옮겼다.

쪼잔한 복수였는데, 왠지 이런 태도마저 노인은 꿰뚫어 볼 것 같았다.

"저 항아리들을 한꺼번에 옮길 수 있게 되면, 부르게나."

그 말을 남긴 노인은 석실 밖으로 나가 버렸다.

김현은 이번에도 대답을 하지 않았다.

서른 개의 항아리를 한꺼번에 석실 맞은편으로 옮기는 데 반년 이상이 걸렸다.

김현은 저마다 다른 리듬으로 흔들리는 항아리들이 공중으로 떠올라 천천히 이동하는 모습을 떨리는 마음으로 올려다보았다. 다행히 하나의 항아리도 떨어져 박살 나지 않고 안전하게 착지했다.

　기뻐서 팔짝팔짝 뛰던 김현은 지난 반년 동안 한 번도 보지 못했던 노인을 부르기 위해 돌아섰는데, 이미 거기 노인이 서 있었다.

　빙긋 웃은 노인이 말했다.

　"오래 걸렸군. 다음으로 넘어가지."

　노인의 손짓에 두 개만 남고 나머지 항아리는 흙이 되어 바닥 아래로 사라졌다. 두 개의 항아리 중 하나는 반대편 끝으로 날아가 내려앉았다.

　"자넨 이 항아리를 저쪽 끝으로 옮기면 된다네."

　"그건 너무 쉬운데요."

　김현은 순식간에 항아리를 띄워서 이동시켰다.

　하지만 맞은편에 있던 항아리가 빠르게 날아와 부딪치자 김현이 움직였던 항아리만 산산조각이 나며 파편이 아래로 떨어졌다.

　"내 항아리를 피해서 옮겨야 하네."

　노인의 손짓에 따라 공중에서 춤을 추는 항아리는 흠집 하나 없이 깨끗했다.

　"……알겠습니다."

"그리고 이제부터 자네 항아리는 자네가 만들게. 사실, 난 자네가 스스로 항아리를 만들어 낼 거라고 오래전부터 생각했었네. 내가 자넬 과대평가한 모양이야. 좀 더 적극적인 태도가 필요하다고 생각하는데, 어떤가?"

"……."

"자네라면 어렵지 않을 거야. 그럼, 항아리가 준비되면 부르게."

노인이 석실 밖으로 나가자, 남아 있던 항아리는 흙모래로 허물어지며 돌바닥 아래로 사라졌다.

김현은 이를 갈았다.

돌바닥 아래에서 흙을 끌어 올리는 데 한 달이 걸렸고, 그 흙을 뭉쳐서 형태를 만드는 데 두 달이 필요했으며, 속이 빈 항아리 비슷하게 바꾸는 데 넉 달이 지나갔고, 노인이 지적할 수 없을 정도로 완벽한 항아리의 외양을 갖추는 데 거의 열 달이 걸렸다.

이번에도 노인은 김현이 부르지 않았는데도 정확한 타이밍에 석실 안으로 들어섰다.

"오호, 나쁘진 않군."

김현이 땀을 뻘뻘 흘려 만들어 낸 항아리를 노인은 가벼운 손짓 한 번으로 돌바닥 아래에서 불러냈다.

소매로 이마와 목의 땀을 닦아 낸 김현은 항아리와 자신을 연결시킨 후 공중으로 띄웠다.

노인의 항아리도 허공으로 떠올랐다.

두 항아리 사이의 거리는 대략 10미터였다.

김현이 항아리를 반대쪽으로 움직이자, 노인의 항아리가 빠르게 다가왔다.

김현은 항아리를 왼쪽으로 틀었다. 노인의 항아리가 수비수처럼 따라왔다.

그때, 수평으로 움직이던 김현의 항아리가 멈칫하더니 위로 포물선을 그리며 노인의 항아리를 넘어갔다. 마치 축구 선수가 공을 수비수 머리 위로 넘기는 기술 '사포'를 사용한 것 같았다.

"야호!"

이겼다고 생각한 찰나, 노인의 항아리 표면이 저절로 갈라지더니 사방으로 파편이 튀었다.

그중 몇 개가 김현이 옮기던 항아리를 관통했고, 결국 그 항아리는 무너져 내렸다.

노인이 일부러 흩어 버렸던 파편은 거짓말처럼 되돌아왔고, 퍼즐 맞추기처럼 스스로 맞춰지더니 항아리로 돌아갔다.

김현은 드래곤을 노려봤다.

노인은 얄밉게 웃고 있었다.

김현이 항아리를 자유롭게 부수고 재조립할 수 있을 수준에 이르자, 노인의 항아리는 흙이 아니라 땅 아래 깊은 곳에서 끌어 올린 금속 재질로 바뀌었다.

김현은 아무리 애를 써도 철 항아리를 막아 낼 수가 없었다. 철 항아리를 상대하려면…… 김현 자신도 금속을 다룰 줄 알아야 했다.

김현이 철 항아리를 만들어 상대하자, 노인의 항아리는 벌겋게 달아오른 채 불꽃을 뿜어냈다. 거기에 닿기만 해도 김현의 철 항아리는 녹아내렸다.

김현은 이제 철 항아리에 어마어마한 열기를 주입하면서도 그 형체를 유지할 수 있는 수준으로 올라가야 했다.

노인은 항아리를 이용하여 토, 금, 화에 이어 수와 목의 기운을 어떻게 다루는지 김현에게 가르쳤다.

인자한 스승이라기보다는 얄밉고 사악한 라이벌로서 자존심을 건드렸기에, 김현은 이를 악물고 노인을 이기려고 매번 한계를 뛰어넘어 새로운 경지로 나아갈 수 있었다.

얼마나 집중했는지 시간의 흐름조차 잊었다.

언제부터인가 페노메노스 꼭대기에 만들어 놓은 뗏목으로 올라가지 않고 호수 밑바닥의 신전에 머물렀다. 식량이 떨어졌을 때만 위로 올라가 과일과 생선으로 인벤토리를 채웠다.

동굴 벽에 빗금을 긋던 습관도 잊어버렸다.

불필요한 생각도 한쪽으로 치워 버렸다. 그저 노인을 이겨야 한다는 한 가지 목표에만 집중했다.

이겨야 하는 이유도 잊어버렸다.

노인은 더 이상 김현을 괴롭히지 않았다. 오히려 방해하지 않으려고 조심스럽게 지켜볼 뿐이었다.

깊은 몰입 속에서 김현은 어마어마한 속도로 강해졌다.

그건 단순한 성장이 아니었다. 일종의 변태였다.

애벌레가 번데기를 통해 나비가 되듯, 그는 자기 자신마저 망각하는 이 기묘한 시간을 통하여 인간에서 드래곤으로 변하는 중이었다.

다섯 개의 항아리가 공중에 떠오른 채 저마다 다른 춤을 추고 있었다.

불로 이루어진 항아리, 물로 이루어진 항아리, 살아 있는 덩굴이 얽혀 있는 항아리, 여러 종류의 금속이 합쳐져 아주 단단한 항아리, 미세한 흙이 뭉쳐서 만들어진 항아리는 제각기 화, 수, 목, 금, 토의 기운을 품고 있었다.

그 항아리를 올려다보는 김현의 눈은 희열로 가득 차 있었다.

그는 무엇이든 태워서 정화시키는 불의 기운을 온전히 느낄 수 있었다. 그와 동시에 부드럽게 흐르면서 감싸는 물의 기운, 생명이 약동하는 목의 기운, 열과 압력을 통해 재탄생한 금의 기운, 만물을 품는 토의 기운까지 동시에 느끼고…… 거기서 기쁨을 얻고 있었다.

오행의 기운은 서로 자연스럽게 어우러졌다. 또한 자연스럽게 경계를 지었다.

어느 순간, 김현의 눈이 커졌다.

다섯 개의 항아리는…… 사라졌다.

아니, 분명히 공중에 떠 있기는 한데…… 무언가 달라졌다.

항아리는 더 이상 항아리가 아니었다.

타오르는 불의 항아리는 붉은색의 점과 선이 복잡하게 어우러져 항아리의 형태를 취하고 있는, 예전에 보지 못한 도형 같았다. 마치 항아리의 정교한 설계도를 3차원으로 띄워놓은 듯했다.

다른 항아리도 마찬가지였다.

더 신기한 일이 벌어졌다.

항아리뿐 아니라 서 있는 바닥과 벽, 천장까지 모조리 투명해지고 다섯 종류의 선으로 석실의 구조가 선명하게 그려졌다. 마치 엑스레이로 찍은 사진처럼 내부의 골격만 드러난 것 같았다.

'이건, 내 눈에 들어오는 모든 것이 오행의 실로 엮어서 만

든 그물 같잖아.'

그때, 메시지 창이 나타났다.

천부선공 제4문 천맥

천부선공 제4문 천맥을 돌파했습니다.
천맥은 오행의 묘리를 알아차리고 그 힘이 그물처럼 세상을 뒤덮고 있음을
완전히 이해하는 경지입니다. 천맥에 이르면 만물을 이루는 그물을 읽어
낼 수 있고, 그물을 바꾸거나 만들어 낼 수도 있습니다.
보상 : 천맥안

−스킬 천맥안을 익히셨습니다. 천맥안으로 오행의 그물을 볼 수 있습
니다.

"천부선공?"

잠시 고개를 갸웃거린 그는 곧 현실에서, 그리고 페플에서
익힌 무공을 기억해 냈다.

다섯 개의 항아리로 다섯 개의 기운을 담아낼 수 있어서
뛸 듯이 좋은데, 제4문까지 돌파했다니…… 기쁨은 두 배로
늘어났다.

게다가 천맥안 같은 스킬까지!

"이 기세를 몰아서 더 높은 곳까지 올라가야겠어."

김현은 다시 수련에 매진했다.

기관차는 그 무게 때문에 속도를 내기 어려우나, 한번 제대로 가속하여 달리면 거침이 없다. 김현도 마찬가지였다.

화, 수, 목, 금, 토의 기운을 자유롭게 다룰 수 있던 그는 새로운 단계에 이르렀다.

항아리를 이루는 덩굴이 서로 비벼 대자 거기서 불꽃이 솟아났다. 목생화, 즉 목의 기운에서 화의 기운이 나온다는 뜻이었다.

불이 붙은 덩굴이 타고 남은 재에서는 토의 기운이 느껴졌다. 바로 화생토였다.

토생금, 금생수, 수생목 등 오행의 상생이 다섯 개의 항아리를 통해 손으로 만져지듯 생생하게 느껴졌다.

그와 동시에 오행상극도 알 수 있었다.

목극토, 토극수, 수극화, 화극금 그리고 금극목.

오행의 기운은 거미줄처럼 연결되어 있었다. 그 거미줄을 형성하는 원리가 바로 상생과 상극이었다.

상생과 상극이 깨달아진 순간, 김현은 흙으로 만들어진 항아리를 순식간에 금속 항아리로 변화시킬 수 있었다.

금속 항아리에서 흘러내린 물로 또 다른 항아리를 만들었다. 그 물 항아리는 나무와 덩굴로 이루어진 항아리로 바뀌었다.

상생과 상극을 통해 오행을 자유롭게 다룰 무렵, 김현은 메시지 창을 볼 수 있었다.

천부선공 제5문 오행

천부선공 제5문 오행을 돌파했습니다.
오행은 상생과 상극을 통하여 변화의 이치를 깨달아 하나의 기운을 다른 성질의 기운으로 바꾸는 경지입니다. 오행의 경지에 이르면 만물을 움직이는 각 힘의 성질을 바꿀 수 있게 됩니다.

김현은 눈살을 찌푸렸다.

'천부선공? 이게 뭐지? 어디선가 들은 건데, 기억이 나지 않아.'

한참 만에 김현은 천부선공에 대해서, 현기명과 셀레스카르에 대해서 떠올릴 수 있었다.

"너무 몰입했어. 천부선공을 잊고 있었다니, 두 분 사부님이 여기 계셨으면 크게 실망하셨을 거야. 아니, 오행 돌파를 진심으로 기뻐하셨을 거야. 지금 집중도는 아주 좋아. 그러지 않았다면 천맥에 이어 오행까지 이토록 빨리 돌파할 수는 없었을 거야."

김현은 다시 수련에 돌입했다.

더 이상 잠을 자지 않았다.

먹지도 않았다.

시간의 흐름조차 잊은 채 수련에 집중했고, 그 때문에 어마어마하게 빠른 속도로 강해지고 있었다. 자신이 얼마나 강한지조차 몰랐고, 거기엔 관심조차 없었다.

 새하얗게 빛나는 항아리 하나.
 눈이 부셔서 김현조차 실눈으로, 반쯤 손으로 가려야 볼 수 있는 항아리였다.
 낮이 지나면 밤이 오듯, 태양처럼 타오르던 항아리는 서서히 빛을 잃었고 곧 까맣게 어두워졌다. 바닥 없는 구덩이처럼 암흑처럼 바뀐 항아리는…… 김현이 이제껏 본 어떤 어둠보다 짙고 깊었다.
 새벽이 왔고, 밤은 물러갔다.
 다시 항아리는 빛나기 시작했다.
 김현은 그 변화를 넋 놓고 지켜보았다.
 '난 오행을 하나로 합쳤어. 상생과 상극의 묘리를 극한으로 밀어붙인 게 바로 저 항아리야. 빛과 어둠이 공존하는. 밤과 낮, 또는 태양과 달 같은 상태.'
 그 항아리 때문에 석실이 흔들렸다. 마치 석실은 항아리를 감당하기 어려울 만큼 약하고 좁은 공간 같았다.
 얼마나 오랫동안 그 항아리를 지켜봤는지 김현은 알지 못했다.

그러던 어느 날, 김현은 자기 몸이 빛난다는 사실을 깨달았다. 또한 항아리처럼 새까맣게 변한다는 것도 뒤늦게 알아차렸다.

항아리에 일어난 변화가 김현에게도 찾아온 것이다.

그때, 메시지 창이 나타났다.

천부선공 제6문 음양

천부선공 제6문 음양에 이르렀습니다.
음양은 세계를 이루는 두 종류의 기운으로 뜨거움과 차가움, 빛과 어둠, 동과 정, 굳셈과 부드러움, 빠름과 느림이 서로의 꼬리를 물고 이어지는 원리입니다. 음양의 경지에 이르면 뜨거우면서 차가울 수 있고, 밝으면서 어두울 수 있으며, 가만히 있으면서 움직이고, 견고하면서 부드럽고, 빠르면서 느릴 수 있게 됩니다.
보상 : 융무

–스킬 융무를 익히셨습니다. 융무로 두 종류의 무공을 동시에 펼칠 수 있습니다.

김현은 천부선공이 무엇인지 기억하지 못했고, 굳이 기억해 낼 필요성도 느낄 수 없었다. 그저 빛과 어둠이 교차되는 항아리가 새로운 경지라는 사실, 그 덕분에 융무라는 새로운 스킬을 얻었다는 점이 중요할 뿐이었다.

'저 빛과 어둠을 하나로 합치면 어떤 경지에 이를 수 있을까?'

김현은 이미 다음 단계에 마음을 쏟기 시작했다.

김현을 지켜보던 노인은 할 말을 잃었다.

'수백 년, 아니…… 수천 년은 걸려야 가능한 경지를 저토록 쉽고 빠르게 도달할 줄이야. 기적이라는 말 외에는 저 아이의 성취를 표현할 수 없겠구먼.'

김현은 음양으로 충만한 항아리를 하나의 덩어리, 즉 태극으로 만들려고 애를 쓰는 중이었다.

음양은 태극으로부터 흘러나온다. 따라서 음양을 원래 상태로 되돌리면 김현은 태극을 맛볼 수 있을 것이다.

"아."

가벼운 탄성.

노인은 김현의 비밀을 알아차렸다.

사실 비밀이라고 할 만큼 은밀하진 않았다.

'집중력 때문이었군. 저 아이는 하나에 몰입하는 능력이 발군이야. 수련에 집중할수록, 저 항아리에 깊이 파고들수록 저 아이의 시간은 느려지겠지. 안 그래도 시간이 천천히 흐르는 이곳 만계인데, 저 아이는 오로지 자신의 정신력으로 시간을 더 느리게 만들었어.'

항아리에 깃든 음과 양의 기운은 소용돌이치며 하나의 근원으로 빨려 들기 시작했다.

"허! 벌써 태극의 끝자락을 잡았군. 나도 준비를 해야겠어."

노인의 입가에 미소가 감돌았다.

항아리는 쪼그라들었다.

김현이 안에 들어가고도 남을 만큼 큼지막하던 음양의 항
아리는 주먹 크기로 줄어들었는데, 마치 심장처럼 스스로 맥
동하고 있었다. 주기적으로 꿈틀거렸고 그때마다 번개처럼
빛과 어둠이 주위로 뻗어 나왔다.

김현은 숨도 쉴 수 없었다.

자신이 만들어 내고도 저 기이한 것을 믿을 수가 없었다.

이번에도 메시지 창이 생겨났다.

천부선공 제7문 태극

천부선공 제7문 태극에 이르렀습니다.
태극은 음양의 근원이자, 우주 만물의 실체입니다. 모든 것은 태극에서 흘
러나옵니다. 태극에서 음양이 나오고, 음양에서 오행이 생성되며, 오행으로
세계는 이루어집니다. 태극에 이르면 세계 자체를 이해할 수 있습니다.
보상 : 태극혜지

−스킬 태극혜지를 익히셨습니다. 태극혜지는 손가락에 닿는 모든 것
의 실체를 알려 줍니다.

김현에게 '천부선공'은 중요하지 않았다. 저 현상을 설명

하는 '태극'이라는 단어만 머릿속에 새겨졌다.

앞으로 천천히 다가간 김현은 손을 뻗었다.

손가락 끝에 닿은 태극.

그 순간, 태극혜지가 작동했다.

김현은 태극을 이해할 수 있었다. 또한 태극혜지를 통하지 않고서는 태극을 이해할 수 없음도 깨달았다.

태극에는 무수한 진실과 이치가 응축되어 있어, 말로는 아무리 설명해도 이해 자체가 불가능했다.

태극은 직접 맛봐야, 경험해 봐야 알 수 있는 실체였다.

극한의 쾌감이 몸을 타고 달렸다.

이보다 더 행복할 수 있을까?

그때, 손가락에 닿아 있던 태극이 붕괴되며 가루로 흩어졌다.

김현은 가슴이 찢어지는 고통을 느꼈으나, 곧 진실을 알아차렸다.

태극은 소멸된 게 아니었다. 세계 전체로 퍼져 나가는 중이었다.

진정한 태극은 특정한 장소에 속할 수 없는 실체였다. 태극은 공간 전체로 퍼져 나가며 세계를 이루고, 세계를 풍요롭게 만드는 원천이었다.

김현은 그 태극을 통해 호수 밑바닥에 놓인 신전을 구석구석 알 수 있었다.

또한 호수에서 살아가는 다양한 종류의 물고기와 수중 생물의 삶을 이해했으며, 호수 위의 숲과 초식동물 그리고 사냥으로 살아가는 동물들까지 속속들이 알 수 있었다.

태극은 아래로 내려갔다.

호수 아래에 무엇이 있는지 선명하게 보였다.

사람의 발길이 닿지 않은 원시 동굴에는 종류석이 아름다운 인테리어처럼 달려 있었고, 생전 처음 보는 기괴한 곤충 같은 것들이 생태계를 이루고 있었다.

태극은 더 깊은 곳으로 파고들었다.

열과 압력의 세계.

광맥이 자라나는 공간.

그 아래에는 붉은 강이 흐르고 있었다.

붉은 강을 위로 밀어 올리는 강대한 힘도 볼 수 있었다.

그리고 땅의 중심에 닿았다.

김현은 거기서 또 다른 태양을 발견했다.

'내 몸에 있는 운명의 구슬과 비슷해. 하지만 훨씬 거대해. 훨씬 압도적이고.'

음양의 항아리로 만들어 낸 태극은 그 태양의 일부로 흡수되며 사라졌다.

'저것도…… 태극이야. 세상을 만들고, 유지하는 태극. 저런 게 땅 중심에 있다니.'

김현은 가슴이 벅찼다.

저 힘을 이용하는 방법 따위엔 관심이 없었다. 그저 저 기적을 직접 보고 있다는 사실이 믿기지 않을 만큼 기뻤다.

저 태극이야말로 이 세상의 근원이었다!

그 순간, 김현은 허기를 느꼈다. 그와 동시에 끝이 아님을 깨달았다.

'더 있어. 뭔가 더 있어.'

"때가 왔구나."

노인의 목소리가 아주 먼 곳에서 메아리처럼 들렸다.

김현은 땅의 중심에서 순식간에 신전의 석실로 돌아왔다.

그건 현섭 같은 공간 이동술이 아니었다. 굳이 말한다면 정신의 이동이었다.

김현은 몸을 돌렸다.

"때라니요?"

"따라오너라."

노인은 처음으로 김현을 석실 밖으로 안내했다.

노인이 김현을 데려간 곳은 한 번도 가 보지 못했던, 그 존재조차 몰랐던 방이었다.

바닥과 벽, 천장은 화려한 벽화로 가득했는데…… 가장 인상적인 건 두 개의 의자였다. 왕좌라고 해도 좋을 만큼 커다란 의자였는데, 바닥과 하나였다. 돌이 석순처럼 저절로 늘어나 의자의 형체를 갖춘 듯했다.

"앉아라."

"네."

김현은 노인이 긴장하고 있음을 깨달았다. 이런 느낌, 처음이었다.

"오행으로 음양을, 음양으로 태극을, 태극으로 이 방을 채워라."

"알겠습니다."

김현은 천천히 힘의 성질과 형태를 바꾸어 태극으로 방을 가득 채웠다.

방은 완전히 달라졌다. 바닥도, 벽도, 천장도 모조리 사라졌다. 마치 트랜스의 세계로 내려간 것처럼, 경계가 없어지고 우주 공간에 떠 있는 느낌이었다.

그 순간, 마치 천둥이 치듯 '철컥' 소리가 들렸다. 그건 김현과 이 특별한 방이 연결되었다는 뜻이었다.

그 때문인지 김현은 땅의 중심을 생생하게 느낄 수 있었다. 사소한 변화, 그로 인해 달라진 마그마의 압력, 폭발을 앞둔 화산의 위치도 알 수 있었다.

'내가 마치 이 거대한 대지가 된 기분이야.'

노인은 흐뭇한 눈으로 김현을 바라보았다.

김현 역시 노인의 기분을 알아차렸다. 왠지 이상했다. 저런 눈빛도 처음이었다.

"그동안 수고했네. 오늘로서 수련은 끝이 났네."

"……네?"

싱크

김현은 깜짝 놀랐다.

이제 겨우 시작이라고 생각했다. 강해질수록 노인을 따라 잡으려면 더 오랫동안 집중해야 한다는 사실이 선명해졌던 것이다.

"이후는 자네 몫이네. 충분한 시간이 주어진다면 자넨 해 낼 수 있을 거야. 자, 마지막 의식을 시작하도록 하지. 아주 간단한 의식이야. 난 질문을 하나 던지고, 자넨 대답을 하는 거지."

노인은 잠시 망설였다.

저 녀석에게 좀 더 시간을 줘야 하지 않을까 싶었다.

더 많은 지혜를 가르친 후에 이 방으로 다시 데려온다면 결과가 달라질지도 모른다.

그 머뭇거림에 김현은 경악했다.

'대체 무슨 일이지?'

조금씩 겁이 났다. 노인이 저런 태도를 보인다면, 그만큼 위험하다는 뜻일 텐데.

그때, 노인의 입이 열렸다.

"자네 이름이 뭔가?"

아주 간단한 질문이었다.

김현은 자신도 모르게 웃음을 터트렸다. 두려워한 자신이 바보처럼 느껴진 것이다.

빙그레 웃으며 입을 연 순간, 김현은 그게 단순한 질문이 아님을 깨달았다.

　이름이 생각나지 않았다.

　나는 누구지?

　수련 중에 떠올랐던 '천부선공'처럼…… 이름도 분명히 있을 테지만 도무지 기억나지 않았다.

　'오랫동안 사용하지 않아서 생각이 안 나는 것뿐이야. 차분하게 마음을 가라앉히면 얼마든지 기억해 낼 수 있어.'

　오행은 물론 음양과 태극의 기운을 자유자재로 다루는 경지에 이르렀지만, 김현은 이름을 떠올리지 못해 난감했다. 이름을 생각하려고 집중할수록 늪에 빠지는 기분이었다. 원래부터 이름이 없었던 게 아닐까 싶기도 했다.

　'아니야. 내겐 이름이 있었어! 그런데 내가 왜 여기 있지? 여기가 어디지? 저 노인은…… 누구지? 난 저 노인을 이기기 위해 살아왔는데.'

　이름에서 시작된 질문은 점점 더 커졌다. 꼬리에 꼬리를 무는 질문 때문에 머리가 깨질 듯 아팠다.

　도움을 청하는 눈으로 노인을 쳐다보는 김현.

　노인은 혼란에 빠진 김현을 지켜볼 뿐, 가만히 있었다.

　아무것도 생각나지 않았다.

　이름도.

　여기가 어딘지, 저 노인이 누군지도.

　그때, 묘한 속삭임이 마음에서 들려왔다.

싱크

'상관없잖아, 그따위 것들. 뒤를 돌아보지 마. 그저 앞으로 가면 돼. 거추장스러운 기억 따위는 버리고, 앞으로 가는 거야. 강대한 힘의 길로.'

강해지기 위해서, 노인을 따라잡기 위해서 지낸 시간과 그 결과는 그 은밀한 소리에 귀 기울이게 만들었다.

노인이 이끄는 대로 몰입한 채 강해지는 과정은 아주 즐거웠다. 무엇보다 목표를 이룰 때의 성취감은 온몸을 짜릿하게 적셨다.

'내가 누군지는 중요하지 않아. 여기서 내가 무엇을 하고 있는지가 중요한 거야.'

김현은 고개를 들어 노인을 쳐다봤다. 그리고 천천히 입을 열었다.

"노바디."

입에서 튀어나온 이름.

김현 스스로도 깜짝 놀랐다.

그게 자신의 이름 중 하나라는 건, 거의 5초 후에야 알아차렸다.

자신은 이름을 말할 생각이 조금도 없었다. 오히려 이름 따위 중요하지 않다고 대답할 생각이었다.

뒤이어 진짜 이름이 기억났다.

"전 김현입니다."

그때 들린 자물쇠가 풀리는 소리.

김현은 이 방과의 연결이 해제됐음을 깨달았다. 이름을 기억해 낸 순간, 땅의 중심을 더 이상 느낄 수 없었다.

　　노인의 눈빛이 흔들렸다. 뺨에는 경련이 일었고, 입가가 비틀렸다.

　　그 순간, 김현은 노인이 기대한 대답은 이름이 아니었음을 깨달았다.

　　그와 동시에 '김현'이라는 이름을 통해 그동안 잊었던 무수한 기억의 파편이 한꺼번에 떠올랐다.

　　4년 가까운 시간 동안 방에 갇혔던 시절, 엄마의 도움으로 페플이라는 가상세계에 접속한 일, 젤란드 대사형을 비롯한 NPC와의 관계, 친구가 된 안진후 등 수많은 기억이 홍수처럼 쏟아졌다.

　　자신이 왜 여기 있는지도 생각났다.

　　비디타스 때문에 흡수하게 된 운명의 구슬을 통제하기 위해 저 드래곤에게서 가르침을 받았던 것이다.

　　김현은 맞은편에 앉아 있는 노인을 보고 할 말을 잃었다.

　　노인은 거기 없었다. 대신, 이글이글 타오르는 불덩이가 사람의 형체로 의자에 앉아 있었다.

　　그제야 김현은 노인이 누구인지 깨달았다.

　　"맞네. 내가 자네 몸 안에 있는 그 구슬을 만들었다네. 엄밀히 말하면 난 바로 그 구슬이라네. 구슬이 있기에 내가 여기 있을 수 있지."

저 노인은 바로 드래곤 자카리안이었다!

"어, 어떻게……?"

"자네가 마비되어 쓰러졌을 때, 내가 왜 자넬 구하러 가지 못했는지 이제 알겠지."

"……그렇군요."

김현은 노인이 이 특별한 구조물 밖으로 나갈 수 없음을 알아차렸다. 노인은 바로 여기서만 형체를 갖출 수 있었던 것이다.

"자네가 어떻게 이름을 기억해 냈는지 알 수 없지만, 아무튼 자네는 인간이었을 때의 이름을 잊지 않았네. 그건 드래곤이 될 수 없다는 뜻이지."

"전 드래곤이 아닙니다."

"드래곤이 아니라면 결코 자네 몸속 그 불덩이를 통제할 수 없네. 자넨 고통에 시달리다가 결국 녹아내릴 거야. 그래도 좋은가?"

그 말을 듣는 순간, 김현은 조금 전 자신이 어떤 상태였는지 깨달았다.

'만약 이름을 기억해 내지 못했다면…… 난 저 노인의 바람대로 드래곤으로서 살아가게 됐을 거야. 내가 누군지조차 잊어버린 채로. 엄마도, 진후와 노관장님도, 사형들과 체리까지 모두 잊었을 거야. 도시를 불태울 만큼 강해지겠지만, 난 모든 것을 잃어버렸겠지.'

과거를 버린 오만한 존재로서 겔란드 대사형을 만나면 어떤 일이 벌어질까? 고집 세고 꼿꼿한 겔란드를 손가락 하나로 불태워 버릴지도 모른다.

가슴이 서늘해졌다.

낭떠러지 아래로 추락할 뻔했다가 겨우 균형을 잡은 사람처럼, 김현은 안도의 한숨을 내쉬었다.

바닥과 벽, 천장이 나타났다. 김현은 의자에서 일어났다. 갑자기 몰려든 피로 때문에 몸이 흔들렸지만 넘어지진 않았다.

그는 노인을 보며 고개를 숙였다.

"그동안, 감사했습니다."

"그게 자네의 결론인가? 죽지 않을 수 있는데, 죽음을 받아들이겠다는 건가?"

"지금 여기서 죽는 것보다는 낫지 않을까요."

눈을 감은 노인.

'이 방법을 써야 할 줄이야. 세계여, 나를 도와주소서. 저 이방인을 도우소서.'

노인은 김현을 응시했다.

"이곳은 곧 무너질 걸세. 자넨 서둘러 빠져나가게."

"무너지다니요?"

"자네가 이름을 망각하기로 결심했다면, 드래곤의 일원이 되기로 마음을 먹었다면 이곳은 지금처럼 계속 유지되었겠지. 허나 결과가 달라졌으니…… 이곳에도 변화가 생길 거야."

싱크

"그, 그건 말도 안 됩니다."

김현은 중앙에 자리 잡은 거대한 나무 페노메노스를 중심으로 밀림 지대, 삼나무 숲, 호수 그리고 커다란 언덕이 얼마나 많은 생명체로 가득 차 있는지 잘 알았다. 그 공간은 저마다 각자의 방식으로 치열하게 살아가는 완전한 세계였다.

그 공간이 무너지다니.

거기서 살아가는 무수한 생명들이 모두 소멸된다는 뜻이 아닌가.

"또 보세."

노인의 몸이 번쩍, 섬광을 터트리며 사라졌다.

그 순간 지진이라도 난 것처럼 바닥이 흔들렸고, 벽에 번개 모양처럼 금이 갔다.

김현은 즉시 신전을 빠져나왔다.

신전이 붕괴되기 전, 물이 안으로 밀려들어 와 내부를 가득 채웠다.

호수 위로 올라온 그는 출렁이는 땅바닥 위로 굴러다니는 낙과 수천 개를 볼 수 있었다. 가지에서 땅으로 연결된 뿌리 기둥이 낡은 뼈처럼 뚝뚝 부러지며 끊겼고, 넓은 잎사귀들이 셀 수도 없이 아래로 떨어지고 있었다.

사방에서 울음이 들렸다.

그때, 야광석 하나가 천장에서 떨어져 초원 지대에서 달아나던 초식동물들 위를 덮쳤다. 야광석 내부의 힘이 폭발하자 초식동물들은 잿더미가 되고 말았다.

이 거대한 공간을 감싸는 벽에 틈이 생겼고, 아래로 떨어지는 바위는 도망치는 동물들을 짓이겼다. 벽은 물론 천장까지 갈라지며 무너지고 있었다.

"자카리안!"

김현이 외쳤지만 아무런 대답도 들리지 않았다.

쾅!

근처에 집채만 한 야광석이 떨어졌다.

김현은 공간 이동술로 급히 동굴 입구로 향했다.

시간이 충분했다면 이 세계에 정착한 두 마리 독사를 찾아서 데려갔겠지만, 그럴 여유는 없었다.

동굴마저 무너지고 있었다.

김현이 절벽으로 몸을 날린 순간, 내부 공간은 물론⋯⋯ 그 높은 절벽 자체가 와르르 흙먼지를 피워 올리며 아래로 뭉그러지며 내려앉았다.

거대한 산 전체가 와르르 무너지고 있었다.

그리 멀지 않은 산봉우리가 폭발하며 날아갔고, 거기로 검붉은 화염이 솟구쳤다. 어마어마한 양의 암회색 구름이 올라왔고 그 사이로 번개가 수도 없이 섬광을 터트렸다.

화산 폭발이었다.

또 다른 산도 피를 흘리듯 용암을 분출했다.

붉은 마그마는 아래로 내려가며 모든 것을 불태웠다. 초대

싱크

형 산불은 달아날 길 없는 동물들을 삼키기 시작했다.

김현은 무너지는 절벽의 바위 무더기 위에 서서 아래로 떠내려갔다.

두 눈으로 사소한 변화까지 놓치지 않으며 정신을 바짝 차렸다. 딛고 선 바위가 갈라지거나 다른 바위와 부딪치면 그 전에 현섬으로 다른 곳으로 이동했다.

만약 산맥을 부수기 위해 스스로 산사태를 일으키고 거기서 이동하는 요령을 익히지 않았다면 이 대규모 붕괴 속에서 김현은 결코 살아남지 못했을 것이다.

'그 미친 짓이 도움이 될 줄이야.'

김현은 생존 그 자체에만 마음을 쏟았다.

아래쪽에서

땅바닥에 수북이 쌓인 재가 부서지며 밟혔다. 푹신하지만 새하얀 눈처럼 뽀드득뽀드득 좋은 기분은 느껴지지 않는다.

김현은 불에 타 버려 새까맣게 오그라든 덩어리를 발견하고 멈췄다. 몸이 뒤틀린 사슴 같기도 하고, 몸집이 작은 멧돼지 같기도 했다.

죽음이 넘쳐 나는 대지.

생명은 흔적조차 남지 않았다.

"자카리안!"

김현이 고함을 질렀다.

마치 거기에 대답이라도 하는 것처럼 쾅 소리가 나며 어렴풋이 윤곽만 보이는 산 정상에서 폭발이 일어났다.

검은 구름이 치솟았고, 그 사이로 번개가 수도 없이 번쩍거렸다. 이어서 김현이 딛고 서 있는 땅이 거칠게 흔들렸다.

까만 숯이 된 채 서 있는 수백 개의 이쑤시개 같은 나무들이 우수수 무너지며 흩어졌다.

저 위쪽 능선이 둘로 쪼개졌다. 그 틈은 벌어지며 아래로, 숲으로, 김현 앞으로 달려왔다.

김현은 현섬을 펼쳤다.

잿더미가 된 숲 전체가 갈라진 땅 아래로 파묻혔고, 그 위로 시뻘건 마그마가 흘러내렸다.

잿빛 눈이 내린 듯 화산재가 덮쳤으나 아직은 생명의 기운이 남아 있는 산봉우리에 올라선 김현은 주위를 바라보았다.

파도가 치듯 산과 산이 이어지며 지평선까지 내달리고 있는데, 여기저기서 꼭대기가 날아가며 화염이 솟아올랐다. 지진 때문에 서 있는데도 계속 몸이 흔들렸다. 점점 더 많은 산에서 용암이 흘러내리는 중이었다.

화산 폭발은 텔레비전에서 본 적이 있었다.

급격하게 치솟는 지진계의 그래프. 이상 징후를 알아차린 전문가들이 대피하라고 외치는 재난 영화는 폭발 장면이 아주 장관이었다.

현실은 달랐다.

달라도 너무 달랐다.

화산 폭발은 세상을 바꾸어 놓았다. 지형이 달라졌다.

김현이 분노로 4년이나 걸려서 이뤄 낸 파괴보다 수천 배, 아니 수만 배 큰 파멸이 순식간에 일어나 모든 것을 휩쓸었다.

만약 연쇄적인 화산 폭발이 페플이나 현실에서 일어났다면, 수백만 명이 죽거나 다칠 테고 세계는 마비 상태에 이르고 말 것이다.

콰콰콰쾅!

산 하나가 폭발했다. 안 그래도 검은 하늘로 유독한 연기가 솟아올랐다.

'이 세계 전체가 화염으로 뒤덮일지도 몰라. 가능할지 모르지만 시도는 해 봐야 돼.'

김현은 그 자리에 앉았다.

그리고 눈을 감았다.

김현이 앉은 자리 근처로 불이 솟아올랐다. 이어서 물과 나무, 금속과 흙이 땅에서부터 올라와 김현을 에워쌌다. 그 형태는 정교하게 짠 그물 같았다.

바로 천맥의 경지였다.

화, 수, 목, 금, 토의 다섯 기운이 상생과 상극의 묘리를 통해 순환하기 시작했다. 나무에서 불이 뿜어져 나오고, 금속에서 물이 흘러내렸으며, 불에서 흙이 만들어졌다.

오행이었다.

김현의 목표는 태극이었다.

태극의 경지에 이르면 저 깊은 지하에 자리 잡은 중심에 영향을 줄 수 있을 것이다. 그러면 대지를 화염으로 몰아넣는 이 대폭발도 멈추거나 그 강도를 약화시킬 수 있을 터였다.

'어?'

오행 다음은 음양인데, 다섯 가지 기운은…… 빛과 어둠으로 합쳐지지 않았다. 벽에 가로막힌 것처럼 도무지 앞으로 나갈 수 없었다.

이미 가 본 길이라서 어떻게 가야 하는지는 알지만, 길 자체가 무너져 내린 느낌이었다.

김현은 스킬 창을 불러냈다.

스킬 리스트에 분명히 음양의 경지에 이르러서 익혔던 융무가 있었지만 회색이었다. 사용할 수 없다는 뜻이다.

천부선공 제6문 음양과 제7문 태극도 스킬 창에 나와 있지만, 비활성 상태였다.

오행까지였다.

그 너머는…… 볼 수는 있으나 닿을 수 없는 곳이었다.

아무리 집중해도, 아무리 노력해도 소용이 없었다.

호수 밑바닥의 신전에서 어떻게 수련했는지 떠올리며 시간의 흐름을 잊으려 했지만, 뜻대로 되지 않았다. 갖가지 염려, 걱정이 발목을 잡았다.

김현이 앉아 있는 봉우리도 본격적으로 흔들렸다.

현섬으로 이동한 김현은 산 정상이 공중으로 솟아오르며 산산조각이 나는 모습을 볼 수 있었다.

산꼭대기에 선 비디타스는 바위의 도시 람코를 내려다보았다.

도시를 떠받친 지반 전체가 하나의 바위였다. 드워프 놈들은 세상에서 가장 크고 광활한 암석 '에숨' 곳곳에 구멍을 뚫고 구조물을 세워서 도시를 일궈 낸 것이다.

람코를 보면 누구나 드워프의 자존심을 이해하기 마련이다.

대리석 아치와 화강암 기둥, 고풍스러우면서도 세련된 석조 건축물이 도시를 가득 채웠고, 곳곳에 드워프 석상이 기념물처럼 서 있었다.

오만한 비디타스조차도 드워프라는 종족이 빚어낸 기적의 결과를 보면 고개를 끄덕일 수밖에 없었다.

해는 저물고 있었다. 석양을 등진 산은 거대한 그림자로 도시를 덮고 있었다.

비디타스는 눈에 힘을 주고 도시를 절반이나 가린 회색의 그늘을 바라보았다.

드래곤 특유의 능력이 발휘되자 건물과 그 사이의 길을 뒤덮은 회색 괴물이 선명하게 보였다.

'저기 내가 있군.'

비디타스는 뾰족 튀어나온 자신의 그림자를 발견했다.

길어진 그림자는 커다란 두더지가 끄는 드워프식 마차 '두르둠'을 가로질러 골목으로 뻗어 나가고 있었다.

두르둠에 앉아 있던 난쟁이 놈들은 평생에 한 번 있을까 말까 한 영광의 순간을 깨달았을까?

'그럴 리는 없지.'

그때, 시선이 느껴졌다.

비디타스의 눈이 가늘어지자 이제 막 골목 끝에 도달한 그림자에 닿은 드워프가 보였다.

비교적 체구가 작은 드워프는…… 암컷이었다. 인간의 관점에서는 소녀라고 부를 수 없는 덩치지만, 드워프의 눈으로 보면 보살핌이 필요한 아이가 분명했다.

'설마, 나를 보고 있는 건가?'

그림자는 골목을 가로막은 벽을 넘어 건물 지붕을 삼키는 중이었다.

드워프는 가만히 서서 람코의 서쪽을, 산꼭대기를 바라보고 있었다.

"재미있군. 룬티움!"

비디타스는 빛의 정령을 소환했다.

공간이 일렁이며 눈동자 하나가 나타났다.

─부르셨습니까, 비디타스 님.

"시선을 끌지 말고 저 드워프를 따라다녀라. 나중에 내가 찾아가겠다."

─알겠습니다.

정령은 투명해지더니 산 아래쪽으로, 도시를 향해 날아갔다.

산그늘은 도시를 완전히 덮었을 뿐 아니라 그 너머 계곡도 게걸스럽게 먹어 치우는 중이었다.

비디타스는 한숨을 내쉬었다.

스스로 정한 원칙이니 불평을 터트릴 수는 없다. 그래도 날렵한 엘프의 몸을 버리고 무겁고 둔한 드워프의 신체를 이용하는 건 탐탁잖은 일이었다.

'얼른 해치워야겠어.'

검붉은 빛이 그를 덮었다.

그 끈적한 빛이 사라질 무렵, 비디타스는 드워프로 변해 있었다. 가느다란 팔 대신 두껍고 근육으로 뒤덮인 팔 끝에는 무거운 도끼가 쥐여 있었다.

"……역시 불편해."

고개를 흔든 하르퉁은 텔레포트를 펼쳐 그 자리에서 사라졌다.

천장에는 종유석이 송곳니처럼 매달려 있고, 바닥에는 석순이 어지럽게 솟아나 있었다. 그 덕에 비디타스로 이곳에 내려왔다면 꽤나 힘들었을 것이다.

쾅!

하르퉁은 손에 든 도끼를 거침없이 휘둘러 석순을 부수며 전진했다.

가끔 진동으로 종유석이 아래로 떨어져 정수리를 때렸지만 워낙 단단한 뼈와 근육 덕에 개의치 않고 도끼질에 집중할 수 있었다.

드워프는 물론 호기심 많은 인간의 발길도 닿지 않은 이 깊은 지하에 길이 있을 리 없다. 하르퉁은 길을 만들면서 갈 수밖에 없었기 때문에 더 힘이 들었다.

석순을 잘라서 만든 밑동에 걸터앉은 그는 물의 정령을 소환했다.

입을 벌리자 안개 같은 정령은 위대한 존재를 위해 특별히 시원한 물을 뿜었다. 갈증도 해결하고 뜨거워진 몸도 식히니 좀 살 것 같았다.

"음, 녀석은 뭘 하고 있으려나."

하르퉁은 만계에 처박혀 있을 이방인을 떠올렸다.

결국 자카리안의 힘을 버텨 내지 못하고 타 버렸을까? 아니면 아직도 이를 악물고 저항하는 중일까?

참 재미있는 녀석이었다. 색다른 즐거움을 준 놈이라서 생각난 것인지도 모른다.

그때, 땅 전체가 흔들렸다. 종유석 몇 개가 아래로 떨어져 박살이 났다.

위를 쳐다본 하르퉁.

'아무래도 서둘러야겠군.'

몸을 일으킨 드워프는 다시 도끼를 휘두르기 시작했다.

무식한 놈들은 땅 아래에는 흙과 바위만 있다고 생각한다. 하지만 직접 파 내려가면 상상도 못 한 절경이 펼쳐진다.

세상이 뒤집힌 것처럼, 아래에도 산이 있으며 강도 흐른다.

문제는 그 강이 아주 뜨겁다는 사실이다.

하르퉁은 절벽 끝에 서서 아래를 내려다보았다.

뜨거운 김을 뿜어내는 붉은 강이 서서히 흐르고 있었다.

강을 덮은 검은 표면은 이리저리 갈라져 아래로 가라앉으며 녹았고, 곧 공기에 닿아서 식어 버린 새로운 표면이 만들어졌다.

때때로 거품이 부글거리며 튀어올라 왔는데, 터진 거품의 파편이 바위 벽에 닿자 기분 나쁜 소리가 나며 바위에 불이 붙었다.

갑자기 강 한복판에서 소용돌이가 생기며 위로 솟구쳤다.

붉은 강의 수위가 높아지며 절벽 언저리까지 올라오자 땅 전체가 흔들렸다. 이곳으로 오면서 느낀 진동 역시 저 강이 원인이었던 것이다.

'음, 예상보다 빨라. 이유가 뭐지? 일단은 진정시켜야겠다. 원인은 나중에 찾아도 되니까.'

암석과 각종 금속이 열과 압력에 의해 녹아내려 만들어진 저 강이 조금 더 위로 올라간다면…… 람코를 떠받치고 있는 거대한 암석 에숨에 균열이 생길지도 모른다.

"휴우."

도끼를 옆에 내려놓은 하르퉁은 팔다리를 뻗으며 몸을 풀었다. 그 행동은 수영장에 뛰어들기 전 준비운동과 매우 흡사했다.

절벽 끝에 선 하르퉁은 눈을 감고 입을 닫은 후, 아래로 뛰어내렸다.

퍽.

'풍덩' 같은 소리가 아니었다.

순식간에 에워싼 붉은 액체가 하르퉁이 입고 있던 가죽옷을 태웠다. 그리고 피부까지 녹여 버리려는데, 몸 안쪽에서 그 열기를 이길 만큼 강력한 냉기가 뿜어져 나와 사방으로 뻗어 나갔다.

하르퉁을 감싼 붉은 액체는 서서히 색깔이 달라졌다. 시뻘 겋던 액체는 암갈색으로 변했고, 곧 회색과 군청색이 섞인 오묘한 암석으로 굳었다.

변화는 강 전체로 퍼져 나갔다.

겨울이라도 된 것처럼 얼어붙어 버린 강.

하르퉁은 맨몸으로 굳어 버린 강을 부수고 위로 올라섰다. 여전히 아래쪽은 뜨거운 열기를 간직하고 있겠지만 이로써 앞으로 수십 년 동안은…… 운이 좋으면 100년 정도는 람코를 위협할 수 없을 것이다.

한 걸음 내딛던 하르퉁은 주저앉고 말았다.

아무리 드래곤이라고 해도 거대 도시의 운명을 좌우할 만큼의 재앙을 막아 낸다는 건 벅찬 작업이었다.

"휴우, 내가 이런 고생을 한다는 거…… 저 위쪽 놈들이 알까?"

하르퉁은 그 자리에 누워 버렸다. 지금은 꼼짝도 할 수 없고, 하기도 싫었다.

투피앙은 앞으로 손을 내밀었다. 털이 난 굵은 손가락 사이에는 드워프 영웅 람코의 옆얼굴이 새겨진 동전이 세 개 놓여 있었다.

"뭐야?"

파풍이 눈을 부라렸다.

"······죄송해요. 오늘은 이것밖에 못 구했어요."

바위 도시 람코는 드워프에겐 천국 같은 곳으로 알려져 있지만, 실상은 달랐다. 거리에는 부모를 잃은 고아들이 즐비했고 그들 대부분은 성인이 되기도 전에 골목길 어딘가에서 삶을 마감했다.

퍽.

파풍의 커다란 손이 투피앙의 뺨을 때리자, 조그만 드워프는 벽으로 날아가 처박혔다. 입술이 찢어져 피가 흘렀지만 투피앙은 곧 일어섰다.

"너, 오늘 저녁은 없다."

투피앙을 손가락으로 가리키며 판결을 내린 파풍이 사라지자, 모여 있던 아이들도 흩어졌다. 그들 중 누구도 투피앙에게 눈길을 주지 않았다.

아이들은 잘 알고 있었다. 여기 거리에서 살아남으려면, 누군가의 도제로 들어가 망치질이라도 배우려면 자비심 따위는 버려야 한다는 사실을.

보통 드워프는 지하 도시에서 태어나 그 도시에서 살다가 죽는다. 하지만 도시와 도시가 전쟁을 벌이면 무수한 희생자가 나오고, 그로 인해 일부 드워프는 살기 위해 땅 위로 올라왔다.

그들이 그나마 희망을 걸 수 있는 곳은…… 람코뿐이었다.

건장한, 기술을 가진 성인 드워프라면 어디에서든 일을 하면서 먹고살 수 있지만 아이들은 달랐다.

투피앙은 골목 구석으로 비틀거리며 걸어가서 앉았다.

열흘 동안 사흘만 먹었다. 그것도 한 끼만.

그 전 열흘도 사정은 비슷했다.

람코의 드워프는 구걸하는 아이에겐 돈 한 푼 주지 않는다. 일을 해야 먹을 수 있다는 게 대다수 드워프의 철학이었고, 아이들도 예외는 아니었다.

투피앙은 조그만 심부름거리라도 찾기 위해 돌아다녔지만, 보다 힘세고 조숙한 아이들의 몫이었다. 남성 드워프보다 힘이 약할 수밖에 없는 투피앙에게 람코는 무자비한 세계였던 것이다.

게다가 이방인도 그 경쟁에 뛰어들어 투피앙은 행운을 바랄 수밖에 없었다.

두툼한 두더지 다리가 투피앙 앞에 떨어졌다. 버섯을 곁들여 구웠는지 향이 아주 좋았다. 다리 살에서 기름이 뚝뚝 흐르는데, 절로 침이 고였다.

투피앙은 손을 뻗는 대신 고개를 들어 누가, 왜 그 고기를 던졌는지 쳐다봤다.

파풍이었다.

"이제 포기할 때도 됐는데, 아니야?"

히죽 웃는 그의 눈은 음흉하게 번들거렸다.

"……싫어요."

투피앙은 파풍이 무엇을 원하는지 잘 알았다.

자신보다 나이가 많은 언니들이 파풍의 저 제안을 받아들였다가 어떤 꼴을 당했는지 눈으로 몇 번이나 봤던 것이다.

"아직도 덜 굶었구나."

파풍이 두더지 다리를 집어 들어 코 앞으로 갖다 대자 투피앙은 자신도 모르게 그 냄새를 깊이 맡았다.

저 고기를 뜯어 먹을 수만 있으면 당장 죽어도 여한이 없을 것 같았다.

그 순간, 투피앙은 그 똑똑한 언니들이 왜 저 사악한 파풍에게 당했는지 깨달았다.

굶주림에 시달려 헛것을 보고, 쓰러질 지경에 이른다면……
차라리 몸을 내주고 배를 불리는 게 낫다고 생각하게 된다.

고개를 끄덕이려는 순간, 투피앙은 득의양양한 파풍 뒤로 나타난 낯선 드워프를 발견했다.

처음 보는 드워프인데도…… 어디선가 본 듯한 인상.

더 놀라운 건, 평범한 드워프 같은데도 마치 웅장한 산을 올려다보는 것처럼 압도당하는 느낌이었다.

인기척을 느낀 파풍이 고개를 돌리는 순간, 하르퉁의 발이 녀석의 정강이를 걷어찼다.

다리를 감싸며 쓰러진 파풍.

하르퉁은 파풍의 가슴을 밟고 땅에 떨어진 두더지 고기를 주워 투피앙 앞으로 걸어왔다.

"먹어."

"……."

"먹으라니까."

"……그건 제 고기가 아니에요."

투피앙은 고기에서 눈을 떼지 못했지만, 입에서는 바른말이 나왔다.

"재미있는 아이구나."

하르퉁은 투피앙의 머리에 손을 올렸다.

원래 드워프가 잘 씻지 않는 종족이긴 하지만 어찌나 씻지 않았는지 머리카락 전체가 찐득거렸다.

한숨을 내쉰 그는 두려워하는 투피앙의 머리로 씨앗 하나를 심었다.

눈에 보이지도 않고 만져지지도 않는 그 마법의 씨앗은 투피앙의 잠재력을 북돋아 이전과는 다른 삶을 살도록 도와줄 것이다.

물론 씨앗이 득이 될지 해가 될지는 이 드워프의 결정에 따라서 달라지겠지만.

하르퉁은 웃으며 동전을 꺼내 파풍에게 던졌다. 그런 다음 투피앙을 쳐다봤다.

"값을 치렀으니 이 고긴 내 거다. 됐지?"

"가, 감사드려요."

투피앙은 입을 벌려 두더지 뒷다리 살을 물고 뜯은 후 씹기 시작했다.

상상보다 훨씬 더 맛있었다. 눈물까지 나올 것만 같았다.

돌아선 하르퉁은 파풍을 내려다봤다.

녀석은 악을 쓰고 있었다. 부하들을 모아서 가만두지 않겠다고 욕까지 내뱉었다.

'오늘은 마음 편히 룰을 실행할 수 있겠군.'

하르퉁은 파풍의 멱살을 잡고 골목 밖으로 나가며 텔레포트를 펼쳤다.

하나를 살리면 하나를 죽인다.

잠시 후, 파풍은 람코 동쪽의 계곡으로 추락했다. 그가 짜낸 비명은 곧 희미해졌고, 뚝 끊겼다.

하르퉁에서 비디타스로 변한 드래곤은 레어의 입구로 들어섰다.

저 아래쪽에서 섬광이 터졌고 비명이 들렸지만 가볍게 무시했다.

이방인 따위가 드래곤의 거처로 올라오기 위해 무리를 지어 시도하고 있지만 그들 중 누구도 성공 근처에도 도달하진 못했다.

바퀴벌레처럼 질긴 놈들.

"아, 피곤하다!"

밝은 청색의 대리석이 깔린 바닥을 미끄러지듯 가로지른 비디타스가 크게 소리쳤다.

화르륵 불길이 허공에서 나타났다. 불의 정령이었으나 지금은 드래곤 헤라를 모시는 집사로서의 삶을 사는 화그였다.

"주인님 오셨습니까?"

"비디타스."

"주인님."

"비디타스라고 하라니까."

"주인님, 급한 일이 있습니다."

화그는 대기업 회장 비서처럼 차가운 표정으로 비디타스를 쳐다봤다.

"급한 일?"

"엘루마 동북쪽에 문제가 생겼습니다."

"……뭐?"

비디타스의 눈썹 끝이 위로 올라갔다. 왠지 귀찮고 불길한 예감이 느껴졌다.

람코의 지반 에숨 아래쪽의 붉은 강도 생각보다 일찍 솟구쳤다. 평소처럼 느긋하게 움직였다면 람코는 잿더미가 되고 말았을 것이다.

비디타스는 마법을 펼쳐 안쪽의 석실로 이동했다.

거기 벽에는 중명 제국의 남부, 룬트란 왕국, 레나르카 왕
국과 라모넬린 공국의 북부 지역이 포함된 지도가 그려져 있
었다. 높은 산맥은 돋을새김으로 볼록 튀어나와 있었고, 협
곡은 틈으로 표현되어 있었다.

룬트란 왕국의 북쪽 람코 주변은 푸르스름했다. 원래는 붉
었는데 붉은 강을 얼려 버려 그 변화가 지도에도 반영된 것
이다.

반면에 빛의 도시 엘루마 북동쪽 산맥 레기루트는 당장이
라도 불이 뿜어져 나올 것처럼 시뻘건 색이었다.

"대체 이게 어떻게 된 거야? 갑자기 이런 거야?"

비디타스는 애꿎은 화그에게 벌컥 화를 냈다.

"이 세계가 원인은 아닌 것 같습니다."

"무슨 뜻이야?"

"아래쪽에서 올라온 것 같습니다, 주인님."

"아래쪽?"

"이 세계와 겹쳐져 있으나 시간의 흐름이 다른 세계들이
있지 않습니까."

"……설마."

비디타스는 자기가 던져 넣은 이방인 하나를 떠올렸다. 혹
시 그 녀석 때문일까?

"짚이는 바라도 있으신가 봅니다."

싱크

화그는 여전히 웃는 표정도, 정색하는 얼굴도 아니었다. 그렇지만 묘하게 놀리는 말투가 묻어났다.

"휴식은 나중으로 미뤄야겠어."

비디타스는 이를 악물었다.

만계로 내려온 비디타스는 공중에서 아래를 내려다보고 있었다.

"이런."

저 아래 산은 꼭대기가 폭발하여 날아가 버렸고, 주위의 땅은 암회색으로 뒤덮여 있었다. 지하의 붉은 강이 위로 밀고 올라와 산을 뚫고 흘러내린 것이다.

숲은 타 버렸다. 강은 말랐고, 그 자리를 용암이 가득 채웠다.

고개를 돌려 주변을 살피는 비디타스.

시야에 들어오는 분화구는 족히 열 개가 넘었다. 이런 폭발력이라면 만계와 기묘한 방식으로 연결된 룬트란 왕국에도 영향을 줄 수 있었으리라.

"그 녀석부터 찾자. 룬티움!"

커다란 눈동자가 공간을 비집고 나타났다. 빛의 정령 룬티움이었다.

-부르셨습니까. 비디타스 님.

"인간을 찾고 있다."

-만계는 광대한 세계입니다.

"마력은 얼마든지 써도 좋다. 최대한 빨리 찾아내도록."

-알겠습니다.

룬티움은 수백 개의 작은 눈으로 분리되더니 사방을 향해 흩어졌다.

지상으로 내려온 비디타스는 이 땅이 회복되려면 수십 년, 어쩌면 수백 년이 걸린다는 사실에 마음이 아팠다.

창조는 어렵고 지루한 일이다. 반면에 파괴는 순간적이며 강렬하지만 결과는 참혹하다.

자연은 그 자체로 아름답다.

'내 실수야. 아무리 녀석에게 드래곤의 피가 흐른다고 해도 이런 짓을 할 수 있을 줄은 상상도 못 했으니까.'

마력이 대량으로 빠져나갔다.

비디타스는 땅에 앉아 룬티움이 김현을 발견할 때까지 눈을 감고 기다렸다.

동굴은 무너져 있었다. 위쪽 언덕을 직격한 대형 화산탄의 위력에 동굴이 버티지 못한 것이다.

뒤이어 날아온 화산재는 붕괴된 동굴은 물론 초원 지대와 언덕 너머 숲까지 모조리 잿빛으로 덮어 버렸다.

바람이 불자 먼지가 회색 안개처럼 이리저리 날아다녔다.

대폭발은 시간이 흐르자 그 기세가 수그러들었다. 세계를 불덩이로 만들 것 같은 파괴력은 거의 힘을 잃었다.

김현은 한참 동안 무덤 같은 돌무더기 앞에 서 있었다.

"……여긴 무덤이 아니야."

김현은 바위를 옮기기 시작했다.

시간은 많았고, 반복 작업에는 아주 익숙했다.

며칠 만에 동굴 내부가 드러났다.

샅샅이 뒤졌지만 어디에도 영혼의 목걸이는 없었다. 김현은 동굴을 오랫동안 비울 때에는 그 목걸이를 천야장에게 맡겼던 것이다.

화산탄이 이곳을 덮치기 전 천야장은 몸을 피한 것이다. 그 덕에 영혼의 목걸이는 무사했다.

잿빛 숲으로 들어간 김현은 무성한 나무와 비스듬한 바위 덕에 화산재가 쌓이지 않았던 땅바닥에서 두 줄기 바퀴 흔적을 발견했다. 아마도 천야장은 옮겨야 할 물건을 수레에 싣고 동굴을 떠났을 것이다.

"역시 살아 있었어."

기쁨으로 얼굴까지 밝아졌다.

그 순간, 천야장이 이미 죽은 지 오래된 망량이라는 사실이 떠올랐다.

웃음이 입술 사이로 번졌다.

김현은 천야장에게로 돌아가기 위해 그 흔적을 따라가려다가 마음을 바꾸었다. 천야장을 만나기 전에 할 일 두 가지가 생각난 것이다.

첫째, 티메후르를 찾아야 한다. 아무리 노력해도 몸속에 자리 잡은 운명의 구슬을 통제할 방법은 없다.

그저 잠깐이라도 엄마 얼굴을 보고 싶었다. 친구들을 만나고 싶었다.

만약 열기가 쌓여 폭발할 것 같아서 다시 페플로, 이곳 뎁스 파이브의 세계로 내려온다고 해도…… 지금은 이곳을 벗어나 위로, 현실로 나가고 싶은 마음뿐이었다.

둘째, 천야장에게 약속한 성질석을 구해야 한다. 그래야 마음이 조금이라도 편할 것이다.

"티메후르를 찾다 보면 성질석은 자연스럽게 얻게 되겠지. 움직여 볼까."

그때, 스켈레톤 한 마리가 비틀거리며 다가왔다.

그 뒤로 수백 마리의 해골 병사들이 걸어오고 있었다.

휩쓸어 버릴 수 있지만, 여기서 싸울 이유는 없다. 김현은 현섭을 펼쳐 사라졌다.

싱크

종유석이 잔뜩 매달린 동굴 바닥으로 배를 끌고 다가오는 사람들은 모두 배가 볼록 나와 있었다. 마치 못 먹어서 헛배가 부른 듯한 모습이었다.

'아귀야.'

김현은 《룬트란 왕국의 역사》 덕분에 처음 본 몬스터의 이름, 특징, 능력과 공략법에 대해서도 알 수 있었다.

무엇이든 먹어 치우는 아귀는 냄새에 이끌려 기어 오다가 먹잇감을 향해 침을 뱉는데, 닿기만 하면 녹아내리는 액체라서 대단히 까다로운 몬스터였다. 그래서 아귀를 잡으려면 둘러싸이는 일은 피해야 했다.

김현은 인벤토리에서 독초 포르모를, 가죽 가방에서 생고기를 각각 꺼냈다. 단검으로 생고기에 낸 칼집에 포르모를 집어넣은 그는 점점 기어 오는 속도가 빨라지는 아귀를 향해 큼직한 살덩이를 던졌다.

아귀들의 반응은 즉각적이었다. 떨어진 생고기를 향해 달려들었고, 한 점이라도 더 먹기 위해 치열하게 경쟁했다.

김현은 포르모의 효과가 날 때까지 잠시 기다렸다.

사람은 잎사귀 하나만으로도 죽지만, 아귀의 경우는 일시적인 마비나 동작을 느리게 하는 정도의 효과만 가능했다.

'그 정도면 충분해.'

약속이라도 한 것처럼 아귀들이 쓰러진 마네킹처럼 얼어붙거나 느릿느릿 기어 오자, 김현은 놈들을 자극하지 않으려고 인벤토리에 넣어 둔 플레임소드를 꺼냈다.

내공이 주입된 플레임소드가 활활 타올랐다.

옛날이라면 아귀와의 짜릿한 전투에 푹 빠졌을 것이다.

위험이 클수록 쾌감도 커진다. 아무리 위험해도 이런 식으로 약점을 공략하진 않았을 것이다.

지금은 던전 깊은 곳으로, 티메후르가 있을지도 모르는 곳으로 빨리, 안전하게 내려가는 것이 훨씬 중요했다.

김현은 무겁게 가라앉은 눈으로 아귀를 바라보며 플레임소드로 목을 자르고 심장을 찔렀다.

불의 속성에 약한 아귀는 금세 타올랐고, 불길은 근처의 아귀에게로 빠르게 번졌다.

수십 마리의 아귀는 화염 속에서 버둥거리며 죽어 갔다.

김현은 아귀가 죽으면서 남긴 아이템을 챙겼다. 말라붙은 침, 썩은 이빨 그리고 눈알인데, 각각 암혼석, 진요석, 환각석의 재료로 사용되었다.

성질석은 덩어리로 존재하지만 이런 몬스터의 아이템 여러 개를 조합하여 생성되기도 한다. 물론 손톱만 한 진요석을 위해서는 아귀의 썩은 이빨 수만 개가 필요했다.

"내려가 볼까."

김현은 던전 아래층으로 접어들었다.

싱크

어둠을 뚫고 독침 수십 개가 날아왔다.

플레임소드를 들어 올린 김현은 광현칠검보 제1초 정이생음을 펼쳐 독침을 막아 냈다. 독침은 튕겨 나가거나 일부는 플레임소드의 열기에 녹아내렸다.

그때, 화르르 타오르는 불덩이가 김현을 향해 다가왔다.

플레임소드를 살짝 기울여 불덩이의 각도를 바꾼 김현은 충격을 완전히 해소하지 못해 두 걸음 뒤로 물러섰다. 그만큼 불덩이에 담긴 위력은 강했다.

'대체 정체가 뭐야?'

김현은 왼손에 정신을 집중했다.

내공은 불의 기운으로 바뀌었고, 곧 주위를 밝힐 만큼 환한 불꽃이 생성되었다.

'내공으로 오행의 기운을 만들어 내는 건 역시 힘들고 비효율적이야. 급할 때만 살짝 사용하는 수밖에.'

그 불꽃이 위로 올라가자 어둠은 물러가고, 저 안쪽에 웅크리고 있던 몬스터가 드러났다.

김현의 눈이 커졌다.

사자의 몸에 인간의 얼굴, 박쥐 같은 날개에 전갈 꼬리가 달린 대형 몬스터는…… 바로 만티코어였다. 조금 전 날아온 독침은 모조리 꼬리 끝에 달려 있던 것이었다.

그때, 만티코어가 포효하듯 입을 벌렸다. 거기로 이글거리는 불덩이가 튀어나왔다. 입으로 파이어볼을 발사한 것이다.

김현은 플레임소드로 막는 대신 옆으로 피했다. 무기의 내구도를 쓸데없이 소모하고 싶지 않았다.

쾅!

뒤에서 터진 파이어볼의 열기가 등으로, 뒤통수로 느껴졌다.

김현은 플레임소드를 인벤토리에 집어넣고 대신 소드오브아이스를 꺼냈다. 불은 물에 약한데, 얼음은 보통의 물보다 훨씬 불 속성에 강했다.

한 걸음씩 다가갔다.

한기를 뿜어내는 소드오브아이스를 통해 펼쳐지는 광현칠검보의 위력은 만티코어의 원거리 공격을 충분히 막아 낼 만큼 강력했다.

만티코어도 새하얀 검을 노려보며 주위를 맴돌았지만, 검으로 은빛의 막을 치며 다가오는 김현을 무너뜨리거나 공격할 방법이 마땅치 않았다.

《룬트란 왕국의 역사》에 따르면 만티코어는 상급 몬스터였다. 마을 하나쯤은 우습게 몰살시킬 수 있는 몬스터로, 파티를 이뤄야 겨우 잡을 수 있을 만큼 강했다.

'난 혼자서도 사냥할 수 있어. 그만큼 강해진 거야. 근데, 별로 기쁘지 않아.'

현섬으로 단번에 이동한 김현은 놀란 만티코어의 꼬리를 싹둑 잘랐다.

꿈틀거리는 꼬리의 끝에 달린 밤송이 같은 독침 주머니를 소드오브아이스로 찌르자, 파랗게 얼어붙으며 경련이 멈췄다.

김현은 날개를 잘랐다.

그런 다음, 만티코어의 가슴에 하얀 검을 찔러 넣었다.

완벽한 승리.

염화석과 사혈석을 얻었고, 만티코어의 발톱과 꼬리 그리고 털도 입수했다.

잠시 죽은 만티코어를 내려다봤다.

그 순간, 화산 폭발로 죽어 버린 대지가 떠올랐다.

불타 버린 숲, 숯처럼 변해 버린 수많은 동물들, 흘러내리는 용암과 공중으로 날아다니는 화산탄 그리고 안개처럼 모든 걸 덮어 버리는 화산재까지, 그 재앙이 머리를 가득 채웠다.

돌아선 김현은 주위를 살폈다.

아래로 내려가는 통로는 보이지 않았다. 여기가 던전의 최하층이라는 뜻이다.

낡은 상자가 구석에 놓여 있었다.

김현은 설레는 마음으로 그 앞으로 가서 뚜껑을 열었다.

뎁스 파이브의 세계를 벗어나는 데 필요한 티메후르가 있기를 바랐으나, 거기에는 비싸 보이는 반지 하나가 놓여 있을 뿐이었다.

김현은 반지를 들어 올렸다.

메시지 창이 나타났다.

모노키람

대조련사 파레쿤이 만든 반지로, 중앙에 박힌 성질석과 같은 속성의 몬스터를 길들일 수 있습니다. 소유자의 능력에 따라 백 마리에 이르는 몬스터 부대를 거느릴 수 있는데, 사실 내공이나 마력보다 몬스터의 친화도가 훨씬 더 중요합니다.

보석 : 목근석, 목의 성질

효과 : 동물과의 친화력 +50, 지혜 +20, 경험치 획득률 +10%

티메후르를 간절히 원한 만큼, 김현은 실망감을 감출 수 없었다.

반지를 인벤토리에 넣으려다 별생각 없이 손가락에 끼운 김현은 공간 이동술로 사라졌다. 지상으로 올라가 또 다른 던전을 찾기 위해 움직인 것이다.

대현자 파르소겐은 밤늦게 침대에 누웠다.

망량 봉쇄 구역뿐 아니라 빛의 도시 엘루마 전체의 현재 상황과 앞으로의 변화를 저울질하느라 어마어마한 양의 보고서와 장부에 깊이 파고들었던 것이다.

제자 스노빈과 뮤카멘 백작가의 영애 체리가 큰 도움이 됐지만, 여전히 대현자 본인이 감당해야 할 몫은 굉장히 컸다.

팔베개를 한 채 천장을 올려다보던 파르소겐.

한숨이 터져 나왔다.

"……여기서 발목이 묶이게 됐군. 지금이라도 개로 변해서 도망쳐 버릴까나."

피식 웃는 대현자.

그는 자신이 이곳에 머물 것이며, 어디로도 떠나지 않을 것을 잘 알았다. 어디를 가도 여기처럼 기이하고 신나는 일을 경험하진 못할 테니까.

드래곤의 피가 흐르는 이방인이라니!

이런저런 생각을 하다가 잠이 든 파르소겐은 여전히 호지센의 예복 리토랄레를 입고 있었다. 벗어 두고 잠들면 누군가 훔쳐 갈 것만 같았다.

동이 틀 무렵, 리토랄레의 왼쪽 가슴 부분에서 흐릿한 그림자가 빠져나와 침대 옆에 섰다.

음산한 그림자는 점점 뚜렷한 형체로 바뀌었다.

"애야, 일어나거라."

기다란 손톱이 파르소겐의 뺨을 위에서 아래로 긁었다.

그 감촉에 눈을 뜬 파르소겐은 깜짝 놀라 몸을 일으켰다. 보자마자 망량임을 알아차렸다.

"……누구냐?"

"쯧쯧, 말버릇 하고는. 어찌 된 게 호지센의 회주는 시간이 흐를수록 건방지게 변할까."

"설마, 모레얀 님이십니까?"

"멍청이는 아니구나. 어서 일어나거라. 누가 날 부르지도 않았는데 내가 리토랄레 밖으로 나올 수 있었으니, 곧 재앙이 이 땅을 덮칠 게다."

파르소겐은 침대 밖으로 나오며 호지센의 명성을 룬트란 왕국뿐 아니라 대륙 끝까지 퍼트린 모레얀을 자세히 살폈다.

회주로서 죽은 지 70년이 넘은 노파였는데, 40대 중후반의 외모를 유지하고 있었다. 독수리 발톱처럼 휘어진 손톱과 약간 장난기 섞인 표정은 호지센에 남아 있는 역대 회주의 초상화와 똑같았다.

"재앙이라니요?"

"확인해 봐야겠다."

모레얀이 밖으로 나갔다.

파르소겐은 급히 뒤따랐다.

건물 옥상으로 올라간 모레얀은 기다란 손톱으로 주술진을 그리기 시작했다. 좌우가 비대칭인 그 주술진의 뼈대를 본 파르소겐의 눈이 커졌다.

'방원대심진이야. 모레얀 님만 사용할 수 있는 주술진이었지. 그걸 다시 보게 될 줄이야.'

"야."

"……네."

파르소겐은 기가 막혔다. 이 나이 먹고 '야.'라고 불릴 줄이야.

"이름이 뭐냐?"

"파르소겐입니다."

"토규석 좀 가져와라. 크면 클수록 좋다."

"……토규석이라면 아주 비싼 성질석이 아닙니까?"

"없어?"

"구할 수는 있지만, 무슨 일인지부터 알려 주십시오."

모레얀이 파르소겐을 노려보았다.

파르소겐은 그 눈빛을 피하지 않았다.

고개를 흔든 모레얀이 입을 열었다.

"대현자란 족속은 호기심이 지나쳐서 탈이야. 뭐, 나도 예외는 아니지만. 나 모레얀은 스스로 망량이 되어 리토랄레와 계약하기 전, 한 가지 조건을 걸어 두었다. 내가 평생 추구한 대지의 기운이 크게 흔들리게 되면 누가 날 불러내지 않아도 깨어나는 게 바로 그 조건이었지. 지난번 내가 깨어났을 때, 북쪽 도시 스트라타가 잿더미로 변했다. 땅이 분노해 그 도시의 절반을 집어삼켰고, 나머지는 불로 타 버린 거지. 지금 내가 느끼기로는…… 그때와는 비교도 안 되는 재앙이 여기로 다가오고 있는데, 그렇게 가만히 서서 사람들 죽기를 기다릴 거냐?"

"……다녀오겠습니다."

파르소겐은 즉시 리토랄레의 소매에서 검은 와이번을 불러냈다.

대현자가 등에 올라타자 와이번은 날개를 퍼덕이며 날아올랐다.

스트라타의 비극은 잘 알고 있었다. 호지센의 대현자가 시장에게 경고해 주민이 피난을 시작했지만, 수천 명의 사람들이 지진에 희생되고 말았다.

토규석을 팔 만한 상점은 아직 문이 닫혀 있었다.

파르소겐은 금현대상단을 찾아갔다.

하늘에서 내려와 부드럽게 착지한 와이번을 본 문지기는 벌벌 떨었다.

"어서 단주에게 전하도록. 대현자 파르소겐이 찾아왔다고 말이야."

"……알겠습니다요."

금현대상단은 상인 집단답게 그 반응이 굉장히 빨랐다. 깔끔하게 차려입은 수석 집사가 파르소겐이 기다리는 정문으로 찾아온 것이다.

"무례를 용서하십시오."

"이 시간에 찾아온 사람이 무례한 거지. 노단주를 뵙고 싶네."

"알겠습니다. 따라오시지요."

수석 집사의 안내를 받아서 도착한 곳은 응접실이었다.

오래 기다릴 필요는 없었다.

"대현자님께서 누추한 곳까지 직접 찾아 주시다니, 오늘은 해가 서쪽에서 뜨려나 봅니다."

노단주 금현파파가 웃으며 응접실로 들어섰다.

여자의 몸으로 평생 금현상단을 이끌어 온 그녀는 이미 대현자가 찾아온 이유 네댓 가지를 머릿속으로 떠올리고 있었다.

"워낙 급한 일이라서 본론부터 말씀드리겠습니다. 금현대상단이 보유하고 있는 토규석을 모두 구입하겠습니다. 물건은 지금 가져가고, 대금은 오늘 중으로 처리하고 싶습니다."

"……."

금현파파의 얼굴에서 웃음기가 사라졌다. 잠시 눈앞의 남자가 대현자가 아니라 사기꾼이 아닐까 의심할 정도로, 이 상황은 예상 밖이었다.

신출귀몰한 대현자가 이 새벽에 갑자기 찾아와 토규석을 내 달라니!

대체 무슨 일이 벌어지고 있을까?

파르소겐은 눈 한번 깜빡이지 않고 노단주를 바라보고 있을 뿐이었다.

"토규석은 그냥 드리겠습니다. 그저 왜 필요하신지만 알려 주십시오."

금현파파의 말에 뒤에 서 있던 수석 집사의 눈빛이 흔들렸다.

대부분의 성질석은 커질수록 기하급수적으로 비싸지는 상품이었다.

파르소겐은 탄성을 터트렸다. 왜 금현대상단이 총상회의 기둥인지 알 것 같았다. 이런 배포와 지혜를 갖춘 대상인이 상단을 운영하고 있다니.

"재앙이 다가오고 있습니다."

"푼투스, 당장 토규석을 가져와 대현자님께 드리게."

"네, 단주님."

수석 집사는 군말 없이 명령에 복종했다.

"대현자님, 제 손자 녀석을 잠시 맡겨도 되겠습니까?"

금현파파가 물었다.

"망량 봉쇄 구역으로 들어가는데, 괜찮겠습니까?"

"그 정도도 감당하지 못하면 소단주 자리에서 쫓겨나야지요. 치운아."

금현파파의 부름에 복도에서 대기하던 소단주 금치운이 응접실로 들어섰다.

"금치운입니다."

"오, 아주 잘생긴 청년이로군."

"틈이 많은 아이입니다. 많은 가르침, 부탁드립니다."

이 순간 금현파파는 노단주가 아니라 손자를 맡기는 할머니였다.

싱크

고개를 끄덕인 파르소겐은 금속으로 테두리를 두른 화려한 상자를 양손으로 안은 수석 집사를 보았다. 금치운이 그 상자를 받았다.

"그럼."

파르소겐은 급히 밖으로 나갔다.

굵은 다리를 딛고 등으로 올라간 대현자는 눈에 공포가 어린 소단주를 쳐다봤다. 누구든 이런 짐승에 타 본 적이 없으면 저렇게 두려워할 것이다.

"넌 여기 있거라."

"……아닙니다."

벌벌 떨면서도 와이번의 등으로 올라오는 금치운.

파르소겐은 빙긋 웃었다.

'금현대상단의 미래가 밝군.'

잠시 후, 와이번은 하늘로 날아올랐다.

옥상에는 사람들이 모여 있었다.

모레얀이 바닥에 그리는 복잡하고 정교한 방원대심진은 완성 직전이었다.

스노빈은 저 독특한 여자가 과거 호지센의 회주였으며, 지금은 리토랄레에 잠들었다가 깨어난 망량이라는 사실에 눈을 떼지 못했다.

체리, 아로간타르 그리고 예살란은 멀리 떨어져서 모레얀과 주술진을 바라보고 있었다.

검은 와이번이 옥상으로 내려왔다.

와이번 등에서 훌쩍 뛰어내린 파르소겐은 금치운에게서 받은 상자를 들고 모레얀을 향해 달려갔다. 와이번은 다시 연기처럼 변해 리토랄레에 흡수되었다.

"구했구나."

"전 대현자니까요."

"건방진 녀석. 토규석은 중앙에 놓아라. 그리고 넌 여기서 있어라."

모레얀은 파르소겐의 위치를 손가락으로 지정했다. 방원대심진의 내부였다.

"알겠습니다."

파르소겐은 상자를 열어 주먹만 한 토규석 세 개를 주술진의 중앙에 놓고 뒤로 물러나 동그란 원 세 개가 겹쳐진 곳에 섰다.

"너희는 뒤로 물러서라."

모레얀이 스노빈, 체리 등을 보며 말했다.

길게 숨을 들이마신 모레얀은 두 손을 앞으로 뻗었다.

손바닥에서 흘러나온 암갈색 기운이 방원대심진에 닿자 전체가 황토색으로 변했다. 그 빛은 중앙으로 몰려가 토규석을 에워쌌고, 곧 주술진 전체가 빛을 뿜어냈다.

방원대심진이 발동된 것이다.

그때, 파르소겐이 딛고 서 있던 땅이 흐물흐물해지더니 아예 꺼져 버렸다.

"아아악!"

파르소겐은 비명을 지르며 추락했다.

건물을 통과해 땅으로 파고들었지만 속도는 더 빨라졌다.

그제야 파르소겐은 자신이 진짜로 추락하는 게 아님을 알아차렸다. 지금 몸은…… 실체가 아니었다.

'망량 같잖아.'

주위는 깜깜했다. 얼마나 땅속으로 내려왔는지 알 길은 없었다.

그때, 갑자기 붉은 빛이 사방을 밝혔다.

파르소겐은 할 말을 잃었다.

'붉은 강이야. 이 뜨거운 액체…… 본 적 있어. 벤도프 공동묘지에서. 산봉우리를 날려 버릴 만큼 어마어마한 위력을 지니고 있었지. 이게 왜 엘루마 지하에 있는 거지? 아! 모레얀 님이 말씀하신 재앙이 바로 이거였어.'

파르소겐은 닿는 건 무엇이든 녹이고 태우는 붉은 강이 위로 솟구친다면 엘루마는 폐허가 되고 말 거라고 확신했다.

방향이 바뀌었다. 아래로 내려가던 파르소겐은 이제 붉은 강을 따라 수평으로 이동하고 있었다.

강을 거슬러 올라가 수원지인 조그만 샘에 이르듯, 대현자는 붉은 강의 시작점에 이르렀다.

이제 대현자는 위로 솟아올랐다.

복잡하게 엉켜 있는 광물을 스치듯 지나간 파르소겐은 갑자기 나타난 커다란 공간에 우뚝 서 있는 거대한 나무를 보고 깜짝 놀라 입술을 떨었다.

'세, 세계수야. 멸종됐다고 알려진 세계수가 어떻게 여기 있는 거지?'

대현자는 세계수 아래에 그려진 대형 마법진을 발견했다. 그 마법진은 세계수가 저절로 자란 게 아니라, 누군가의 의도로 이곳에 심겼다는 증거였다.

마법진 근처에는 개미처럼 보이는 사람들이 있었다. 그중 한 사람은 파르소겐이 아주 잘 아는 사람이었다.

'하르도겐! 하르도겐!'

파르소겐은 입을 벌려 고함을 질렀지만, 방원대심진에 의해 변형된 지금 상태로는 아무 소리도 나오지 않았다.

갑자기 실종된 동생 하르도겐이 세계수와 함께 있다는 사실은 아무리 현명한 대현자라고 해도 이유를 상상하기조차 어려웠다.

그토록 찾기 위해 애를 쓴 동생이 이런 곳에 있을 줄이야.

파르소겐은 드디어 땅 위로 올라왔다. 공중에 뜬 그는 달빛이 내려앉은 산맥을 알아보았다.

'레기루트야. 하르도젠은 레기루트 산맥의 지하 어딘가에 있어.'

당기는 힘이 느껴졌다.

서쪽으로 끌려가기 시작하면서도, 파르소겐은 레기루트 산맥에서 눈을 떼지 못했다.

동생에게 무슨 일이 벌어졌을까?

아까 본 바로는 누군가에게 잡혀 있거나 협박을 당하는 것 같지는 않았다. 하나밖에 없는 형에게까지 소식을 끊을 만큼 중요한 일이 있을까?

순식간에 빛의 도시 엘루마에 이른 파르소겐은 망량의 봉쇄 구역을 뚫고 방원대심진이 설치된 건물 옥상에 도착했다.

정신과 육체가 하나가 되는 순간, 모레얀은 뒤로 물러나며 주술진을 멈췄다.

모레얀이 파르소겐 앞으로 걸어가서 물었다.

"휴우, 힘들군. 무엇을 보았느냐?"

"……이곳 엘루마의 지하에서 레기루트 산맥 땅속까지 붉은 강이 흐르고 있습니다. 아마도 그 붉은 강이 위로 치솟아 이 지역 전체를…… 파괴할 것 같습니다."

"남은 시간은 길어야 이틀, 어쩌면 하루뿐일지도 모른다. 나머지는 네게 맡기마. 호지셴의 이름을 더럽히지 마라."

그 말을 끝낸 모레얀은 연기처럼 흩어지더니, 파르소겐이 입고 있던 리토랄레의 가슴으로 스며들었다.

파르소겐은 돌아섰다.

스노빈, 체리와 아로간타르 그리고 금치운이 설명을 기다리며 대현자를 바라보고 있었다.

넌 이미 알아

종유석이 아찔하게 매달린 동굴 안쪽의 넓은 공간에는 커다란 마법진이 설치되어 있었다.

직경이 100미터에 이르는 마법진은 원, 타원, 삼각, 사각, 오각 등 복잡하면서도 미묘한 기하학적 형태로 가득 채워져 있었다.

마법진으로 다가서는 한 사람.

"제기랄. 만계로 내려가야 하다니."

그는 침을 탁 뱉었다. 가래가 섞인 침은 마법진에 닿자 허연 연기를 뿜으며 사라졌다.

"함부로 침 뱉지 마라, 레반. 감독관에게 걸리면 처벌 기간이 늘어날지도 모른다. 조심하는 게 좋아."

키는 작지만 체구가 다부진 드워프가 자신보다 큰 도끼를 한 손으로 든 채 걸어왔다.

"넌 볼 때마다 몸이 비대해지는 것 같아."

"칭찬이지?"

테룽은 쿵! 도끼를 바닥에 꽂았다. 그 단단한 바닥에 날이 깊이 박힐 만큼 드워프는 거력의 소유자였다.

"다, 당연히 칭찬이지. 아아, 이 달콤하면서도 시원한 향기…… 세르프가 오고 있는 거야."

레반이 눈을 반쯤 감은 채 동굴 입구 쪽으로 코를 들며 냄새를 맡았다.

반투명한 파도 형태의 물의 정령 코리스를 탄 엘프 세르프가 30센티미터 정도 뜬 채로 날아오고 있었다.

"아무도 없네."

무심하게 툭 내뱉는 말에 레반이 즉시 반응했다.

"야! 우리는 안 보여?"

"대주님은?"

세르프는 인간과 드워프를 보며 물었다.

그때, 저벅저벅 한 사람이 천천히 마법진을 향해 걸어오자 세르프의 얼굴에 미소가 피었다.

"대주님!"

물의 정령 코리스를 정령계로 돌려보낸 세르프가 유난히 얼굴이 창백한 남자를 향해 달려갔다.

"감독관은?"

"아직 안 왔어요."

세르프는 무심한 질문에도 환하게 웃고 있었다.

추광대를 이끄는 대주이자 뱀파이어의 일족이며 혈문 소속 중급 무사인 트로얀은 세르프, 레반 그리고 테롱을 쳐다봤다.

'이 녀석들은 날 믿고 내 결정에 따랐어. 그 결과, 지독한 처벌을 받게 된 거고. 할 수만 있다면 나 혼자 감당해야 했는데.'

추광대는 룬트란 왕국 남서쪽에 위치한 빛의 도시 엘루마를 담당한 혈문의 조직이었다. 대주로서 트로얀은 대원들을 이끌고 레기루트 산맥 지하의 던전으로 내려가 거기서 벌어지는 기현상을 조사했다.

문제는 엘루마에서 벌어진 소동이었다. 망량 봉쇄 구역이 생겨났을 뿐 아니라, 드래곤이 이방인의 퀘스트에 등장해 어마어마한 혼란이 도시를 휩쓸었다.

"대주님 잘못이 아니에요. 그건 불가항력이니까요. 드래곤 헤라가 이방인의 사냥터에 나타날 줄 누가 예상이나 했을까요?"

레반이 쾌활하게 말했다.

"저도 같은 생각입니다."

테롱이었다.

넌 이미 알아   283

트로얀의 입술이 살짝 비틀렸다. 표정 변화가 거의 없는 뱀파이어에게 그 찡그림은 환한 미소와 다를 바가 없었다.

그때, 귀족 특유의 화려한 복장을 갖춘 남자가 천천히 걸어왔다.

트로얀은 그를 알아봤다.

감독관 주윤!

"모두 모였군. 바로 설명해도 되겠지? 자네들은 장로회의 결정으로 여기 왔네. 처벌 내용은 만계 10년이네. 잘 알고 있겠지만, 만계에서 10년을 버티는 건 아주 어렵고…… 위험한 일이라네. 자칫 잘못하면 정신이 붕괴되어 자신이 누군지조차 잊어버릴 테니까 말이야."

주윤의 눈은 웃고 있었다.

"……10년?"

트로얀의 목소리가 떨렸다.

10년이라니!

그 누구도 만계에서 10년을 버틴 적은 없다. 이건 아예 죽으라는 말이었다.

트로얀은 주윤을 노려보았다. 그 사나운 시선을 주윤은 가볍게 받아쳤다.

"자네처럼 고고하고 자존심 센 무인이라면 10년은 우습겠지. 안 그런가?"

"알겠습니다."

장로회가 결정을 내렸다면 번복 가능성은 없다. 혈문 내에서 자신을 위해 불합리한 처벌에 항의할 사람도 지금은 생각나지 않는다.

　혈문을 위해 그렇게 충성을 다했건만, 이런 식으로 버려질 줄이야.

　트로얀은 주윤의 말을 가만히 듣고 있을 생각이 조금도 없었다. 대원들도 마찬가지였다.

　그들은 성큼성큼 '만계진' 중앙으로 걸어갔다.

　웃음기가 사라진 주윤은 추광대를 노려보고 있었다.

　"여전히 오만하군. 잘 가게나."

　차갑게 말한 감독관은 만계진을 발동시켰다.

　마법진 전체가 빛을 뿜으며 진동했고, 잠시 후 밝은 빛이 추광대를 뒤덮었다.

　어두컴컴한 땅이 나타났다.

　트로얀은 주위를 살폈다.

　거대한 나무가 하늘을 찌를 듯 솟구쳐 있었고, 아득히 높은 곳에서 펼쳐진 나뭇가지에 달린 넓적한 잎사귀들이 지붕을 이루어 운 좋은 햇살 몇 가닥만 바닥으로 내리비치고 있었다.

"혈문은 우리를 버렸어요."

흐느끼는 세르프.

트로얀은 아름다운 엘프를 쳐다본 후, 시선을 옮겨 레반과 테룽을 살폈다. 그들 또한 실망으로 가득한 얼굴이었다.

만계 10년형에 담긴 의미를 그들은 잘 알고 있었다.

"아니, 우리가 혈문을 버린 거다. 우린 반드시 돌아간다. 그래야 우릴 이 지경으로 만든 놈들에게 복수를 할 수 있겠지. 안 그러냐?"

"대주님 말씀이 옳습니다."

테룽이었다.

"다들 여기 있어."

명령을 내린 트로얀은 가볍게 땅바닥을 박찼다.

10미터 남짓 뛰어오른 그는 두 나무 사이를 지그재그로 올라 순식간에 꼭대기에 이르렀다.

바람에 천천히 흔들리는 나뭇가지 끝에 선 그는 뒷짐을 지고 사방을 바라보았다.

녹색의 바다가 펼쳐져 있었다.

하늘에는 와이번을 닮은 짐승이 5미터가 넘는 날개를 펼친 채 날아다녔다.

햇살은 약했다. 해는 지는 중이었다.

고개를 돌린 그는 아직은 흐릿한 다섯 개의 달을 발견했다.

'이번이 다섯 번째인가?'

처음에는 혈교에서 공부를 위해 내려왔었다. 나머지는 모두 혈문의 규율을 어겼다는 이유로 받은 처벌이었다.

하지만 가장 긴 처벌 기간이 만계 기준으로 반년이었다. 함께 내려왔던 이들 대다수가 반년도 못 되어 미쳤고, 발작으로 주위 사람을…… 또한 자기 자신을 해쳤다.

"어?"

트로얀의 눈이 가늘어졌다.

저 멀리 어렴풋이 보이는 산꼭대기에서 새까만 연기가 솟아오르고 있었다. 산은 타 버렸는지 온통 검은색이었다.

'불의 산이야. 저쪽으로는 가면 안 되겠어.'

트로얀은 역침반을 꺼냈다. 내공을 주입하자 동그란 역침반 안쪽의 바늘이 좌우로 돌기 시작했다.

'운이 좋아야 할 텐데.'

바늘이 하나의 방위를 가리킨 순간, 검은색이었던 바늘이 푸른색으로, 붉은색으로, 노란색으로 그리고 회색을 거쳐…… 흰색으로 바뀌었다.

트로얀은 깜짝 놀랐다.

'흰색? 처음이야. 역침반의 바늘을 하얗게 바꿀 만큼 어마어마한 유물이 저쪽에 있다는 건가? 어쩌면 일찍 티메후르를 찾아낼 수 있을지도 모르겠다.'

그는 기다리고 있을 대원들에게로 내려가, 역침반을 보여 주었다.

다들 흥분을 감추지 못했다.

"대체 뭐가 있을까요?"

세르프가 물었다.

"가 보면 알겠지."

트로얀 역시 조바심을 완전히 숨길 수 없었다. 마치 보물을 찾아 헤매던 어린 시절로 돌아간 기분이었다.

트로얀의 시선에 마법사 레반은 검은색 분필 세 개를 꺼내서 앞으로 던졌다.

레반의 의지에 따라 움직이는 분필 시누타는 바닥에 정교하면서도 복잡한 텔레포트 마법진을 그렸다. 반경 5미터나 되는 빛나는 마법진이 완성되자, 레반이 그 위에 서서 마력을 주입했다.

그 마법진이 발동된 순간, 네 명은 사라졌다.

마법진이 만들어졌던 곳은 풀이 까맣게 타 버렸고, 일부는 갈색으로 시들었다.

트로얀은 역침반을 들여다보았다.

동그란 역침반 중앙에 박혀 있는 바늘은 눈처럼 하얀 색으로 변한 채, 정확히 저 아래 펼쳐진 도시를 가리키고 있었다. 바늘의 떨림은 도시의 범위를 벗어나지 않았다.

"저런 도시, 처음 봐요."

엘프 세르프의 목소리에는 희미한 두려움이 서려 있었다.

룬트란 왕국은 물론 중명 제국에서도 보지 못한 높은 건물이 숲을 이루는 거목처럼 빼곡히 들어섰고, 외벽을 가득 채운 유리는 흐릿한 햇살도 반사시켜 주변으로 흩뿌리고 있었다. 그 사이로 시원하게 뚫린 길은 시꺼멓고 매끈해서 내려다보는 추광대를 불안하게 만들었다.

"이방인의 도시다."

트로얀이 말했다.

세르프는 물론 레반과 테룽까지 할 말을 잃었다.

"왜 만계에 이방인의 도시가 있는지 아무도 모른다. 왜 저 거대한 도시가 버려졌는지, 왜 저기에 좀비 같은 몬스터가 득시글대는지 대답할 사람도 없다. 그러니까 수수께끼는 집어치우고 오직 한 가지 목표에만 집중하도록. 티메후르를 찾아서 빨리 이곳을 벗어나는 게 우리의 목표다."

"네, 대주님!"

엘프, 인간 그리고 드워프가 동시에 대답했다.

평소보다 목소리가 크고 거칠었는데, 마치 낯선 공포를 쫓아내려는 의식 같았다.

추광대는 숲과 덤불로 뒤덮인 산비탈로 내려가기 시작했다. 선두는 위험을 재빨리 알아차리는 트로얀이 맡았고, 후방은 뚝심 있는 테룽의 몫이었다.

"언젠가 꼭 이계로 가 보고 싶어."

엘프 세르프는 소환한 물의 정령 덕에 서핑하듯 편하게 내려가면서 꿈꾸듯 속삭였다.

"그 능력으로는 어려울걸."

땀을 뻘뻘 흘리며 나뭇가지 사이로 머리를 숙인 레반이 퉁명스럽게 말했다.

"뭐?"

인간을 노려보는 엘프.

"혈문 중에서도 최강의 능력자만 이계로 넘어갈 수 있잖아. 너에게도, 나에게도 그건 꿈에 불과해. 대주라면 가능성이 있을지도 모르지만."

"……그건 그래."

입술을 삐죽이며 인정한 엘프는 날카로운 눈으로 전방의 장애물이나 덫, 함정 따위를 살피는 뱀파이어를 쳐다봤다.

만약 트로얀이 걸리적거리는 대원들을 버리고 출세를 위해 살아왔다면 지금과는 비교도 되지 않는 자리까지 올라갔을 것이다. 트로얀은 혈문 소속 각성자 중에서도 저평가된 인물 중 하나라고 그녀는 생각했다.

"문제는 그 버릇이야."

레반이 한숨을 내쉬었다.

"아, 그거?"

세르프까지 동의하는 눈치였다.

"속도를 올린다."

트로얀이 말했다.

추광대는 빠르게 산기슭을 내려가 도시의 외곽으로 달리기 시작했다.

레반은 선반 위에 놓여 있는 깡통을 향해 천천히 손을 뻗었다. 이해할 수 없는 글자가 쓰인 깡통은 매우 단단한 금속 재질이었다.

'혹시, 폭탄?'

죽음의 마탑 칼리고크에서 본 폭탄과 느낌이 비슷했다. 화들짝 놀란 그는 깡통을 내던지며 동료들을 향해 소리쳤다.

"폭탄이야! 모두 피해!"

레반과 세르프, 테룽이 호들갑을 떨며 입구로 내달리는데, 트로얀은 평소와 달리 입이 찢어지도록 웃으며 오히려 바닥에 떨어진 깡통 쪽으로 다가가 주워 올렸다.

"……대주?"

레반이 하얗게 질린 얼굴로 트로얀을 쳐다봤다.

트로얀은 뱀파이어 특유의 예리한 손톱으로 깡통의 뚜껑을 땄다. 그리고 샛노란 파인애플 조각 하나를 들어 올려 입에 넣고 오물거렸다.

숨이 막힐 만큼 맛있었다. 룬트란 어디에도 이 깡통 속 과일만큼 과즙이 풍부한 열매는 없었다.

"폭탄이 아니에요?"

세르프가 다가왔다.

"먹어 봐."

트로얀은 세르프에게 통조림을 넘겼다.

트로얀이 먹었던 파인애플을 신중하게 살짝 깨문 엘프의 눈이 번쩍 뜨였다. 도넛처럼 생긴 파인애플을 양쪽으로 접어 입안에 넣은 엘프는 행복한 표정을 지었다.

반신반의하던 테룽도 파인애플 앞에서는 뚱한 표정을 풀고 활짝 웃었다.

마지막은 폭탄이라며 깡통을 내던진 레반이었다.

"이게 폭탄이야?"

세르프의 지적도 듣지 못할 만큼 레반 역시 그 통조림의 맛에 푹 빠졌다.

셋은 서로를 쳐다보다, 동시에 움직였다. 선반에 놓여 있는 통조림을 챙기기 시작한 것이다.

그중에는 파인애플뿐 아니라 꽁치가 든 통조림도 포함되어 있었다.

트로얀은 대원들을 보며 피식 웃었다.

'나도 여기 처음 왔을 때는 딱 저랬지. 여긴 일종의 상점이야. 잡화점이라고 할 수 있어. 다만, 취급하는 상품의 종류가

아주 다양하고 저 깡통처럼 독특한 방식으로 음식을 보관한
다는 게 다를 뿐이야.'

트로얀은 마트를 돌아다니며 필요한 물건을 확보했다.

만계에 이방인의 도시가 존재하는 이유는 모르지만, 이번
엔 아주 운이 좋았다. 이방인의 도시는 여기 상점처럼 물건
이 아주 풍부해서 힘겹게 사냥으로 먹거리를 구할 필요가 없
었던 것이다.

그때, 상점의 유리창 너머로 추악한 몰골이 보였다.

'좀비야.'

트로얀이 낮게 휘파람을 불자, 거짓말처럼 세 명의 대원이
동작을 멈추고 대주를 쳐다봤다.

트로얀은 손짓으로 창밖을 가리킨 다음, 손가락으로 자신
과 위를 번갈아 가리켰다. 위로 올라갈 테니 따라오라는 뜻
이었다.

트로얀은 대원들을 이끌고 상점이 자리 잡은 건물의 옥상
으로 올라갔다.

옥상 난간에서 아래를 내려다보니 예상대로 수백 마리의
좀비가 이미 주변을 에워쌌고, 일부는 안으로 밀려들고 있
었다.

"텔레포트."

트로얀은 레반을 보며 말했다.

고개를 끄덕인 레반은 텔레포트 마법진을 만들어 냈다.

잠시 후, 비틀거리며 옥상으로 올라온 좀비들은 바닥에 남은 검은 마법진 흔적만 발견했을 뿐이었다.

"아까는 위험했어."

세르프는 푹신한 침대를 손으로 눌러 보며 말했다.

이렇게 푹신한 침대가 세상에 존재할 수 있다니. 그 위로 올라가 누웠는데, 몸이 스르륵 녹아내리는 느낌이었다.

"대주의 빠른 판단 때문이지."

레반은 베란다로 나가 호텔 아래를 내려다보았다.

좀비들이 도로로 몰려다녔고, 저 먼 곳에서는 키가 10미터나 되는 대형 몬스터 요툰이 쿵쿵 소리를 내며 이동하고 있었다. 하늘에는 박쥐를 닮은 거대한 몬스터가 돌아다니는 중이었다.

"목마르다."

테룽이었다.

"물? 저 작은 방에 있어."

레반이 손가락으로 화장실을 가리켰다.

테룽은 지나치게 깨끗한 방으로 들어가 주위를 살폈다.

고개를 끄덕인 드워프는 변기에 머리를 처박고 물을 마셨다. 속으로는 이방인들은 왜 이런 식으로 물을 마시는지 이상하다고 생각했다.

그러면서 아무리 마셔도 물이 줄지 않아 더 이상하다고 생각했다.

"다 마시지 마. 나도 목 말라."

세르프였다.

테룽이 나오자 세르프도 얼굴을 변기 안으로 집어넣고 갈증을 해결했다.

레반도 같은 방식으로 물을 마셨다.

그때, 대주 트로얀이 들어왔다.

"쯧쯧."

"왜요?"

세르프가 물었다.

"머리를 써야지."

트로얀은 테이블에 놓인 컵으로 변기의 물을 떠서 천천히 마셨다.

"와아!"

대원들이 일제히 감탄을 터트렸다.

트로얀은 푹신한 소파에 앉았다.

"오늘은 푹 쉬고 내일부터 도시를 본격적으로 살필 것이다. 나와 레반이 함께 동쪽을 조사할 테니까, 세르프와 테룽이 서쪽을 맡도록."

"제가 대주와 같이 움직이면 안 될까요?"

엘프 세르프였다.

빤히 쳐다보는 트로얀.

"그냥 해 본 말이었어요."

입술이 튀어나오는 세르프.

"방은 충분히 많으니까 편한 대로 사용해도 될 거야."

트로얀은 복도로 나갔다.

레반이 방을 찾아서 사라지자, 세르프가 테룽을 노려보며
말했다.

"굳이 함께 움직일 필요는 없다고 생각하는데."

"나 역시."

무뚝뚝한 테룽은 도끼를 어깨에 올린 채 대답했다.

도시를 한눈에 내려다볼 수 있는 자리에 선 김현은 고향에
돌아온 것처럼 가슴이 설레었다.

한동안 도시 지역엔 일부러 접근하지 않았다. 언제까지 뎁
스 파이브의 세계에 있어야 할지 몰랐기 때문에, 익숙한 곳
에서 시간을 보내면 해야 할 일도 내팽개치고 위로 도망쳐
버릴까 염려했던 것이다.

여기 온 이유는 당연히 티메후르 때문이었다. 과거에 도시
의 지하에서 티메후르를 찾아낸 적이 있었던 것이다.

도시는 아름다웠다.

김현은 예전과 달리, 페플에 속한 이곳에 왜 저런 도시가 있을지 생각해 봤다. 어쩌면 이곳은 페플과 현실이 뒤섞인 기묘한 공간일지도 모른다. 그 이유에 대해선 짐작조차 어려웠다.

'진후라면 알아낼 수도 있을 텐데.'

그때, 김현은 최근에 생긴 발자국을 발견했다.

쭈그리고 앉아 발자국을 자세히 살핀 김현.

"하나, 둘, 셋…… 넷이야."

보폭으로 볼 때 최소한 여자가 한 명…… 그리고 덩치가 큰 남자도 한 명이었다.

발자국은 아래로 이어졌다. 그건 곧 저 도시를 찾아온 손님이 있다는 뜻이었다.

뎁스 파이브의 세계. 천야장이 만계라 부르는 이 세계에 내려온 후 적어도 수십 년이 지났건만, 대화를 나눌 만한 존재를 만난 적은 없었다. 눈에 띄기만 해도 달려들어 물어뜯거나 손톱으로 할퀴는 몬스터가 전부였다.

호기심이 피어올랐다.

현섬을 펼쳐 편하게 내려갈 수도 있었지만, 김현은 흔적을 따라서 움직였다. 미끄러진 자국, 꺾인 나뭇가지, 부러진 덤불 등을 자세히 살핀 결과 네 명으로 이루어진 하나의 팀이라는 결론에 이르렀다.

오행의 경지에 오른 덕에 각자의 흔적을 보다 깊이, 자세히 알아낼 수 있었다.

도끼를 휘두르는 덩치, 어둠의 마법을 펼치는 마법사, 물의 정령을 이용하는 정령술사는 대수롭지 않은 실력의 소유자였지만, 앞에서 이들을 이끄는 리더는 아주 신중한 데다 경험도 많은 인물이었다.

일단 발자국이 매우 흐릿했다. 만약 그 발자국만 있었다면 놓치고 넘어갔을지도 몰랐다. 다른 사람들이 도저히 무시할 수 없는 선명한 흔적을 남겨 놓을 때, 그 사람만 유령처럼 자취를 지웠던 것이다.

도시로 들어오자 발자국은 사라졌다. 하지만 조심성 없는 덩치, 마법사, 정령술사 덕에 김현은 그 뒤를 놓치지 않고 따라갈 수 있었다.

김현은 악취로 진동하는 마트로 들어섰다. 이 냄새엔 아주 익숙했다. 바로 좀비들 체취였다.

"어?"

김현을 놀라게 한 건 흐트러진 선반이었다.

쌓인 먼지로 보건대 놓여 있던 통조림을 아주 최근에 누군가 건드렸고 그중 다수를 가져갔다.

바닥에 뒹구는 깡통 하나를 들어 올린 김현의 눈이 빛났다. 뚜껑이 열려 있는데, 아주 예리한 단검 같은 걸로 딴 게 분명했다.

'유니온의 아카데미 소속 교육생이 여기로 내려오는 테스트를 받는다는데…….'

외국에서 혼자 살다가 고국 사람을 만났을 때처럼 김현은 괜히 반가웠다.

흔적을 따라서 옥상으로 올라간 그는 바닥에 남아 있는 마법진을 발견했다.

마법진에 대해 아는 바는 거의 없지만, 콘크리트 바닥을 새까맣게 태워 버릴 만큼 강력한 마법진의 기운을 느낄 수는 있었다.

바로 음의 기운이었다. 그중에서도 생명의 반대편, 죽음의 힘이 타 버린 옥상 바닥에 남아 있었다.

'유니온이 아닐지도 모르겠다.'

옥상 난간에 선 그는 주위를 쳐다봤다. 거리는 텅 비어 있고, 가로등 중 몇 개는 허리가 부러져 인사하는 조폭처럼 보였다.

그때, 고함 비슷한 소리가 멀리서 들렸다. 금속과 금속이 부딪칠 때의 맑은 소리가 뒤따랐다.

김현은 즉시 이동술을 펼쳤다.

김현은 건물 꼭대기 외벽에 붙어 있는 간판 위에 서서 아래를 내려다보았다.

드워프 하나가 좀비 떼에게 둘러싸인 채 도끼를 휘두르고 있었다.

날이 톱니처럼 생긴 그 도끼는 좀비의 가슴과 허리에 구멍을 내고 때로는 반 토막으로 잘라 버릴 만큼 예리했지만 좀비의 수가 너무 많았다.

'드워프야. 진짜 드워프. 그렇다면 유니온 소속 교육생은 아니야.'

기대가 컸던 만큼 실망도 컸다. 유니온의 교육생이라면 안진후가 어떻게 지내는지, 쿠데타는 어떻게 정리됐는지 들을 수 있을 텐데.

드워프가 거칠게 헐떡이는 소리가 김현에게까지 올라왔다. 내버려 두면 좀비 떼에게 먹히고 말 것이다.

김현은 허리의 벨트에서 플레임소드를 뽑았다. 죽음의 속성이 강한 좀비에겐 이 뜨거운 불이 효과적일 터였다.

플레임소드를 쥔 채 아래로 뛰어내린 김현은 가볍게 수평으로 검을 휘둘렀다.

쾅!

내공이 주입되자 뿜어져 나온 화염의 칼날이 좀비 일곱을 반으로 갈랐고, 불길은 그 너머의 좀비까지 집어삼켰다.

좀비들이 순간 멈추자, 김현은 불의 춤을 추기 시작했다. 파트너를 잿더미로 만드는 파괴의 춤이었다.

삽시간에 백여 마리의 좀비가 죽거나 불탔다. 압도적인 힘에 짓눌린 나머지는 비틀거리며 물러서더니 거리 곳곳으로 흩어져 버렸다.

김현은 천천히 돌아섰다.

부러진 신호등에 엉덩이를 대고 앉은 드워프는 씩씩거리면서도 김현을 노려보고 있었다.

"……너, 뭐냐?"

드워프가 말했다.

김현은 희열에 사로잡혔다.

저 말투와 내용은 마음에 들지 않지만, 낯선 누군가와 대화를 할 수 있다는 사실 자체가 주는 기쁨은 어마어마했다.

"목숨을 구해 준 사람에게 할 말은 아닌 것 같은데."

"……고맙다. 난 테룽이다."

"여기 만계에는 왜 내려왔지?"

"그야 처벌을 받아서."

테룽은 보통의 드워프처럼 거칠지만 순수한 사내였다. 질문에 별 의심 없이 진실을 알려 준 것이다.

"무슨 처벌?"

"임무를 제대로 수행하지 않았다는 이유 때문에. 그런데 너는 왜……."

"임무? 무슨 임무?"

김현은 눈을 동그랗게 뜨고 순진한 소년처럼 물었다.

"추광대는 엘루마와 인근 지역을 맡았는데, 엘루마에서 벌어진 일을 놓치고 말았다. 그 때문에 이런 신세가 된 거고."

"뭘 놓쳤는데?"

"룩소르 사냥터에서 벌어진 일. 근데, 왜 그렇게 꼬치꼬치 캐묻는 거냐? 넌 누구야?"

김현은 '노바디'라는 이름을 드워프에게 알릴 수는 없다고 생각했다. 그렇다고 '김현'을 알려 주고 싶지도 않았다. 새로운 이름이 필요했다.

"난…… 젤란드야."

김현은 가장 먼저 떠오른 이름을 입으로 뱉어 냈다. 그럴듯한 이름이었다.

"여긴 어떻게 왔지?"

"어떤 새끼 때문에. 날 속여서 여기에다 처박았어. 비열한 엘프 새끼."

비디타스를 떠올린 김현은 이를 갈았다. 꾸며 낸 분노가 아니었다.

"엘프?"

테룽의 눈이 커졌다.

"할 수만 있으면 죽여 버릴 거야."

진심이 묻어나는 목소리.

"오, 형제여."

테룽의 얼굴에서 딱딱한 표정이 녹아내리고, 동족을 바라보는 듯한 흐뭇한 미소가 떠올랐다.

김현은 놀란 얼굴로 드워프를 쳐다보았다.

텅텅 빈 사거리 중앙에 선 김현은 주위를 둘러보았다.

빛바랜 흰색 횡단보도가 정사각형 모양으로 도로에 새겨져 있었다.

이곳이 제대로 돌아가는 대도시라면 양복 입은 직장인들 수십 명이 신호가 바뀌기를 기다렸다가 한꺼번에 횡단보도를 건널 것이다.

"걱정하지 마. 다들 널 환영할 테니까."

테룽이었다.

김현은 그냥 씩 웃었다.

빌딩과 빌딩 사이의 좁은 길에서 두 사람이 걸어 나왔다. 조각처럼 아름다운 여자는 엘프였고, 지팡이를 든 남자는 인간이었다. 테룽의 설명대로였다.

'저 엘프가 정령술사고, 남자는 마법사겠군.'

대화를 주고받으며 걸어오던 두 사람이 석상처럼 멈춘 이유는 바로 테룽 옆에 서 있는 김현 때문이었다.

그 날카로운 눈빛과 기습에 대비하는 자세, 즉시 불러낸 물의 정령과 언제든 펼칠 수 있게 준비된 마법에 크게 당황한 테룽이 손을 흔들었다.

"나야, 나!"

테룽을 보고도 적대적인 태도를 풀지 않고 천천히 다가오는 정령술사와 마법사는 김현이 조금만 움직여도 공격할 기세였다.

그때, 세르프가 소환한 물의 정령이 활로 변하더니 물 화살을 쏘았다.

핑!

이를 악문 테룽은 도끼 고스통을 가볍게 휘둘러 물 화살을 튕겨 냈다.

"좋지 않은 버릇이야. 무턱대고 화살을 날리는 거."

"대주의 허락도 없이 아무나 데려온 건?"

까칠하게 대꾸하면서도 세르프는 여전히 김현을 노려보고 있었다.

"이 사람은 날 구해 줬다."

그 말에 세르프와 레반은 깜짝 놀랐다. 말수가 적을 뿐, 테룽은 진실을 말하는 드워프였다.

"……그래도 결정은 대주님 몫이야."

레반이었다.

김현은 테룽을 쳐다봤다.

"나 때문에 분란을 일으킬 것까진 없어. 인연 있으면 나중에 또 보자."

김현은 도로에서 벗어나 말라비틀어진 가로수 쪽으로 걸어갔다.

테룽은 김현과 동료들을 번갈아 바라보며 인상을 쓸 뿐 아무 말도 못 했다.

그때, 트로얀이 김현 앞을 막고 섰다.

김현은 상대가 뱀파이어라는 사실에 깜짝 놀랐다.

몇 가지 의문이 자연스럽게 풀렸다. 이 노련한 뱀파이어가 드워프, 엘프, 인간으로 구성된 팀을 이끄는 리더라는 사실은 여전히 수수께끼였지만.

'이 녀석들, 대체 정체가 뭘까? 어떤 조직이기에 처벌로 이런 곳으로 보낼까?'

"대주!"

테룽이 달려왔으나 차마 끼어들지는 못했다.

트로얀의 살기가 김현을 에워쌌다.

김현은 가만히 있었다.

그 살을 에는 듯한 기운은 금세 사라졌다.

다가온 뱀파이어가 말했다.

"트로얀이오."

"겔란드입니다."

김현은 뱀파이어의 눈에 깃든 강렬한 의심을 어렵잖게 발견했다.

그럴 만도 했다. 이 넓은 세계에서 혼자 돌아다니는 인간을 만난다는 건 결코 우연이 아닐 테니까.

"젤란드도 티메후르를 구하고 있답니다. 위로 올라가려고요. 게다가 엄청나게 강합니다. 도움이 될 겁니다."

테룽이 그답지 않게 말을 쏟아 냈다.

팀원을 물끄러미 쳐다본 트로얀이 천천히 고개를 돌려 김현을 응시했다.

"이곳을 벗어날 때까지 잘해 봅시다."

손을 내미는 트로얀의 눈에는 여전히 의심이 담겨 있었다.

"그러죠."

김현은 그 손을 맞잡았다.

도로 중앙선을 따라서 앞서 걷던 트로얀이 멈추며 손을 들었다. 대원들은 그 즉시 몸을 숙이며 주위를 살폈다.

잘 훈련된 특수전 군인 같은 분위기에 김현은 적잖이 놀랐다.

주위를 살핀 트로얀이 손가락으로 모퉁이의 커피 전문점을 가리킨 후, 소리도 없이 이동했다. 대원들이 그 뒤를 그림자처럼 따랐다.

테룽의 눈짓을 본 김현 역시 최대한 조용히 움직였다.

트로얀은 창가 앞으로 의자를 가져가 거기 앉아서 거리를 살피는 중이었고, 나머지는 실내를 둘러보고 있었다.

"여긴 왜 이렇게 의자가 많지?"

레반이 속삭였다.

"딱 보면 몰라? 요릿집이잖아."

세르프였다.

"목마르다."

테룽은 좁은 주방 쪽 통로로 접어들어 화장실을 찾았다.

변기 커버를 열고 얼굴을 밀어 넣어 꿀꺽꿀꺽 물을 마신 드워프가 돌아오자, 인간 마법사와 엘프 정령술사는 컵을 이용해 변기에 고인 물을 떠 마셨다.

테룽을 뒤따라갔다가 그 모습을 본 김현은 터져 나오려는 웃음을 겨우 억누르느라 얼굴이 일그러졌다. 고고한 엘프마저 우아하게 그 물을 마시는 바람에 입술이 계속 씰룩거렸다.

"어디 아파?"

테룽이 걱정스럽게 묻자 김현은 다시 한 번 터져 나오려는 웃음을 참느라 더욱 얼굴이 일그러졌다.

그때, 트로얀이 '쉿!' 소리를 냈다. 대원들은 트로얀 주위로 몰려들어 어두워지는 도로를 내다보았다.

몽둥이나 도끼를 든 거대한 도마뱀이 두 발로 선 채 다가오고 있었다.

"리저드맨."

세르프가 몸서리치며 말했다.

리저드맨은 모두 일곱이었다. 앞장선 녀석이 우두머리인지, 이마부터 정수리를 거쳐 뒤통수까지 온통 붉은색이었다.

김현은 《룬트란 왕국의 역사》에서 본 리저드맨 관련 내용을 떠올렸다.

완전히 자라면 대략 3미터에 이르는 리저드맨은 대단히 빠르고 힘이 세며 동족끼리 팀을 이뤄 사냥하는 몬스터였다.

리저드맨을 공략하려면 일단 강력한 원거리 마법으로 단단한 팀워크를 무너뜨려야 한다. 리저드맨이 흩어지면 비교적 쉽게 각개격파가 가능해진다.

물론 일대일로 리저드맨을 처리하지 못할 만큼 약하다면 아예 덤비지 않고 달아나는 게 상책일 것이다.

그때, 하늘에서 내려온 은회색의 무언가가 후방을 살피느라 위를 놓친 리저드맨의 어깨를 꽉 잡고 날아올랐다. 리저드맨은 끔찍한 비명을 질러 대며 버둥거렸지만 곧 잠잠해졌다.

"……세라돈이네요."

레반이었다.

두 쌍의 날개로 빠르게 움직이는 몬스터는 바로 세라돈이었다.

비너스를 떠올리게 만드는 나체의 몸은 물고기 비늘로 덮여 있었다. 등에 난 날개 중 한 쌍은 옷처럼 몸을 감싸고 있지만 사냥할 때면 활짝 펼쳐졌다.

빌딩 꼭대기로 올라간 세라돈은 리저드맨을 '맛있게' 먹어 치우기 시작했다.

나머지 리저드맨들은 분노로 소리를 질러 댔지만, 곧 대형을 유지한 채 움직이기 시작했다.

도로가 텅 빌 때까지 기다린 트로얀은 일행을 이끌고 커피점을 나와 숙소로 향했다.

호텔에 도착하기 전, 몬스터를 피해 몇 번이나 숨어야 했다. 싸우면 이길 수 있겠지만, 소리와 피 냄새에 다른 녀석들까지 몰려들면 위험해진다는 게 트로얀의 판단이었다.

김현은 군말 없이 그 지시에 따랐다.

지하철 선로는 뻥 뚫린 구덩이 때문에 끊겨 있었다. 뜯겨나간 레일의 끝부분은 엿가락처럼 휘어졌고, 레일을 고정시키는 콘크리트블록은 허공에 대롱대롱 매달려 있었다.

구덩이 가장자리까지 다가간 김현이 손짓하자, 정령술사가 소환한 빛의 정령이 날아와 어둠을 밀어냈다.

'객차잖아.'

추락의 충격으로 우그러진 객차 몇 개가 저 아래에서 나뒹굴고 있었다.

여기서 무슨 일이 벌어졌을까?

김현은 답을 찾을 수 없는 의문을 한쪽으로 치웠다. 지금은 거기 마음을 둘 시기가 아니었다.

뒤통수가 간지러웠다. 굳이 뒤를 쳐다보지 않아도 날카로운 시선을 느낄 수 있었다.

정체를 밝히기 위해 낯선 사람을 받아들인 뱀파이어, 노골적으로 적개심을 내보이는 정령술사, 말은 걸지만 속내는 엘프와 다를 바 없는 인간 마법사는 김현의 일거수일투족을 살피고 있었다.

구덩이로 뛰어내린 김현은 객차 지붕에 착지했다.

도시의 다른 곳처럼, 여기 객차에도 사람의 흔적은 전혀 없었다. 재앙이 도시를 덮쳤다면 곳곳에 백골이 나뒹굴 텐데 어디에서도 발견되지 않았다.

쿵.

드워프 테룽이 김현 옆으로 뛰어내렸다. 두 사람은 선봉을 맡은 상태였다.

"이게 뭐지? 안에 의자 같은 게 있잖아."

"글쎄."

김현은 모른 척했다. 말이 길어지면 꼬리가 잡힐 것 같아서였다.

안전이 확인되자 정령술사와 마법사, 뱀파이어가 구덩이로 내려왔다.

김현과 테룽은 다시 어둠을 향해 뻗어 있는 통로로 움직였다.

싱크

오래지 않아 던전의 입구가 나타났다. 두 개의 철문이 굳게 닫혀 있었고, 철문의 표면에는 복잡한 마법진 같은 문양이 새겨져 있었다.

레반이 그 문양을 조사하는 동안, 김현과 테룽은 나란히 바위를 깔고 앉아 휴식을 취했다. 문이 열리면 두 사람은 다시 앞장서야 할 터였다.

"어떻게 드워프, 엘프, 뱀파이어가 같이 있을 수 있지?"

김현이 속삭였다.

"우리는 특별하니까."

"특별해?"

"설명해 줘도 이해 못 할 거다."

자부심이 깃든 목소리였다.

김현은 더 이상 묻지 않았다.

테룽의 말은 진실 같았다. 설명하기 싫다는 게 아니라, 진짜로 풀어서 이야기를 해도 납득할 수 없는 내용이라는 뜻이었다.

"이상한 꿈, 꾼 적 있어?"

"이상한 꿈이라니?"

"말이 끌지도 않는데 새까만 길 위로 저절로 돌아다니는 금속 재질의 마차 같은 게 나오는…… 그런 꿈 말이야."

신중한 그 말에 김현은 깜짝 놀랐다.

젤란드와 콜마를 괴롭혔던 그 꿈과 같았다.

'이 녀석들…… 각성자야. 그렇다면 이들이 속한 조직은 혈문이 분명해!'

그 생각에 몰두하느라 김현은 자신을 살펴보는 테룽의 시선을 눈치채지 못했다.

"헛소리 같지? 맞아. 헛소리야."

테룽은 '평범한 사람들에게는'이라는 부분을 생략했다.

던전의 문이 열렸다.

김현은 몸을 일으켰다.

던전 내부는 캄캄했다.

마법사 레반이 쏘아 올린 빛은 짙은 어둠을 멀리까지 쫓아낼 만큼 강하진 않았다. 기껏해야 반경 15미터 정도만 밝았고, 그 너머는 새까만 암흑으로 채워져 있었다.

'너무 어두워. 이런 던전은 처음인데. 공기의 질까지 달라졌어.'

김현은 피부를 콕콕 찌르는 묘한 긴장감을 느낄 수 있었다.

선두는 드워프 테룽과 김현의 몫이었다. 거대한 도끼를 움켜쥔 테룽은 거침없이 전진했다.

김현은 뒤를 힐끔 쳐다봤다.

정령술사 세르프와 마법사 레반이 각각 측면을 살피는 중이었고, 뒤로 3미터 정도 처진 뱀파이어 트로얀이 후방을 맡고 있었다.

'훈련이 잘돼 있어. 역시 혈문이라는 건가.'

그 순간, 사부 셀레스카르로부터 받은 퀘스트가 떠올랐다.

혈문의 문주

혈문의 문주는 이 세계의 수호자입니다. 드래곤보다 강하고 신선보다 지혜로워야 오를 수 있는 자리입니다. 현재 혈문은 만들어진 목적을 잃어버린 채 혼란에 빠져 있습니다. 이방인에게 적대적인 혈문으로 들어가 문주의 자리에 올라 혼란을 끝내고 새로운 혈문을 만드십시오.

보상 : 비고를 열 수 있는 문주의 인장 반지

몸을 부르르 떤 김현.

오랜만에 가슴이 두근거렸다. 잃어버려서 아예 포기한 보물을 우연히 되찾은 느낌이랄까.

그 퀘스트를 수락했기 때문에 스노빈을 끌어들였다. 무맹으로 갈 수 있었던 겔란드 대사형과 총상회에서 눈독을 들인 콜마 육사형을 자기 사람으로 만들었다.

유니온의 쿠데타를 막기 위해 동분서주하느라, 비디타스 때문에 뎁스 파이브의 세계로 내려와 몸 내부에 스며든 운명의 구슬 문제에 집중하느라 이 중요한 꿈을 오랫동안 잊고 살았던 것이다.

가슴이 아렸다.

멋진 사람들과 함께 꿀 수 있는 꿈이 있는데, 비디타스가 강제로 흡수시킨 운명의 구슬은 모든 걸 박살 내고 말 것이다. 그 구슬을 몸에 품고 있는 한, 자신은 살아서 움직이는 핵폭탄이나 다를 바 없었다.

구슬을 통제하려면 자신을 잊어야 한다.

그 사람들도, 꿈도 내던져야 한다.

힘을 갖는 대신 기억을, 자기 자신을 포기하는 것이다.

그게 바로 드래곤의 비밀이었다!

'그럴 순 없어! 포기? 웃기지 마. 어딘가에 방법이 있을 거야. 세상을 샅샅이 뒤져서라도 찾아내고 말겠어.'

김현은 마음을 굳혔다.

후회 없이 살기로.

설사 내일 죽는다고 해도, 그 전까지는 제대로…… 멋지게…… 살고 싶었다.

앞에서 이상한 소리가 들렸다. 땅바닥으로 무언가가 굴러오는 소리 같았다.

"정지."

트로얀이었다.

팀이 바로 멈춰 섰다.

김현은 플레임소드를 쥔 채 자세를 낮추었다. 뒤는 신경 쓸 필요 없다. 오랫동안 혼자 사냥하는 데 익숙했던 그에게 팀의 일원이 된다는 건, 낯선 경험이었다.

싱크

'아, 맞아. 나도 예전에 파티를 맺어 던전에 내려갔었어.'

너무도 오래전이어서, 기억은 흐릿했다.

그때, 빛의 범위 안으로 황금빛 슬라임이 기어들어 왔다.

"테룽, 막아!"

트로얀의 명령에 드워프는 커다란 도끼를 휘돌리며 앞으로 돌진했다.

캉캉.

고스팅이 슬라임을 때리자 금속을 치는 소리가 났다.

테룽이 손잡이를 돌리자 도끼날에서 이빨이 튀어나왔다. 뾰족한 이빨이 슬라임의 피부 속으로 파고들었지만 여전히 방어력이 훨씬 높았다.

고스팅은 튕겨 나왔지만 슬라임도 잠시 뒤로 물러났다.

"이거, 굉장히 강해. 보통 슬라임이 아니야."

테룽이 잠시 뒤를 쳐다봤다.

"골든 슬라임이다. 슬라임 중에서도 상급에 속하니까 조심하도록. 죽이기는 어렵다. 일단 막아 낸다고 생각해. 원거리 마법으로 없애면 돼."

"네, 대주."

또 다른 슬라임 두 마리가 달려들어 테룽을 덮치려는 순간, 김현이 앞으로 나서며 플레임소드를 연거푸 두 번 찔렀다.

피부를 뚫고 들어간 플레임소드의 칼끝에서부터 시작된 불길이 슬라임을 태우기 시작했다.

"우와."

테룽과 마법사 레반이 동시에 말했다.

"……나쁘진 않네."

세르프였다.

트로얀은 아무 말도 못 했다.

불을 뿜어내는 저 마법검보다 그를 더 놀라게 한 건, 단순한 찌르기에 깃든 놀라운 속도와 정확성 그리고 파괴력이었다.

'저런 검사에 대해서는 들어 본 적도 없어. 저 몸놀림과 힘…… 마법사는 절대 아니야. 그렇다면 스로칸 소속일까? 그럴 가능성이 높지만, 내가 만난 스로칸 놈들은 저렇게 간결하고 강력한 공격과는 거리가 멀었어. 대체 정체가 뭐지?'

아예 김현이 선두에 서고, 테룽은 약간 뒤로 물러났다.

플레임소드에 닿는 슬라임마다 터지며 불타올랐다. 서른 마리 정도 해치우자 슬라임은 더 이상 나타나지 않았다.

김현은 뒤통수가 따가웠다.

'이 녀석들, 생각보다 약하네. 이 정도로 놀라다니.'

돌아선 김현은 입을 떡 벌린 추광대를 볼 수 있었다. 특히 뱀파이어의 표정이 가관이었다.

트로얀은 눈으로 본 것을 믿을 수 없었다.

'저 동작은…… 광현칠검보가 분명해! 가짜가 아니야. 사부님처럼 초식이 몸에 스며든 경지야! 아니, 사부님보다 한 단계 위 같아.'

천천히 손을 뻗어 등에 매단 검자루를 움켜쥐는 트로얀.

그 모습을 동시에 목격한 레반과 세르프가 서로를 쳐다봤다. 둘 다 같은 생각이었다.

'또 시작이야.'

둘 다 대주를 말리진 않았다. 애써 봐야 소용 없음을 경험으로 잘 알았던 것이다.

빠른 상황 판단, 뚝심 있는 추진력, 융통성 있는 운영 방식 등 대주로서 최고의 자질을 갖춘 트로얀이지만 저 버릇만은 도무지 고쳐지지 않았다.

트로얀은 풍뢰검을 쥔 채 김현 앞으로 걸어갔다.

"추광대주 트로얀이 당신에게 비무를 청합니다."

"비무?"

김현은 진지한 트로얀을 쳐다봤다가 테룽, 레반 그리고 세르프를 살폈다.

뒤쪽으로 물러난 세 사람은 트로얀의 행동을 이미 예상한 듯, 조금도 놀란 기색이 없었다. 마치 어쩔 수 없으니 빨리 끝나기를 바라는 눈치였다.

"부탁드립니다."

트로얀은 자세를 잡았다.

이번에는 김현이 깜짝 놀랐다.

'한정소언이야. 약간 분위기가 다르지만 분명히 광현칠검보의 기수식이야. 저 자세를 뱀파이어가 어떻게 아는 거지?'

김현은 천천히 플레임소드를 들어 올렸다. 내공을 차단하여 불꽃은 검에서 제거했다.

"갑니다."

트로얀이 단숨에 다가와 위에서 아래로 검을 내리쳤다.

재빨리 옆으로 피했지만 김현은 트로얀의 검에서 뿜어져 나온 공기의 압력에 몸이 흔들렸다.

'보통 검이 아니야.'

트로얀의 다음 초식은 광현칠검보의 두 번째 초식 기취이퇴였다. 스프링처럼 튀어나와 검으로 급소를 찌르고 뒤로 물러나는 그 공격을 김현은 자세히 관찰했다.

'내게 광현칠검보를 알려 준 가쿨라 사사형과 비슷하거나 그보다 나은 수준이야.'

그 순간, 김현은 자신이 가쿨라 사사형의 경지를 뛰어넘은 지 오래됐다는 사실을 깨달았다. 하루하루 수련해 오느라 그 사실을 미처 깨닫지 못했을 뿐이다.

마치 위에서 내려다보는 것처럼 트로얀의 자세와 초식 전개 방식에서 몇 가지의 문제점을 알아냈다. 조언 몇 마디면 트로얀의 검술은 몰라보게 예리해질 터였다.

세 번째 초식은 역시 망회득실이었다.

오직 공격만을 생각하며 돌진하여 적을 혼비백산하게 만드는 망회득실의 폭풍 같은 기세를 제대로 담아내진 못했지만, 그 동작 자체는 트로얀이 쏟아부은 수련의 양이 느껴질 만큼 능숙했다.

제4초 증익형둔을 기대했으나 제2초 기취이퇴의 변형 초식이 튀어나왔다. 그다음은 한정소언과 망회득실을 살짝 섞어서 만든 동작이었다.

계속 지켜보던 김현은 한 가지 결론에 이르렀다.

'이 녀석은 초식 세 개만 알고 있다.'

단 세 개의 초식에 불과하지만, 응용 방식이나 초식의 변형 스타일이 매우 다양하여 광현칠검보를 모르는 사람에겐 변화무쌍한 검술로 보일 만큼 위력적인 공격이 이어졌다.

김현은 트로얀이 마음에 들었다. 단 세 개의 초식을 이토록 능숙하게 펼치려면 적어도 5년, 어쩌면 10년 이상 초식 세 개만 파고들어야 한다.

'철호 사형과 비슷한 스타일이야.'

반복을 싫어하면 절대 할 수 없는 일이다. 묵묵히 어제를 오늘처럼, 오늘을 내일처럼 끝없이 반복 수련해야 도달할 수 있는 경지였다.

다른 무엇보다 수련에 우선순위를 두지 않는다면 근처까지도 가지 못했을 것이다.

그때, 트로얀이 갑자기 뒤로 물러서며 풍뢰검을 검집에 넣었다.

"어떻게 광현칠검보를 아십니까?"

정중하면서도 진지한 질문이었다.

김현은 속으로 고민하며 어색하게 웃었다.

'어쩌지? 그냥 모른다고 잡아뗄까? 왠지 저 뱀파이어겐 안 통할 것 같은데.'

김현을 바라보는 트로얀은 속이 타는 심정이었다.

광현칠검보를 전수해 주신 사부님과 헤어진 지 30년이 넘었다. 그분을 만나기 위해 룬트란 왕국은 물론 중명 제국을 헤맸지만 흔적조차 찾지 못했다. 어쩌면 광현칠검보를 완성할 수 있는 마지막 기회인지도 모른다.

'저자의 정체는 모르지만, 성정은 알 수 있다. 저런 경지는…… 하루아침에 도달할 수 없으니까. 적어도 50년, 어쩌면 그 이상 꾸준히 수련해 온 결과겠지.'

트로얀은 천천히 무릎을 꿇었다.

"대, 대주!"

놀란 대원들.

전혀 예상 못 한 행동에 김현 역시 당황했다.

"저를 제자로 받아 주십시오."

트로얀은 땅바닥으로 고개를 숙였다.

"어디 아파요? 아픈 거죠? 그렇죠?"

세르프였다.

"너! 어둠의 마법사냐?"

레반은 김현을 보며 버럭 고함을 질렀다. 트로얀이 정신계 마법에 당했다고 생각한 것이다.

싱크

테룽은 잠자코 트로얀을 지켜볼 뿐이었다.

"다들 조용히 해라. 이건, 대협과 나 사이의 문제니까. 그리고 외모로 평가하지 마라. 이분이 어려 보여도 나 같은 것은 열 명이 덤벼도 건드릴 수조차 없는 고수시다."

권위가 담긴 트로얀의 말에 세르프, 레반은 당장 물러날 수밖에 없었다.

김현은 다른 말은 귀에 들어오지도 않았다. '대협'이라는 단어 때문이었다.

방에 혼자 갇혀 있을 때, 상상은 효과적인 피난처였다. 판타지와 무협은 김현이 자유롭게 드나들 수 있는 새로운 세계였고, 거기서 살아 숨 쉬는 마법사나 요정, 절정의 고수 들은 익숙한 친구였다.

대협은 무협 소설에 자주 나온다. 의협심이 있는 사람을 협객이라 부르는데, 그중에서도 다수에게 존경받는 협객은 대협객이라 불린다.

'내가 대협이라고?'

그 순간, 김현은 《룬트란 왕국의 역사》에서 읽은 내용을 기억해 냈다.

중명 제국은 무협 소설의 배경이 되는 원명 교체기의 중국 대륙과 매우 흡사했다. 《룬트란 왕국의 역사》 제11권에는 중명 제국에 대한 자세한 내용이 기록되어 있는데, 김현은 누군가 장난을 친 게 아닐까 싶을 만큼 무협 소설의 배경과 비숫하다고 생각했었다.

중명 제국에서 살아가던 많은 무인들이 내전을 피해 국경을 넘어 룬트란 왕국으로 들어왔다. 그게 100여 년 전 일이었다.

룬트란 왕국에 자리를 잡은 무인들은 제자를 받아들였고, 문파를 키웠으며, 각자의 지역에서 영향력을 발휘했다.

칠대무문에 속하는 태천문과 창천파는 바로 중명 제국의 무인이 세운 문파로 유명했다.

"대협! 제게 광현칠검보를 전수해 주십시오!"

트로얀은 절박한 심정이었다.

김현은 그 간절함에 마음이 뭉클했다.

'이 사람은 혈문이야. 그렇다면 어차피 내 사람이라는 거지. 언젠가 내가 혈문의 문주가 될 테니까.'

"좋습니다."

"감사합니다! 감사합니다, 사부님!"

"사부님?"

"당연히 사부님이시죠. 절 받으십시오."

트로얀은 세 번 큰절을 했다. 한 치의 경박함도 없는 의식이었다.

김현은 어색하게 웃었다.

이방인의 도시에 도착한 빛의 정령 룬티움은 또다시 수십 개로 쪼개졌다. 이 넓은 도시를 최대한 빨리 뒤지기 위해서였다.

구석구석 확인한 다음에는 다시 하나가 되어 다른 지역으로 날아갈 터였다.

룬티움은 시각적 정보에 민감한 정령이지만, 그렇다고 공기의 진동을 느끼지 못하는 아둔한 정령은 아니었다. 지하에서 올라오는 미세한 소리를 감지한 룬티움은 즉시 어두컴컴한 곳으로 날아갔다.

버려진 지하철 객차에 이른 룬티움은 다시 열 개 남짓한 눈동자로 분리되었다.

그중 하나가 던전 안으로 들어섰고, 이제 막 끝난 비무를 멀리서 지켜보았다.

그 정보는 즉시 소환한 드래곤에게로 전해졌다.

ㅡ비디타스 님, 인간을 찾았습니다.

룬티움은 마치 휴대폰으로 찍은 사진을 전송하듯 비디타스에게 비무의 한 장면을 보여 주었다.

"잘했다. 돌아가도록."

ㅡ네, 비디타스 님.

만계 전역으로 흩어진 눈동자 형태의 빛의 정령들은 동시에 사라져 정령계로 돌아갔다.

비디타스는 초장거리 텔레포트로 이동했다.

비디타스가 나타나자 그 공간의 출렁거림이 멀리까지 퍼져 나갔다. 변화를 가장 먼저 알아차린 사람은 바로 김현이었다.

몸을 돌리다가 비디타스를 본 김현의 눈이 휘둥그레졌다.

비디타스는 웃으며 손을 흔들었다.

천천히 두 손에 힘이 들어가는 김현.

'저 녀석, 의외로 멀쩡한데. 대체 어떻게 대폭발을 일으켰을까? 만계를 뒤흔들고 위로 영향을 줄 정도라면 몸이 산산조각이 났을 텐데.'

비디타스는 김현의 마음이나 감정에 대해서는 조금도 생각하지 않았다.

그때, 김현이 두 손을 비디타스를 향해 뻗었다.

땅에서 올라온 고운 흙이 순식간에 비디타스를 에워쌌다. 비디타스는 직경 3미터의 구체에 갇히고 말았다.

'대지의 기운을 쓸 수 있게 됐군. 음, 놀라운데.'

김현은 금속을 끌어당겨 흙의 구체 외곽에 금속 재질로 감옥 하나를 더 만들었다.

'금속의 기운까지? 오호, 정말 의외야.'

김현은 연거푸 목, 화, 수의 기운으로 다섯 개의 감옥을 완성시켰다.

비디타스는 할 말을 잃었다.

'오행의 기운을 모두 쓴다? 아무리 여기 만계가 시간이 느리게 흐른다고 해도, 저 애송이가 쉽게 이를 수 있는 경지는 아니야. 도대체 어떻게 된 거지?'

감옥은 서서히 쪼그라들었다.

비디타스는 손을 뻗어 가장 안쪽의 감옥을 만졌다.

대지의 기운이 깃든 흙벽은 매우 단단했다. 더 까다로운 건, 금속의 감옥과 맞닿아 있다는 점이었다.

텔레포트 같은 공간 이동 마법은 통하지 않았다.

비디타스가 손을 들어 올렸다.

화르르 손가락 끝에서부터 어깨까지 빨갛게 불이 붙었다. 팔을 검처럼 X 자로 두 번 휘두르자, 흙벽은 깨끗하게 잘렸다.

하지만 금속 외벽은 여전히 견고했다.

"재미있군."

비디타스의 웃음이 진해지자, 팔을 감싼 불이 새파랗게 변했다.

금속 감옥까지 뚫어 버린 비디타스는 단숨에 나머지 세 개의 구체까지 부수고 나왔다.

파란색을 넘어 거의 하얗게 빛나는 팔을 본 김현은 아무 말도 못 했다.

'저건, 음양의 경지야!'

멀리서 이 기묘한 싸움을 지켜보던 추광대는 숨도 제대로 쉴 수 없었다. 그들은 끼어들 실력조차 없음을 너무나 잘 알았다.

오히려 뒤로 물러났다. 자칫 잘못해서 휘말리기라도 한다면 그 자리에서 죽고 말 터였다.

"인사치곤 거친데."

"당신!"

김현은 플레임소드를 앞으로 찔렀다. 5미터가 넘는 거리를 단숨에 없애 버린 쾌검이었다.

"기취이퇴야!"

트로얀이 자신도 모르게 외쳤다. 꿈에서라도 이르고 싶은 완벽한 기취이퇴가 눈앞에서 펼쳐진 것이다.

비디타스는 심장을 노리고 파고드는 검 끝을 손가락으로 튕겨 냈다.

플레임소드를 놓칠 뻔한 김현은 그 힘에 저항하지 않고 받아들이며 제3초 망회득실을 펼쳤다. 공간 자체를 둘로 가를 듯한 기세에 비디타스의 눈빛이 달라졌다.

'이건 좀 위험하겠는데.'

비디타스가 옆으로 피하자, 거의 1미터에 가까운 깊이로 10미터나 땅이 파였다.

"내가 왜 널 찾아왔을까?"

장난치듯 묻는 비디타스.

이를 악문 김현은 광현칠검보 제4초 증익형둔을 펼쳤다.

망회득실이 수비를 배제한 공격 일변도의 초식이라면, 증익형둔은 힘을 모았다가 한 번에 터트리는 초식이었다.

이번에도 슬쩍 피하는 비디타스.

뒤쪽 석벽에 야구공 크기의 구멍이 뚫렸다. 구멍이 얼마나 깊은지는 알 수 없었다.

몸을 떨며 지켜보던 트로얀은 눈물을 주르르 흘렸다.

'광현칠검보야! 분명해! 내 생전에 나머지 초식을 볼 수 있을 줄이야.'

김현은 적소취대, 전전율율, 경중자견, 여수여경 등 자신이 펼칠 수 있는 광현칠검보를 모조리 쏟아 냈지만, 비디타스는 예전처럼 30센티미터의 간격으로 피해 버렸다.

조금만 빨리 검을 찌르면 도달할 수 있는 거리라는 생각에 마음이 더 급해졌다.

'안 돼. 흥분하면 패한다.'

검을 거둔 김현은 심호흡으로 마음을 가라앉히며 드래곤을 노려보았다.

"빛의 도시 엘루마가 위험하다. 대지진이 도시를 덮치고, 화산 폭발로 인근 지역은 불타 버릴 거다."

그 말이 끝나기 직전, 김현은 현섬으로 이동했다.

비디타스가 뒤로 물러서는 순간, 김현은 땅을 강하게 굴렀다. 천부선공 제2문 쌍각 중 타각이 펼쳐진 것이다.

그 타이밍이 절묘하게 빨라서, 텔레포트로 피하려던 비디타스의 왼쪽 발이 마비되었다.

균형을 잃은 비디타스는 손을 뻗어 '페제 무랄'을 순간적으로 펼쳤다.

제3서클 바람 마법인 페제 무랄은 돌풍으로 이루어진 바람의 벽이었다.

공격으로도, 방어로도 사용할 수 있는 페제 무랄에 막힌 김현은 그 소용돌이에 휘말릴 뻔했다. 뒤로 물러설 수밖에 없었다.

"오호, 좀 빨라졌는데."

"글쎄."

김현은 결각보로 페제 무랄을 우회해 비디타스의 등을 노렸다.

웃으며 김현을 바라보던 비디타스가 텔레포트로 이동한 순간, 김현이 은밀히 설치해 둔 '공뢰'가 터졌다. 그 폭발에 비디타스는 뒤로 물러섰고, 입고 있던 옷이 찢어졌다.

그때, 비디타스의 명치를 노리고 파고드는 주먹. 타케노프의 은와였다.

비디타스는 뒤로 물러섰으나 그 소용돌이의 기류가 뻗어나와 가슴으로 파고들었다.

싱크

처음으로 웃음기가 사라진 비디타스는 가늘어진 눈으로 김현을 노려보았다.

'제대로 상대하지 않으면 창피를 당하겠어.'

"소환."

비디타스는 세 종류의 정령을 한꺼번에 소환했다.

늑대를 닮은 바람의 중급 정령 옵티누.

독수리와 흡사한 빛의 중급 정령 솔루투.

마지막으로 불의 상급 정령 칼데오는 도끼를 든 사람 형체 같은 불꽃이었다.

뒤로 물러선 비디타스는 세 정령에게 시달리는 김현을 기분 좋게 바라보았다.

제아무리 강한 놈이라 해도 인간인 이상 중급 정령 둘과 상급 정령 하나의 협공을 버텨 내긴 어려울 것이다.

비디타스는 텔레포트로 추광대 근처에 나타났다.

비디타스를 본 트로얀은 즉시 풍뢰검을 뽑았지만, 검 끝은 덜덜 떨리고 있었다.

"너희는 뭐냐?"

"……나 트로얀은 저분의 제자다."

공포를 겨우 이겨 낸 트로얀.

"제자? 저 녀석의?"

"말조심해라! 사부님이시다!"

"하하, 재미있군. 아주 재미있어."

비디타스는 트로얀 뒤에 서 있는 엘프, 인간 그리고 드워프를 쳐다봤다. 드래곤으로서 각 종족의 사정을 잘 알기에 이 조합은 의외였다.

세르프와 레반은 아무 말도 못 했다.

갑자기 나타난 엘프가 불러낸 정령을 두 사람은 즉시 알아봤다.

정령은 아무리 천재적인 자질을 타고났다고 해도 겨우 한 가지 속성에서만 대성할 수 있다. 중급 정령 하나만 불러내도 대마법사라 불릴 수 있는데, 저 기이한 엘프는 중급 정령 둘에 상급 정령 하나를 아주 쉽게 소환해 냈다.

그때, 김현이 뻗은 플레임소드가 바람의 중급 정령을 관통했다.

늑대 형상의 정령은 사라졌다.

숨을 헐떡이는 김현을 향해 불의 정령 칼데오와 빛의 정령 솔루투가 달려들었다. 솔루투는 날아다니며 레이저를 닮은 빛의 화살로 공격했고, 김현은 매 순간 이동할 수밖에 없었다.

"이제 끝내야겠군."

비디타스는 텔레포트를 펼쳤다.

김현의 배후에 나타난 비디타스.

칼데오가 뿜어낸 불의 폭풍으로 공뢰는 모조리 소멸된 상태였다.

김현이 몸을 돌린 순간, 비디타스는 김현의 어깨에 손을 올렸다.

그리고 새하얀 기운이 두 사람을 에워쌌다.

번쩍 터진 섬광.

두 사람은 사라졌다.

불의 정령과 빛의 정령은 정령계로 돌아갔고, 던전은 다시 어두워졌다.

"……이거, 꿈이겠죠?"

세르프였다.

아무도 대답하지 않았다.

두 사람은 레기루트 산맥 서쪽 봉우리에 서 있었다.

녹색의 파도처럼 이어진 꼭대기와 능선은 동쪽 끝까지 뻗어 가고 있었고, 남쪽으로 펼쳐진 평야에는 눈부신 도시 하나가 보물처럼 빛을 밝히고 있었다.

밤하늘에는 달이 하나뿐이었다.

김현은 그 사실이 너무나 반가웠다.

'……돌아왔어.'

힐끔 비디타스를 살핀 후, 즉시 페플을 벗어나 현실로 나가려는데…… 독방에 갇히기라도 한 것처럼 아무 반응이 없었다. 몇 번을 시도해 봐도 마찬가지였다.

"넌 나갈 수 없다."

비디타스였다.

저 멀리 떨어진 엘루마를 내려다보던 김현은 천천히 고개를 돌렸다.

"무슨 말이야?"

"자카리안의 용옥을 몸에 품은 채로는 나갈 수 없다는 거야. 그렇게 어마어마한 힘을 지니고서 다른 차원으로 이동할 수는 없지."

그때, 땅이 흔들렸다.

커다란 바위와 돌멩이가 숲과 함께 아래로 떠내려가며, 진동은 산맥에서부터 시작되어 들판을 통해 이동했다.

짐승이 울부짖는 소리가 꼭대기까지 들렸다. 새들은 하늘로 떼 지어 날아올랐다.

다행히 엘루마에 닿기 전에 그 떨림은 잦아들었고, 엘루마를 밝히는 불은 여전했다.

김현은 비디타스의 말이 사실임을 깨달았다.

비디타스는 김현의 어깨에 손을 올리고 텔레포트를 펼쳤다. 이동한 곳은 지하 깊은 곳이었다.

이글거리는 마그마가 호수처럼 고여 있었다.

절벽 끝에서 아래를 내려다본 김현은 할 말을 잃었다. 마그마는…… 바다 같았다. 수십 미터나 치솟는 간헐천처럼 마

싱크

그마는 곳곳에서 솟아올랐다.

"설마?"

"맞아. 여기가 바로 엘루마와 레기루트 산맥의 지하야. 저 붉은 강이 날뛰기 시작하면 저 위에 있는 도시는 끝장이 나겠지."

"드래곤은 균형을 위해 존재한다는 이야기를 들었어."

"음, 틀린 말은 아니지."

"그러면, 재앙을 막아야 하잖아."

"왜?"

"……균형을 이뤄야 하니까."

"그걸 왜 내가 해야 할까? 일을 이 지경으로 만든 게 누군데?"

"그게 무슨 말이야?"

"너, 만계에서 대폭발을 일으킨 적 있지? 그 흔적, 봤다. 어마어마하더군. 그 영향력이 여기 위에 이른 거야. 원래는 200년 후에나 터져야 하는데, 너 때문에 바로 내일 붉은 강이 발작을 일으키는 거지."

얼굴이 새하얗게 질린 김현.

"……진짜 나 때문이야?"

"내가 왜 거짓말을 해? 뭐가 아쉬워서?"

비디타스는 이 기괴한 이방인과의 대화가 즐겁다는 사실을 뒤늦게 깨달았다.

"넌 드래곤이잖아!"

"드래곤이니까 막아야 한다? 그러면 인간이라면 비명이나 지르면서 죽는 것도 당연하겠네?"

김현의 얼굴이 일그러졌다. 다시 한 번 달려들려는데, 비디타스가 씩 웃으며 두 손을 들어 올려 손바닥을 보여 주었다.

"농담이야, 농담. 인간은 농담을 즐긴다는데, 이방인이라서 그런가? 너무 진지한 거 아니야?"

"농담할 게 따로 있지!"

김현이 휘두른 주먹.

퍽.

비디타스는 가만히 있다가 한 대 맞아 주었다.

고개가 돌아간 비디타스는 오랜만에 느끼는 통증이 신선하다고 생각하는 자신이 얼마나 이상한지 깨달았다.

눈이 휘둥그레진 김현은 비디타스와 주먹을 번갈아 쳐다봤다.

"그렇게 좋아?"

"응."

약간은 바보처럼 고개를 끄덕이는 김현.

처음으로 드래곤을 때린 것이다.

비디타스가 웃음을 터트렸다. 진짜로 즐거워서 웃은 게 얼마 만일까? 보통은 유치해서, 하도 같잖아서, 못마땅해서 비웃는 미소였는데.

"이곳에서 일어날 대지진, 막을 수 있긴 해."

"말해 봐. 얼른."

"넌 이미 알아."

"……."

김현의 얼굴이 일그러졌다.

그 순간, 김현은 왜 자신이 오행을 넘어 음양과 태극에 이르지 못하는지 깨달았다. 자신을 잃지 않으려 했기 때문이다. 자기가 누군지 망각할 만큼 몰입하기를 무의식적으로 거부했던 것이다.

드래곤이 된다면, 자신이 누구인지 깡그리 잊어버린다면, 그래서 태극의 경지에 이른다면 저 재앙을 막아 낼 수 있을 것이다.

"……난 이방인이야."

"상관 없다. 자카리안의 용옥이 널 선택했으니까. 그거면 되는 거다."

비디타스는 진지했다.

김현은 마그마의 바다를 다시 내려다봤다.

"알았다. 내가 해결한다."

"정말이냐?"

"내가 시작했으니 내가 끝내야지. 뎁스 파이브, 아니 만계에서 아직 할 일이 남아 있으니 거기로 날 보내라."

김현의 분위기를 읽어 낸 비디타스는 주머니에서 구슬을

꺼내어 던졌다.

"지금의 너라면 오행을 다룰 수 있으니 티메후르를 자유롭게 사용할 수 있을 거다. 늦지 않게 올라와라. 하긴, 만계는 더럽게 시간이 느린 곳이니까 마음을 가다듬을 시간은 충분하겠지."

김현이 티메후르를 잡고 내공을 주입하자, 하얀색 빛이 그를 감쌌다.

김현이 사라지자 비디타스는 손가락으로 턱을 긁었다. 재미있는 장난감을 잃어버린 아이처럼 살짝 성질이 난 표정이었다.

"정말이지 건방진 인간이야. 뭐, 더 이상 인간이라 부를 수는 없겠지만. 나도 가 볼까."

비디타스는 텔레포트로 사라졌다.

다음 권으로 이어집니다

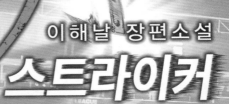

No.9

이해날 장편소설

스트라이커

ROK
MEDIA

강철 마왕

흑신마 퓨전 판타지 장편소설

『백염의 심판자』, 『타격왕 강현수』
흑신마표 강력 판타지!

불우한 사고로 식물인간이 된 소년 강철
영혼 차원 이동 프로젝트에 선발되어
외계 프로그램 베타의 도움으로
강력한 힘의 열쇠를 가지고 소생하다

뱀파이어의 권능 불사, 지배!

몬스터들의 힘을 흡수하며
막강한 힘을 부리게 된 그의 목표는 단 하나
강해지고 싶다, 끊임없이 강해지고 싶다!

드래곤조차 그의 발판일 뿐!
강함의 한계를 초월한다!
순수 강强 주인공 등장!